U0750314

蜗牛在指缝间行走

WONIUZAIZHIFENGJIAN XINGZOU

祁宏福 著

黄河出版传媒集团
阳光出版社

图书在版编目(CIP)数据

蜗牛在指缝间行走 / 祁宏福著.—银川：阳光出版社，2013.12

ISBN 978-7-5525-1159-8

Ⅰ.①蜗… Ⅱ.①祁… Ⅲ.①自传体小说—中国—当代 Ⅳ.①I247.5

中国版本图书馆 CIP 数据核字(2013)第 307693 号

蜗牛在指缝间行走　　祁宏福 著

责任编辑 靳红慧
封面设计 王 丽
责任印制 郭迅生

黄河出版传媒集团
阳光出版社 出版发行

地 址 银川市北京东路 139 号出版大厦（750001）
网 址 http://www.yrpubm.com
网上书店 http://www.hh-book.com
电子信箱 yangguang@yrpubm.com
邮购电话 0951-5044614
经 销 全国新华书店
印刷装订 宁夏精捷彩色印务有限公司
印刷委托书号 (宁)0013221

开 本 880mm×1230mm 1/32
印 张 11.75
字 数 200 千字
版 次 2014 年 1 月第 1 版
印 次 2014 年 1 月第 1 次印刷
书 号 ISBN 978-7-5525-1159-8/I·406

定 价 24.00 元

自　序

坦白讲,我犹豫过是否应该找一些所谓的“名人”来代我完成这样的一篇序言,出于宣传的需要,或是对自己不够自信的缘故。但无论如何,自己最终还是放弃了这个打算,直到最近,我才看淡了一些事情,作家的功用不是为别人写序言的,更何况,我所欣赏的那些作家,大多都有自己微不足道的原则,也未见他们为别人写过序,即使这样的一个举手之劳,可能会给他们带来不菲的经济收益。他们最终还是没有这样做,这也是我始终对他们未曾失去信心的地方。我也始终相信,中国的当代文学,依然有闪光的那一刻。

我觉得无论是作者,还是读者,可能都更希望作者自己可以为这本书说些什么,或者解释些什么,比起那些可能饱含着吹捧性质的“言语”,读者可能更希望作者能够和读者亲自交流一番。

但是，关于这本书，我无法和读者说太多。这并非是矫情，也不是为了营造一种神秘的氛围。而纯粹是因为，我不知道就这本书的内容该和读者探讨些什么。列位看过这本书，可能会觉得好，也可能会觉得不好。当你们称赞这本书写得好的时候，我并不会为此感到太高兴；同样的道理，当你们说这本书如何如何不好的时候，我也不会为此感到过分的沮丧。这和自高自大、心静如水这些东西没有关系，而是在我进行第二稿修改的时候，又一次看完了我所写的这本书的时候，我对这本书的感觉已经不像当初刚完成的时候感到那样热烈和浓郁了。

当初刚完成这本书稿，还不知道它会面临怎样的命运的时候，我想过很多关于它的事情。在教室里想，在寝室里想，在餐厅里想，甚至走在路上也在想。而今，距离这本书的完成，距离为这本书画上最后一个标点符号已经有了快一年的时间，我已经快要感觉不到这本书给我带来的那点微不足道的信心和快感了。

某种程度上，这并非是一件坏事，至少说明了我已经不会为取得一丁点的成就而感到沾沾自喜了。现在的我也承认，这本书有太多明显的缺陷和不足，无论是写作笔法和书稿框架，还是关于内容，这本书都有读者为之痛骂两句、为之吐槽两句的理

由。甚至有些读者在随手翻翻这本书的内容时候，会质疑这本书存在的价值。

读者可以质疑它存在的价值，我却不能够做到这一点。它毕竟是我在无数个日日夜夜奋斗以后的结果和见证。回想起来，当初这本书遭受到了一些自认为不公正的待遇，我还差点将书稿一把火烧掉，差点将电脑里保存着的关于这本书的内容删除掉。如今，我为自己那一片刻的理智感到庆幸。

这是我的第一本书，但肯定不会是最后一本。既然是第一本书，那么就注定了它肯定不是我自认为最成熟的作品（虽然我暂时没有选择的余地），也不是我最为满意的一本。但毫无疑问，它肯定是我最充满热情，最真诚的文字的结晶了。如今，甚至包含以后的创作，我都会因为自身的成熟，对作品有很多考虑的部分，这将是向残酷现实的部分妥协。但是这本书，我已经做到了尽可能不向现实妥协，也说出了我在 19 岁，乃至 20 岁的时候，所能告诉人们的全部了。

最后，序言的功能还是要感谢一些人的。但我的感谢全然出自我的真诚，而没有一点点的伪作。相信和我一起走过这段历程的，或者生活中了解我的人，都知道这一点。

感谢为这本书努力过，贡献过自己能力和智慧的人。你们每一个人我都记在心里。

感谢那些默默地期盼着这部书稿可以以书的形式呈现在他们面前的人。

感谢那些像苦行僧一样的，守候在某个角落，等待着阳光可以照耀在他们身上的人。我所做的这一切，除了为了我自己的那一部分，剩下的几乎都是为了你们。

感谢我生命中遇到过的那些人，无论是帮过我的，还是让我变得更加坚强的人，我都感谢你们。

感谢谢卫英老师，祝你在那个世界过得安好。

感谢我的家人。

祁宏福

2013 年 8 月 7 日

目　录

第一章

城市的上空到底不如村里的敞亮。在村里，蓝天白云有自己的主体地位，而到了城市，林不凡所能见到的上空，几乎成了烟雾和别的不知名的东西的领地了。身处异乡，林不凡的叹息不时地让车内的司机感到烦躁，炎热的天气本来就够他受的了，为了省那点钱，的哥连空调都没开。出租车的车窗倒是打开的，可吹的是热风。林不凡耍嘴皮子的功夫更让林父郁闷，直骂林不凡："你的嘴这么利索，干脆我给你弄个摊子，你去搞江湖术士的那套算了，也省得我替你操心了！"林不凡也知道自己如今无论再说什么，也无法左右事情的发展进程了，便也不再浪费唾液了。不过他还是有说废话的权利的:“别了,我的氧气兄弟们;别了,我那曾经的玩伴们。”

林不凡坐在车的角落里正独自感伤,只听不停擦着汗的的哥道:“到了,小名鼎鼎的十四中学。”被司机这一略带讽刺性质的玩笑所打扰,林不凡的心情更加失落,迟迟地不愿出去。想到自己这一年的大好光阴就要抵辱于破校之手,骈死于破室之中,真是死的心都有了。正胡乱地瞎想着,只听林父道:“跟上。”林不凡立刻从浪漫主义过渡到了现实主义,升华到批判主义那是以后的事了。

沿着小道径直走去,最先被林不凡注意到的是三样东西:以鲜红色为主体颜色的几栋教学楼;不远处的操场边开着的不知名的小花,显得很是懒散;还有一棵高大的杨柳,成长在校外的墙角下。林不凡正在搜寻着美好的事物,不经意间闻到了一股刺鼻的味道,是从学校东北角散发出来的。林不凡扭头看了看,发现那边正在施工,十几个光着背的壮汉有气无力地喊叫着,看起来正在修建学校的操场。林不凡冷笑了一声,心想:东施即便用再华丽的服装也无法缩小与西施的差别,否则那些整容师不就没有生存的必要了吗?

“我会用实力证明,不用整容师,我也可以做到西施的程度。”林不凡自语道。林父听见儿子正在抒发着感慨,顿时又不满了:“老子再有钱你没本事

啊！好的学校你考不进去能怪谁！还不快点走！算账的科目你考那么点分，靠耍嘴皮子的课程，还有那些个洋字码的科目，考一大堆分数顶个屁用！”不凡刚想反驳，无奈一开口嘴里全是从操场吹来的沙子，加上林父说的也是实话，也就作罢。

回想起来，林不凡觉得自己应该算是被贬到这个鬼地方的。事情的源头还得追溯到前几天。他被林父从老家接到这里后，到四中参加入学考试，结果以前学习成绩不错的林不凡居然没有考上。这学校据说是省上的某个教育厅的领导前来视察过，便因此牛得不行。按理说这里的硬件设施一般，师资水平也有限，可这入学考试的录取分数线却提高了好几十分。林不凡看不上这样的学校，不过他的实力似乎还没有到可以挑选学校的程度。看不上和考不上是两码事。林不凡答语文用了不到一个小时的时间，答数学卷子却一直做到铃音响起，考场内的全都离开。结果数学的分数是那么惨淡，语文却考了接近满分。可惜在这里，人们谈论的是这位同学的成绩在水平线之下的事实，而不是这位同学的语文考了接近满分的事实。

林不凡的班级在教学楼三楼的最东边。穿过九年级的走廊，十几个班级都在上自习。学生的脑袋耷拉着，只能看得见头发。现在也是绿树成荫，春光多情的季节，虽然有施工的噪声以及散发出的刺鼻的味道，但还无法挡住春天那独有的味道。林不凡看见在教学楼的走廊上方贴着几个牌子，由近到远依次写着：复读区，平民区，名校区。刚才这些耷拉着脑袋的学生就属于复读区，而林不凡要去的班级是名校区。走过复读区，林不凡清楚地看见平民区的学生们头颅明显高了，脑袋和课桌的角度大致在四十五度左右。而那些名校区的学生们也没有辱没他们的地位和称谓，脑袋抬得一个比一个高，一副老子天下第一的架势。林不凡甚至已经开始后悔了，当初要来到名校区还是他自己的意见，他以为凭借自己那点仅有的才气可以胜任“名校区”的称谓，可是一看见那些脑袋与桌面所形成的角度，他又有点害怕了，林不凡估计自己也就能抬个五六十度的样子。

到了自己的班上了。林父和刚才还在讲台上的老师聊了一会儿就离开了，临走时极其隐秘和熟练地将一盒名贵的香烟塞到了这位老师的兜里。林不凡有点不好意思了，因为他现在不得不俯视着他眼前的这位老师——有可能就是自己的班主任。当然，这绝不代表林不凡的确很不凡，不凡到足可以蔑视班主任的地步，而是因为他的班主任海拔确实太低。根据目测，觉得班主任的海拔也就刚刚超过一米六的样子。林不凡替自己的班主任感到遗憾，更为他的孩子们感到担心。不过，他的学子们的脑

袋和课桌的高度，倒是大大弥补了他海拔有限的缺憾。林不凡看见班里的同学，觉得他们脑袋和课桌的高度绝对是自己前所未见的，也只有在这个时候，林不凡才能确信“兵熊熊一个，将熊熊一窝”之类的名言是值得怀疑的。在这点有限的时间里，林不凡看见自己班级的门很是特别，似乎是专门定做的，上面还镶嵌了一层镀金的边框。这种门容易给人一种错觉，以为走过这扇门就能走向星光大道似的。

林不凡被安排坐到了最后一排的座位上。其实在门口的时候，他就看见了在第三排的正中间有个空座，只是没想到那个座位的主人居然不是自己。不凡越往后走越觉得压抑，烟味，长时间没有倒掉的垃圾，还有那长着满脸横肉的同窗……眼前所见到的一切都让林不凡感到绝望。林不凡觉得自己受轻视了，没有得到足够的尊重。他很想反抗，但是又认为现在的自己根本没有反抗的资本，能待在这个班里的估计都不是等闲之辈。林不凡确信，后面这几位老兄也不是吃干饭的。

林不凡走到自己座位前的时候，那几位哥们还是挺友好的，替他把凳子拿了出来，还掏出纸巾，准备替他把凳子擦干净。林不凡并未觉得荣幸，他只是淡淡地说了句：“不用了，我自己来。”

那位正准备替他擦凳子的同学立刻感觉自己像是跳梁的小丑，将手中的纸巾准确地扔进垃圾桶，也就不再热情了。林不凡时不时把鼻子一捂，害怕自己得癌症的那一天比别人来得都早。台上班主任则开始了新学期的开学演讲。

他先是肯定了本班在上一学期的优秀表现，骨子里透露出一种“独孤求败”的霸气。他的学生们也给他面子，时不时地用掌声打断他的高谈阔论。然后他又说明了这一学期工作的日程安排，对教学方面的工作也作了具体部署。对于他的这段话，林不凡觉得很是不爽，因为他觉得自己在听废话。况且，他以为自己的班主任是教语文的，这样自己会有种遇见伯乐的感觉。可惜事与愿违，林不凡觉得自己要想在以后得到他的重视，恐怕是不大可能了。最后，班主任把他的名字写在了黑板上，似乎是专门为这学期转来的新同学写的。字体很是特别，既有张旭的行云流水，又有林不凡的横七竖八。名字写在黑板的正中央：林一。林不凡本来以为林一的演讲到此就要结束了，正要鼓掌，连表情都事先设计好了，无奈林一插了几句：“忘了说了，同学们，这一学期还有四位同学转入我们班，他们的成绩呢……都有点差，希望不要拖咱们班后腿，也希望同学们能够多帮帮他们，让他们能够早一天配得上坐在我们班上学习。那个同学叫啥，你坐到第三排中间这张桌子上。”林不凡正准备站起来，谁曾想坐在他前边一女的比他站得还快。不过事实证明了老师说的

对象是她。林不凡为她的身手敏捷而感到庆幸，心想着幸亏这位同学挡住了自己高大的身躯，不然自己肯定会赚得大把的回头率——当然这样得来的回头率，并不是他所期待的。

“那几位同学，我的教学宗旨是八个字：优胜劣汰，适者生存。可以的话，你们是我为之骄傲的学生，否则，你们就是这个班的过客。是骡子是马，就看你们自己谁跑得快了。”

林不凡算是见识了，一个配不上自己光临的学校也这般能耐？真不知清华北大是什么样子。前边的学生倒也没有对林一的这几句话有所表示，待老师走后便开始学习了。前边有位女同学手里拿着册子，朝林不凡走了过来，直到林不凡拿到手里，才知道是学生报名册。那位女生让他赶紧填完，然后自己交给老师，说完头也不回地走向了自己的座位。林不凡翻开报名册，发现自己班上同学的名字一个比一个奇特，一个叫“孙开”，一个叫“刘须”，还有叫“马究”的。林不凡听右边的同学介绍，才知道这位给自己递册子的同学叫“张雅”，她就是这个班的班长。当他看过这位叫张雅的班长的个人信息后，才发现她居然和自己住在同一个小区。不凡真有点受宠若惊了。

第一天的炼狱之旅被不凡用毅力扛了过去。这样的生活完全超过自己的想象。他以为换到新环境以后，可以用很短的时间适应，但是他明显错了，他高估了自己。第二天早晨，林不凡睁开蒙眬的睡眼，最先想到的便是拿回属于自己的东西。骑着脚踏车，游荡在城市的街道里，他并没有觉得这里的一切感到陌生，他想自己还是有权利去得到这里的一切的。他只想拿回属于他自己的东西，这点儿要求应该不能算是过分，自信已经建立起来了，美中不足的是：这里的太阳似乎很是委婉，并没有给林不凡提供过多的暖意。在太阳的照射下，林不凡陡然间也变得有些懒散了。花儿的气味倒算是清香，虽然比不上老家门口那片向日葵带给他的欢乐多，但是在被热岛效应所笼罩着的城市里面，能闻到一点扑鼻的芳香，对于林不凡这种充满浪漫主义气息的人来说，已经算是奢侈的事情了。

他看见那位班长的“座驾”就在距离自己不远的地方，不过她昨天对自己散漫的态度，暂时还无法忘却，骨子里生性倔强的林不凡是不会主动跟她打招呼的。林不凡看见她回头瞥了自己一眼，也没有向自己打招呼，即使她应该已经知道了自己的名字。林不凡想，像她这样的应该只会关心对自己构成威胁的人，而像他这样初出茅庐的毛头小子，也许她只会把他像清风一样忽略掉。林不凡抄了近道，不仅是想避开她，还是因为这段公路两旁拥有更多的杨柳。他得学会珍惜，恐怕进入校园，就再也

没有机会去和大自然亲密接触了。他甚至都有点羡慕高墙之内的人群了,他们不仅可以免受教室的束缚,还可以免费观看这样的景致,呼吸今天早晨这难得的空气。不过,他还是碰见了这位班长,在进入“星光大道”的时候。只不过她是从前门进的,而林不凡是从后门进的。虽然林不凡数学一般,背个电话号码都会要了他的命,但是有一个数学定理他还是记着的:两点之间,线段最短。从后门进去以后,林不凡只需再跨三四步就可以到达自己的座位。只是这后门实在是有点看不下去,似乎是为了衬托前门的光鲜亮丽,门板上面有大量的无色透明的液体,门脸看起来也是即将破相的趋势,上面一道下面一道,绝对惨不忍睹。林不凡心想着,下次宁可多走几步路也不走后门,这样的举动令他感觉到极为不爽,尤其是当他发现坐在他旁边的同学走的也都是后门。林不凡觉得自己是比他们优秀的,不应该沦落到和他们平起平坐的地步。这一点毫无疑问!

来到这里也有一段时间了,没有多少人主动朝他打招呼,更准确地说,应该是没有一个人愿意穿过教室座椅中间的走廊。即使有也是一两个和林不凡一样懒惰的家伙,想要借助后面的通道,然后快速地到达自己的座位跟前。林不凡不仅觉得孤独,更感觉到了屈辱!林不凡觉得这个学校的领导真应该被撤职,竟然允许这样的班级和班主任存在。他终于决心做些什么，他有向学校表达意见的权利，课本上就是这样写的。而且在他刚进入这个学校的时候，就清楚地记着在门卫那儿挂着一个大箱子，是意见箱,而且上面写着一句林不凡觉得很经典的话:“唐皇以魏征为锐,以治天下;我校以此为利,引领未来。”听了这句话,林不凡觉得自己所做的一切都是有意义的。他决心用自己最为擅长的笔杆子来做些什么,不过令不凡感到犹豫的是,他不知道凭借自己这支笔杆子能否解决这点教育问题上的瑕疵。最后他又肯定了自己,顶着“教育要面向现代化,面向世界,面向未来”的伟大旗帜,走到哪里都是不用怕的。况且他相信像自己这样对教育事业做出贡献的青年,在祖国发展的路上,光明会照耀自己。这点也是毫无疑问的。

于是他就开始动笔了,而且是怀着自信的心态开始下笔的。他像是在接过祖国教育改革的旗帜，去完成祖国赋予他的使命似的。他想自己虽然没有鲁迅先生那样犀利的语言,但是处在这样的一个太平盛世,自己的所作所为远比在那个战乱年代来得容易得多,对他的要求自然也会降低许多。他找到了一张林父办公用的稿纸,并没有看见市场上有卖这种稿纸的地方,他想这样应该会比较正式。然后又找着了林父曾经用过的钢笔，据说值一千多块钱,而且这笔是珍藏限量版的。林不凡把这支笔举

起来,在阳光下照了照,好让钢笔的本身充满热量,能够让自己的笔尖流露出来的文字像钢刀一样刺中目标,达成目的。结果透过窗户照射进来的阳光太过刺眼,刺得他眼睛都睁不开了,好长时间才缓过劲来。在桌子上折腾了将近一个小时,他的大作才算大功告成。他暂时还不能把他的这篇谏言称作杂文,一方面他害怕脏了鲁迅先生的耳朵,另一方面他又害怕对自我期许太高,结果打击了自己,让自己进取的心灵遭受重创。他忽然想起了魏征,虽然两个人生存的年代相差太远,而且自己的知名度也远不及他,但是林不凡也有自己骄傲的资本:年轻。年轻就不怕失败。他不敢断言当年魏征写自己职业生涯的第一篇谏文的时候是多少岁,但是林不凡猜测,应该不会超过 15 岁。况且林不凡觉得自己没有那么伟大也是正常的,他暂时想到的目的只是改变学校单纯以成绩来衡量学生的这一传统做法,其实也是他此举唯一的目的。全文如下。

一间教室里的别样风情

本人系贵校一名普通的学生,跟别的同学也无异样,但如果非要说和别的同学有不一样的地方,无非是在别的同学埋头甘愿成为教育的奴隶的时候,我愿意舍弃这点宝贵的时间,来浪费一些笔墨。我觉得这是值得的,因为我使用了一支笔杆子,而使得教室的别样风情从此将会消失于萌芽之中。我并未觉得自己做了一件惊天动地的大事，我只是觉得自己应该这样做，怀着这样的心态，我就写了，义无反顾地写了。我能想象到校方必将因此而作出一个巨大的改变。这是值得众人欢呼的，因为这个改变使无数的青年学子空虚的心灵得到安抚，这实在是一个无比英明的决定。或许它现在不会产生太大的影响，但是在十几年后，它积极的因素就会日益凸显出来了，那个时候人们才会感受到这篇谏言所起到的作用。或许这篇谏言在滚滚长河中终会消失殆尽，但是它的精华所在却会屹立千年而不倒，启蒙百载思议之。

——一名普通的学子

周五的晚上，林不凡等同学都回家后，偷偷地把它搁进了意见箱。他觉得非常不爽，做一件利国利民的好事，怎么行事的作风却像个小偷似的，不能正大光明地去做？但是和结果以及意义相比，这点疑问也就不是那么重要了，至少这个结果自己还是比较满意的。他在梦中甚至都已经想象到了学校有关人等阅读自己的大作时候所露出的笑脸，以及赞许的目光了。

由于睡得太香，林不凡差点迟到了，幸亏碰见自己的同桌——叫祁伟的家伙正好骑着车子驶向

学校，他想自己虽然接受了他的帮助，但是并未说明自己已经和他站在同一战线了，于是心底也就放松了。到了班级的时候，林不凡是从前门走的，进去以后同学看他的眼光充满着惊愕。惊愕的眼光里还夹杂着迷惑，不齿，钦佩等等，林不凡虽然自诩是一个聪明人，也猜不透这帮家伙眼神中透露出来的真实意图。只是他们的目光在林不凡身上没有停留多久，便接着干自己的事情去了。虽然今天是周六，虽然已经事先通知了今天的主要活动是郊游，但是面对马上要面临的中考，没有多少人愿意浪费现在的时间，尤其是前排的这些学生。

郊游的地点在城市郊区，六个人一组。林不凡早上起来迟了，随便带了点熟食就来了。倒是有两三个组的成员邀请他，不过林不凡知道他们都是坐在教室里和自己相距不远的家伙，便没有接受他们的邀请。反正他对这次郊游也没有抱太大的希望，因为他是断然不会相信在这样的一个鸟不生蛋的地方会有什么世外桃源等着自己驾临光顾。就算是自己肯赏这个面子，恐怕也没有什么价值。他对这次郊游的最低要求是：在自己吃饭的时候，尽可能不要和苍蝇一起进食，或者是在欣赏美景时不要被烟熏着，他就已经感到很庆幸了。

第二章

林不凡坐在座位上胡思乱想的时候，林一正在办公室为今天的郊游忙活着，虽然这些琐事本不该由他忙活的。他虽然和林不凡是同样的姓氏，但行事风格和林不凡相比，却有着莫大的差别，起码胡思乱想这样的事，绝不会发生在林一的身上。幸亏他和林不凡认识没有多久，不知道林不凡整天是个爱胡思乱想的人，否则，他一定会给林不凡做做思想工作的。林一平生最反感的就是只要嘴皮子不动蹄子的家伙，如果他知道自己的手底下就有这样的学生存在，那他就别想再混下去了。他倒也算是个好老师，或许仅限于教学方面。他的教学成绩蛮不

错,带着一个尖子班在学校里足够风光。校领导有什么好事也会想着他。只是这人似乎不懂得满足,前些年获了个“市级十佳青年”的称号,便牛得不行。当然他也知道,真要是凭借自己的本事,能够做到这一步,是不可能的。必定是有校方领导在默默地支持自己。打这以后他也学会了做人,做一个所谓聪明的人。在上级面前呈九十度,在同事面前呈一百八十度,在学生面前呈二百七十度。林一也确实有本事,在教学上练就了一种独特技能,前些年这种技能似乎还运用得有些勉强,现在已经达到炉火纯青的地步了:上课不带书。按说这一技能似乎用不着夸大它的作用,其实不然;在语文历史之类的科目里做到这种程度似乎不算太难, 但要是跟数学这项科目挂上钩,可就值得接受众人的膜拜了。不要说是复杂的奥数例题,单是一般的定理讲解,也没有哪个老师能够一字不差地背诵好每条定理。所以林一的这一技能就凸现出了它存在着的价值。

其实要把这种技能搁在大城市里,也算是不足为奇,没有资格值得吹嘘的。不过要搁在林一所处的这种级别的城市里,就不可同地而语了。因为人都是有欲望的,在和平年代奉献青春其实没有那么容易,要是容易的话,“存天理,灭人欲”之类的圣言就不能算是境界了。林一觉得,老师这种职业这几年做得也不容易,月月拿着那么点工资,更何况还是用缩短自己的寿命作为代价。林一整天都盼着省教育厅或者财政部能够发布涨教师工资的公告,可惜等到自己职业生涯达到巅峰的时候,也没见涨一分钱。林一还算是从一所全国知名的重点师范来的,也算是沾一点贵族的光了。其他的老师都是从二流的师范院校过来的,即便如此,还都是抱着一种不搭理的态度来的,觉得自己好歹也是来自上海深圳这样的大城市,祖上好歹也是国家的重点提拔对象,来到这块抬头是土,低头还是土的地方,算是被发配到了边疆,没要求开个欢迎仪式就算是不错了。

上边怎么搞还好商量,但是把学生给坑苦了。十四中学去年和市里的其他学校统考,这些老师领着学生去考场的时候,身板再直也直不起来了。别看这座城市小,贵族子弟还是有不少的。有不少学生家长开着奔驰宝马为孩子保驾护航,而林不凡所在的十四中学相比之下就有点惨不忍睹了,有几位教师甚至骑着上个世纪的自行车在大街上显摆,招来了不小的回头率。考场上,市里以一、二、九为中心的传统名校和以十四中学为代表的平民学校差距也是十分明显。有些贵族学校的学生,试卷甚至做了不到半个小时就交卷了,似乎是想显示自己天生就是清华北大的料,和这些“家里蹲”学校的学生坐在一起答卷,有点玷污自己的身份。嘴里的垃圾

话跟机关枪似的突突个不停。十四中学的学子们也没有反抗，因为他们既没有时间，也没有资本。

林一对于林不凡是没有多少兴趣的，对他来说有兴趣的人物就那么几位。如果在自己的教书生涯里能出几个人才的话，自己是不会拒绝“伯乐”这样的称谓的，更何况他也清楚自己没有那么好的福分。

他本来也是不愿意搞个什么郊游的，在一个数学老师的眼中，这种东西没有多少意义，他可能更希望学生们去参加个数学竞赛或是参加个数学补习班，这好歹也是对前途的一种负责。花花草草在他的眼中，廉价得几乎可以忽略不计。不过这件事他是没有办法控制的，因为这个提议搞郊游的同行现在不一样了。前天这位老师获了个“国家级辅导教师”的称谓，在他手底下有两名学生参加语文竞赛获了大奖。虽说由于学科地位低下的缘故，这事并没能在全省造成轰动，但是对十四中学这样的贫民窟学校来讲，如此的荣誉也是值得大加赞赏的。学校的师生每天进出校门时都会看见那条色彩华丽的横幅，上面写着一句话，一句让林一看见后就没有食欲的话：这样的成就靠这样的老师；这样的未来靠这样的福地。这位语文老师叫宁东，正好是带林一班上的语文。这无疑令林一更加不爽，以前自己在学校的地位是“独孤求败”的，现在明显多了一位对自己未来构成威胁的家伙。虽然他是靠学生的成功才成功的，但是因此给宁东带来的光环，却是林一无论如何也无法忽视的。

星期六的早晨，天空难得的以蓝天白云作为主体，林不凡却并未觉得荣幸。春游的架势倒是够大，前前后后一共八辆大巴前后行进，在街道上引来许多人驻足观看，市民还以为这是哪家的千金小姐这般别出心裁，宝马奔驰不坐，偏偏要坐这样别致的车子去参加婚礼。其实这也是宁东的面子，要不是他花费了一些本钱，动用了一些人脉关系，不可能做到这种程度的。

林不凡坐在八号车的角落里。因为这次乘车的座位是按照学生的学号安排的，林不凡由于是新转入到这所学校的，恰好坐在了最不起眼的座位上。当然他也不感觉到寂寞，因为他虽然相信自己的判断，觉得这里不会有什么值得自己惊叹的景色，但是自始至终，他都是支持这次郊游的。林不凡以文人自居，平生最不喜欢待在教室这种地方，整天过着不停地接受着往脑子里灌输垃圾的生活。文科性质的一类课程倒还好说，只要一看见数理化的老师从教室走进来，林不凡就开始盯着手表上的时针度日了。看起来，和林不凡坐在一起的都是一些不学无术的家伙，林不凡是从别的同学的眼神中读出这些信息的。客车里并没有想象中的热闹，唯一的一

点欢笑便来自于这些不学无术的家伙。他们和林不凡坐在一起,看起来很珍惜这次游玩的机会。不过林不凡并不想和他们坐在一起,他觉得自己比他们出色,比他们更应该赢得尊重。这种尊重来自于平常的一个眼神,一个动作,一句问候。只是很可惜,似乎在短时间之内,林不凡觉得自己都没有能力和幸运,去得到这份尊重。知道不大可能得到,林不凡也就不再去想了。

过了大概半个小时,司机缓慢刹车的动作终于惊醒了正在睡梦中的林不凡,他睁开双眼,看见前边的同学都走得差不多了,自己赶紧下车。下车之后,林不凡望见几亩田地,不过是透过缝隙看见的,在田地和自己的眼神中间分明还有一片白桦林,面积算不上辽阔,不过对于经常在城市生活的人们来说,已经算是奢侈了。在同学们惊叹之余,林一本来想对他们叮嘱几句,结果发现离开了教室,自己早已不是众生的焦点了，学生们都围在宁东的身边,有说有笑地朝白桦林走着。林一向旁边的司机借来一个喇叭，喊了一会儿发现学生们依旧不搭理自己,这时只听司机向他喊道:

“喂,开关还没开呢！”

林一明显恼了,觉得自己的智商遭受到了旁人的蔑视，何况这个人的学历和身份是远不及自己的。他打开开关,以高于 90 分贝的声音喊道:

"离开教室我就不是班主任了吗！没看见我喊得嗓子都干了吗！太不拿我当回事了吧！"

学生见状，都停止了前进，装作一副毕恭毕敬的样子，等着继续听他的训导。林一看见这情形，心想自己的面子也算挽回了一些，也就不再说什么了。他接着告诉自己的学生，一个小时后在原地聚集，每六个人一组。

学生没等林一把喇叭还给司机，就钻进了树林里面了。对于初三的学子来说，这样的机会是如此奢侈，甚至有很多人都希望时间能够在这一刻突然停止。林不凡走得很慢，这些景色实在勾不起他的兴趣，他在村里天天都能看见这般的景色。说是每六个人一组，其实等林一离开之后，没几个人按照他说的做，都是三四个要好的朋友一拨，男男女女一团。说是必须带生食，让同学们学会在野外生存，可是基本上没几个人照做，大部分都是在超市或餐厅买的现成的，而且以零食居多。林不凡此时也没有食欲，他从来没有吃早餐的习惯，便拿着自己的望远镜独自一人向远处走去，然后张望着四周的一切。旁边的同学见状，也要借他的望远镜玩，林不凡借给了他们，然后自己走向另外一边。

天色渐渐变得昏暗，可是所有人都觉得这一切还没到应该结束的时候。林一不敢耽搁，便把学生们从诗情画意中拽了出来。其实这也怪不得自己，

家长们对学生溺爱太深，单是说服他们让孩子们在周末出来郊游，都费尽了功夫。况且由于生存压力日益增大，家庭里的矛盾程度较之以往也大大加深，家长们巴不得学校出点事，这样既有利于发泄自己的情绪，也有利于将枪口一致对外，缓和彼此间的矛盾。林一深知此道，断然不会给他们机会的。

学生们在汽车里讨论之前的所见所闻，有的说这儿的天空多么多么蓝，有的批判着现存的教育制度扼杀了学生的玩性，是不合理的。林一看着自己的这帮学生，脑子里想到的是如何在学校里添油加醋地诉说这次郊游的弊端，好让学校的校领导能够减少这种在他看来毫无意义的活动的次数，而把更多的精力放在学校的教学业绩上。伴随着公共汽车内播放着的那首熟悉的旋律："我是一只小小小小鸟，想要飞呀飞，却永远飞不高。"林一的脑子里已经迅速打好了草稿，他准备了几条理由，第一条就是控诉郊游的花费太大，学校的经济实力有限，造成财务紧张，反正财务处的同事和他关系不错，是他大学的同学，让他在财务报表中动动手脚是不成问题的；再有就是批判学生们的素质太低，在游玩的过程中对农田和环境造成很大的影响，在市民中造成了比较恶劣的影响；最后一条就是他准备用事实的陈述来论证学校的升学率比郊游更为重要的事实。

八辆大巴到学校停了不久,司机代表客运公司向学校要求调高收费标准,林一听说这个消息以后感到很愤慨,准备去找司机理论理论,谁曾想在他去找司机理论之前，校方已经答应了他们的要求,提高了收费的数额。林一的不满之情没有挂在脸上,却刻在了心里。他感到自己有种被人忽视的感觉(反正他不是第一次体会这种感觉)。正在教学楼的走廊里生着闷气,教务处主任王刘长迎面走了过来,还未走到跟前就说:

“林老师,听说你带着孩子们去搞了一次郊游,很不错啊!下周就是这一学年的全国各科能力竞赛了——当然,语文已经结束了。你们班很不错,要告诉学生们好好发挥，争取为学校带来更多的荣誉啊！”说完拍了拍林一的肩膀,表示对林一的器重。

这时候已经是下午七点了,夕阳已渐渐褪去了它的光辉,学校里空荡荡的。或许由于太过安静的缘故,学校东北角落传来的施工的嘈杂声,此时显得那么不合时宜。林一被这噪声搞得心情愈加败坏,便收拾东西准备回家。

过了两周,大部分学科能力竞赛报名的日期如期而至。林不凡报了英语和语文,至于数理化,林不凡压根就忽略了,虽然报考数理化的占了班里报考人数的大部分。林不凡每天都和同学们一起去阶梯教室。英语和数学的阶梯教室在正中间,语文的在

最东边的角落，左边是卫生间，右边是阶梯教室这栋楼的出口。由于臭空气的蔓延和执勤人员的懒散，使得这片地方成了被人遗忘的角落。林不凡看到国学如今的地位如此不堪，心里很是难过。补完数理化和英语的学生走出阶梯教室的时候，显得器宇轩昂，有几位补英语的同学，似乎为了表示对林不凡这一群体的不屑，嘴里狂喷着“英语牌”机关枪。林不凡自然也成了被他们鄙夷的对象，报考语文的大部分以女生为主，对此显得无能为力，便看着周围仅有的几位男生，希望他们可以代表这一群体，为她们出头。可是这仅有的几位男生似乎由于一下午的文学气氛的培育，都显得文绉绉的，没有人敢为她们出头，结果不仅遭到了男生群体的鄙视，在女生群体中间也遭到了口水的待遇。林不凡自从经过这次事件之后，再没有来过阶梯教室补习过语文。忍受不了同龄人鄙夷的目光是一方面的原因，更为重要的是，由语文辅导教室的环境便可窥见此校对语文这一学科的重视程度了。讲课的老师水平更是令林不凡绝望，林不凡觉得站在讲台上的那几位，也就比自己稍微强点。

这样过了好些天，林不凡和同学们一起去参加了语文能力竞赛的初赛，学校又一次雇了专车。语文已经算是各项科目中举行的时间靠后的了。参加语文初试的多半是女生，有张雅，传说中的班长；陈楠,班上的语文课代表。还有一些在语文老师眼中的潜力股,也被宁东说动,都报了名,现在都坐在车的前排听着宁东讲着一些所谓的答题技巧。林不凡倒是真想听宁东能讲些怎样的技巧,无奈车内空间有限,便开始闭着眼睛休息。宁东则被七八个女生包围,本身他的个头就不是很高,由于车上的学生实在太多,他不得不坐在车前边的修理箱上。几位女生更是半跪在他的跟前。林不凡扫视了一眼车内的情况,心想着不知这些"天之骄子"是在溜须拍马还是真的对知识如此渴求?林不凡清楚地记着,有几位女生几乎每节语文课都在和周公幽会,现在却又如此专注于聆听他的教诲……林不凡心里只能苦笑,便索性把头转向了窗外,正好旁边也有几辆专车,也是本校所雇。里边清一色的全是报考数理化科目竞赛的高才生。林不凡看见他们的做派,眼神中透露着对自己的不屑,仿佛是在说:

"小子,你竟然站错了队。真给男生丢脸!"

林不凡顿时没了底气,低着头,不敢再和对面的人对视。

到了市一中的校门口,林不凡跟在女生的后边下了车。最先映入眼帘的是一片红,在门口的宣传栏上密密麻麻地写下了上届一中的辉煌战果。由清华北大依次向浙大复旦蔓延开来。虽然林不凡的数学不是太好,但凭借他的估算,这上边的人数少说

也有几百。

“这是一中给别的不入流的学校的下马威吧？”

林不凡心里边正想着，无意间瞟见了指示牌，他顺着指示走到了自己的考场，找见自己的座位便坐了下来。由于来得太早，他便仔细打量了一下四周的环境和对手。由于这是初试，好多学校的老师都是强制学生参加，更夸张的是，居然还有老师替学生付参赛的费用。可见这里鱼目混珠，八方来客，什么人都有。坐在林不凡后边的哥们估计是烟瘾太重，林不凡听见了他抽泣的声音，感受到了他内心挣扎时的痛楚，估计最后实在是忍不了了，跟做贼似的，从袖口自然地顺出一盒烟，一整套熟练的动作做完，林不凡分明又听见了他惬意的、自我满足的笑声。为了显示自己的大度，不顾旁边一位正在整理发型的女生的鄙夷的眼神，把烟盒扔在了林不凡的桌子上：

“抽吧，哥们，不用客气。”

林不凡略表谢意，把烟还给了他。

“切，看不出来还挺能装的啊？我都闻见你身上的烟味了，还装什么装啊！”

这时，旁边那位正在打扮的女生实在没了继续装饰容貌的心思，恶狠狠地瞪了他一眼，道：

“没听过近朱者赤，近墨者黑吗？跟什么东西一块儿待的时间长了,就变得跟他一个德行了呗!”

林不凡本来还暗自高兴,以为有人会替自己出一口恶气,而且是个女生,料想他还不能对她怎么样。过了几十秒才明白,她这是一语双关,把自己也牵连了。转过头看了她一眼,结果看见她瞪着自己,便默不作声,任由这两个大仙在旁边动嘴了。

就在他们两个吵得不亦乐乎的时候,监考老师抱着卷子和杂志从走廊走了过来。林不凡肯定这是位女教师,因为还离得很远,他便听见了高跟鞋敲打地面的巨响,林不凡向来对高跟鞋产生的声音是比较反感的,不过旁边这两位倒真是应该感谢这双高跟鞋,正是因为它的存在,他们才可以有足够的时间去修复现场,销毁罪证。

卷子发下来了。林不凡拿着卷子,不禁暗自欢喜,想这全国性质的竞赛卷子居然如此简单,便开始答题。监考老师看了半个小时的杂志,似乎是脚麻了,于是跺了跺脚,从座位上起身准备下来走走。到了林不凡座位附近的区域,不禁捂了捂鼻子瞪了他一眼,估计是对烟味过敏,便迅速离开了这是非之地。林不凡本来心情挺好,因为她的这一转身,顿时感到极度郁闷,不禁将自己的愤懑之情转嫁到了作文上,用犀利的言辞把社会现状数落一通。写到四百字的时候想到平时老师的教导,忽然觉得自己的言论过激了一些,顿时有些后悔。转眼又一想,在

这样的平台上较量，如果都是千篇一律，必然会泯然众人，是断然不会有胜算的。还不如独善其身，些许会有点机会；况且就算此时搁笔，时间也不允许了，便抱着破罐子破摔的心态接着写了下去。后边的抽烟男和旁边的化妆女不知是何缘由，一位在监考老师看完杂志的时候便离开了考场，另一位也在林不凡刚才为作文内容纠结的时候离开了考场。林不凡心无旁骛，一门心思都放在了写作上。考完初试后，自我感觉还算不错。

由于下午要在同样的考场内考英语，林不凡便找到了一中附近的一家面馆，准备在这里对付一顿。不知道是因为这家面馆的声誉太好，还是因为它的地理位置太过优越，里边的学生熙熙攘攘，连找块能够呼吸新鲜空气的地方都变得如此奢侈。由于天太热，导致面馆的上空夹杂着一股汗液的气味，几台风扇的存在也显得杯水车薪。林不凡索性在门口跟前的拐角处等着，大概过了二十多分钟，林不凡终于发现了空座，便迅速抢占了有利位置，要了一碗拉面。等到拉面端上来的时候，林不凡排除了这家店面之所以生意好是因为声誉的原因，运用政治教材上的解释就是这家面馆处于卖方市场，属于供不应求的主体地位。林不凡正在这里吃着，忽然察觉对面的位置上又来了两个不速之客，都穿着一中的校服。男的个头挺高，头发全都向上翘着，搭着二郎腿；女的坐姿比他好点儿，头发溜黑，扎着时下最流行的发型。上衣的领口微微敞开，不羁中略带一丝痞气。身上明显有香水的烘托，林不凡分明感觉到了香水的气味远胜拉面。林不凡吃了两口面便没了胃口，准备要走。对面的男生看他要走，立马站了起来坐到了林不凡刚才坐过的地方，还向服务员道：

“麻烦把这个桌子擦一遍，就跟猪毀过的一样，什么德行！”

林不凡正要发作，转身回头一看，才发觉此时面馆里的顾客大都穿着一中的校服，一道道鄙夷的眼光从林不凡的眼前掠过。林不凡知道强龙压不过地头蛇，从嘴角泛起的唾液又咽了下去，愤愤地离开了这是非之地，伴随着无数作呕的笑声。

林不凡把身上的校服上衣脱下，搭在肩上，漫无目的地行走着。天太热了，路上行人却丝毫不减，林不凡想要找个阴凉的地方休息片刻都如此困难。濒临绝望之际，才看见远处有一所台球吧。林不凡犹豫了一下，还是走了进去。这家台球俱乐部配套设施不可谓不奢华，一楼是台球，二楼是乒乓球，三楼是酒吧。一楼的东侧全是斯诺克式球桌，旁边还配有记分牌，桌布也是极度华丽；西侧是普通的球桌，不过质量也是上乘。看来大多数来客都没有心思去玩斯诺克，毕竟太耗时间了。这和好多不喜欢

足球的人的理由相似,他们都说自己觉得足球太枯燥,一群穿着短裤的男人为了一个破球争得头破血流,还搞得一身臭汗,争半天还进不了一个球。当然了,持这种观点的大部分全是女同胞。林不凡正在桌布旁边的椅子上休息,俱乐部的经理向他走来,边走边向他打招呼,近乎献媚地笑道:

“小兄弟,陪我打会台球吧?咱俩挑台费怎样?”

林不凡从他的话语中闻出了挑衅的味道,他知道如果不答应的话,老板可能就会让他离开这里了。林不凡自认为桌球技术还算可以,当年在小学六年级的时候,为了玩桌球还被老师罚站过。就问老板:

“怎么挑?”

“很简单,一盘20块钱,你赢了我给你钱,而且算你免费;不过要是你输了,那就不好意思了。”

林不凡和经理的比赛整得跟斯诺克世锦赛似的,旁边的顾客都放下了手中的球杆,跑到这边观战,一边看一边还给他们两个提着建议。经理大概没有料到一个毛头小子桌球技术居然如此了得,几杆下来满头虚汗,早已不是林不凡的对手,但是又不好拒绝,只得硬着头皮和林不凡继续,至于口袋里的票子……早已输了百八十块了。

第五盘打得快结束了,经理的球台上就剩一个黑八还没被林不凡攻破。这时,突然坐在门口的店员向他喊道：

“老板，电话！”

他擦了擦额头上的汗，本来体格就显得宽胖，又遇上这样的对手，自然是汗流浃背得不行。似乎是为了显示自己的球技并不如人们所看到的这样粗糙，还假装无奈地耸了耸肩，道：

“小兄弟，球技似乎还不赖嘛！要不是这样的突发情况，我还是要跟你再战一番的。我向来是后发制人的，本来看你年纪小，想在球桌上给你点面子，没想到你反而不给我这般面子。”

他边走边从兜里翻出一张百元大钞，扔在了林不凡的面前。林不凡装起大钞，面无表情地离去。

经过一中午的鏖战，林不凡早已在考场内失去了在球桌上的从容和霸气。听力烂掉，短语忘掉，句型乱掉，心态失掉。本来自己英语的水平还远未到上课睡觉的情况，考试还可以应付，再加上高温的客场环境，结果自然是可想而知了。林不凡也算是考场中的个别案例了，就在他苦思冥想着一个重要的单词时，身穿一中校服的两位女生已准备交卷，边走边满意地笑着。这时，监考老师拦住二人，用手指了指时钟，示意离交卷时间还有一个小时，不能交卷太早。面带富贵相的高个女不干了，吼道：

“这种破题还让我在这种干凳子上熬上两个小时！再说我就算是考差了，又不用你负什么法律责

任!”边说边推开监考老师大步走了出去,后边的女生跟在她后面也离开了考场。

又过了半个小时,女生走得差不多了,就剩下五六个男生还在做垂死的挣扎。监考老师看见空荡的教室,把持许久的耐心也被时钟的嘀嗒声给消磨殆尽了。手边的杂志和报纸已经翻了几遍了,还不时看看时钟,终于忍不住了,道:

“检查得差不多就可以交卷了，语言这种东西在于平时的积累,讲究一个底蕴。平时肚子里没有多少墨水,你在这想个半个小时就能有了？不可能的事！”

口吐白沫了半天,林不凡和其他几位同学仍旧在想自己的,仿佛没听见他的训诫。嘀嗒嘀嗒的时钟声掩盖不了尴尬气氛在教室上空迅速地蔓延。这监考老师也是堂堂的一中名师，拿着省政府的津贴,怎会咽下这口气。指着挂在黑板上方的时钟道:

“都瞅见没有,已经 4:40 了,今天听力放的比别的考场早了二十分钟所以要交卷了。再检查最后五分钟！”

齐刷刷地都站了起来,所有人从交卷到离开考场,中间的间隔不到一分钟。林不凡倒数第二个离开了考场,刚准备踏出教室门口的时候,听见后边的和他穿着同样校服的哥们说道:

“我亲爱的监考老师啊，我们可不敢占用您宝贵的时间，赶紧回家打麻将吧，看您瘾都犯到狂犬的地步了。”说完轻蔑地瞥了他一眼，向林不凡打招呼道：

“哥们，咱俩一个学校的，等我一下一起走吧。”

林不凡对他心存好感，便点了点头，一起离开了一中。

第三章

现在的时间已经快到了黄昏，这座城市虽然没有“大漠孤烟直，长河落日圆”的盛景，但是相对于边塞和城郊的寂寥，市中心此番的场景倒是显得别有一番生机。建筑工地机器运转的声音，街道两旁小商小贩的叫卖声，公路上从各个国家进口的轿车的鸣笛声，还有几对市民的吵架声……各种声音夹杂在一起，说明了生活并非是没有意义的。繁杂的生活虽然让有些人失去了理想，失去了奋斗的目标，但是至少可以让这个社会正常地运转。只是……恐怕也仅此而已了。

林不凡和胡凯离开一中以后，并没有跟随着大部队返回学校，而是去了一中附近的一些地点转悠，现在，他们俩正在天桥上闲聊。林不凡望着远方的霓虹灯发着呆，想到自从来这座城市以后所有的遭遇，顿时觉得心中酸楚。来到这儿已经有些时日了，现在却连个可以谈心的朋友都没有。初识这样一位同校异班的朋友已经让自己觉得如此奢侈，更何况还不知道他算不算是朋友。经过闲聊后，林不凡得知了他叫胡凯，是一班的同学。胡凯请他喝了饮料，伴随着闲聊，林不凡还顺便知道了他更多的个人信息。他自己说，他也是被逼着来参加英语竞赛的。

“其实你应该知道，我们参加考试的时候，偌大的教室只有少数几位男生，他们各有各的苦衷。这帮现实的英语老师非逼着每个人都来参加这种无聊的笔试。你也知道的，没人会对它有兴趣的。该死的，难得的一个周末就这样泡汤了。”胡凯似乎满肚的牢骚没处发泄，现在可有了一双耳朵让他得以倾诉了。

“没关系的，人都得为生计发愁嘛！他们每个月朝九晚五，损失了很多原本应该属于自己的东西，况且一个月就那么一点薪水，也挺难为他们的。”林不凡说道。其实他也有很多怨言，只是在现在这样的情况下，一对耳朵和一张嘴互为替代品。

“可是你不觉得这样一天活着很累吗？学生

抱怨,老师抱怨,家长抱怨,所有人都在抱怨。我们每天的生活都被抱怨的风气所侵蚀……唉!”

“我说你就知足吧,好歹还有我的这双耳朵来让你抱怨,你不知道好多人每天回家后都只能对着镜子口吐白沫吗?”林不凡摸摸额头,拭去额头上的汗珠道。

“不管怎样,用一个周末的时间能够认识你,还是很高兴的。我们以后见面的日子肯定会有很多的,到时候约你出来你可不要拒绝我哦……”胡凯打趣道。

他们互相留了电话号码,就各回各家,各找各妈了。

第二天,林不凡像往常一样拖着松散的身躯去了学校。路上碰见自己班的好多同学都在有说有笑。林不凡骑车到距离校门口不远的地方,就看见校门上悬挂着巨大的横幅,“祝贺我校学子在本次全国物理能力竞赛中取得巨大成功,获奖人数创历年新高!”林不凡联想到这条横幅和刚才一路上所见到的景象,猜想二班物理竞赛获奖的人数肯定很多。又联想到自己在语文竞赛中的优异表现,林不凡觉得,自己迟早也会挂上和他们一样的笑容的。

从教室后门习惯性地进到班里,林不凡就注意到了全班的男生和女生各自围坐一团,有的说物理题出得多有水平的，有的说语文的作文题目出得多有前瞻性的，还有的说这届竞赛出来的结果对中考加分是否有帮助的。林不凡想加入到男生的行列，忽然发现自己压根就没有报名，和他们也没有探讨的话题；想加入到女生的行列，才发现自己如果真的参与到了她们中间，会是里边唯一的异类。想着也就作罢。自习早已上了半个小时，但是全班还是没有准备晨读的迹象，老师也没有打算要制止的样子。“名校区”的学生今天难得轻松一回，今天都在唾沫星子飞溅，连平时学习最刻苦的几位也加入到了其中。看得出来，“竞赛”这种东西在学校还是颇具影响力和号召力的。也许你奋斗到最后也只会赢得一枚奖牌或者一张证书之类的东西聊作慰藉，发个奖杯还可以用来喝水，至于证书和奖牌，则只剩下用来惹人嫉妒和让人羡慕的作用了，并不能当饭吃。但这样的作用对于绝大部分人来说已经足够了。因为在当代的社会，奖牌和证书代表能力，代表提升，代表涨薪。脱离最基本的物质需求谈所谓的仁义道德显然是毫无意义的。

在一片吵闹声中，林一终于出现在了大家久违的视线当中。脚步依旧似平常般矫健，但是掩盖不了他内心兔子般乱窜的心跳，那难得一见的发型款式和嘴角微微上翘的微笑，暴露了他渴望爆发的小宇宙。讲台下的各位估计也是预见到了眼前将要发

生的一切,不觉得内心放松了许多。坐在林不凡旁边的祁伟不时翻翻杂志;坐在林不凡前边的李娜甚至戴上了耳机,只是由于她那飘逸的长发遮住了耳机,而让人难以察觉——林不凡当然除外,因为他就坐在李娜的后边,甚至可以依稀听见她正在聆听韩语歌曲。或许为了掩饰内心的不安,或者是因为别的什么原因,前边的数学书高高竖立着,书崭新得就像印刷厂里刚印出的一样,连名字都没写,更不用说后边那一道道还未做的习题了。右前方的林冉也是一样,只不过在数学书高耸的城墙下边,还蜷缩着一本小人书,林不凡知道那本书叫作《蜡笔小新》,那本令林冉嘴角合不到一起的好书。坐在祁伟右边的钱朵趁着现在的有利时机,把自己带的三块镜子照了个遍,拭满香水的玉手和头发就像初恋的情人一样,想要离开一秒都是不可能事件。这间教室大致以第四排为分界线,后边的学生大同小异,前四排的状况可就大不一样了,第一排的头抬得老高,坐在最边上的那位还跷着不太雅观的二郎腿,手一直在转笔;第二排的似乎没有如此的自信了,只是有好几位都在不停地跺脚打战,希望好运能够降临在自己的身上;第三排最是奇特,如此难得宽松的时刻也不忘用功读书,似乎眼前所发生的一切跟他们没有丝毫关系,和平常并没有什么两样。班里边现在还在学习的也就是第三排的这几位了。第四排的和后边的学生大体上没有什么区别，也在翻着书，只不过翻的是课本。不知道是太过刻苦还是因为忘了带杂志的缘故了。

不过也难怪前四排和后四排会有如此大的差距，因为林一的眼神只是在前几排瞟来瞟去，从不看后几排的状况，而坐在林不凡跟前的死党们似乎也习惯了被人忽视，并未觉得有何不可，反而都在暗自为此感到庆贺。

“同学们，这节数学课我们先停一下，因为我们的进度比别的班快，所以呢……我们停下来等他们班，这样进度一样的话对教学会比较有利。那么这节课呢……大家都先上自习吧——不过在上自习之前呢我还有个好消息要告诉大家！”

所有人都知道，接下来他会说什么，但是在这种场合下不能不给他面子。学习刻苦的现在也都停下了手中的笔，面带着好奇的表情望着林一。当然了，后边看杂志、听歌的还是没有什么变化的。

“这次全国物理竞赛的结果已经出来了，咱们班的同学很争气，共有八人获奖，这实在是巨大的荣誉。你们给咱们班争了面子，给咱们学校领导争了面子；当然了，作为你们班主任的我，心里也是相当激动的。尤其是咱们班的陈弘志同学，更是获得了一等奖，这是非常不容易的。现在咱们为他，以及其他的七位同学鼓掌，表示热烈的祝贺！”

班上顿时响起了稀稀拉拉的掌声，这掌声里有敷衍，有羡慕，有嫉妒，还有为数不多的真心实意的祝贺。不过陈弘志大概没有听出来这其中所包含的内容，头顿时低了许多。林不凡这才注意到这位传说中的牛人就是跷着二郎腿的那位。

“恶心不，他获奖又不是你获奖，搞得跟你亲爹似的。令人作呕！”

祁伟不禁暗自嘀咕，林不凡当然听见了，但为了不让别人看透自己羡慕嫉妒恨的心理，他默不作声。但是身上的汗毛却早已竖立起来了。

“这次竞赛你们得感谢你们的辅导老师，他们每天都在阶梯教室干吼着，得不到一点好处不说，还累得口干舌燥的。所以呢……你们的功勋章也有他们一半的功劳。”

话音刚落，班里顿时嘘声一片，林不凡当然也在其中。虽然他刚来到这所学校没有多久，但是对于所谓的“辅导老师”，他也是了解的。林不凡清楚他们都是什么档次的。林一眉头顿时紧蹙，打断他们的嘘声，道：

“尊师重教！尊师重教！这话难道是整天挂在嘴上的吗？反哺思源的道理你们不懂？刚想夸奖你们一番就变成这个德行。赶紧把明天要上的课预习一遍。上课我提问！”

班里顿时无声，安静得连林一大口喘气的声音都清晰可见。林一顿时感觉无趣，只是轻轻地在讲台上踱来踱去，最后估计是心乏了，看样子准备找把椅子坐下来休息一下，奈何找了半天不见一把椅子。估计也是把他的弟子们都得罪了，平时争着抢着给他递椅子，现在却都在做着自己的事情，有几个不嫌事大的还偶尔抬头看一下林一，望着他尴尬的神情，不觉心中充满了畅快之感。

在长达五分钟的搜寻之后，林一终于看到了一把椅子——就在后门跟前的垃圾桶边上。林一本来想让后边的学生给他提上来，忽然发现这些家伙的头一个比一个低，顿时打消了心里的念头，准备下去亲自搬上来。这一搬不要紧，后几排看漫画、看杂志的学生慌张了，纷纷以迅雷不及掩耳之势销毁着证据，有的往桌子里面塞，有的往邻桌跟前递，更有甚者，居然直接往袖筒里面塞。销毁现场的程序十分顺畅，有条不紊，颇见功力。当然了，这伙惯犯不全是后边的，也有前三排的。有一位坐在第二排的同学正看着漫画，可惜运气不好被逮个正着，算是用自己的身体为后边的同胞打了一个漂亮的掩护，好让他们有足够的时间将现场清理干净。不过自己可就遭殃了。

“败家子儿，刚把你夸了一番就敢在课堂上这样嚣张。在我的课上都敢摆出这样的嘴脸，别的课就更不用说了。你以为自己获了奖就牛了，就觉得

自个可以稳进重点高中，做你的梦去吧！明天把你家长叫过来，让我跟他报告一下你的先进事迹！”

“嗯，知道了。”

他平稳地应道，然后没有经过林一的允许就坐下了。林不凡心里感到诧异，但是其他人并未有什么异常反应。

经过这番对话，刚才慌乱的景象已经消失了，林一从讲台上径直走向垃圾桶跟前，随手掏出一张纸巾把凳子擦了又擦，然后搬了上去，纸巾顺手扔进了垃圾桶。似乎这张凳子的使用年代太过久远，未见有人清理，林一便把自己的教案垫在了凳子上，然后才稍微满意地坐了上去。林不凡心里在替刚才的哥们感到惋惜，无端地当了炮灰，却没有收获一点好处。不过看这哥们的神情相当轻松，好像刚才的事完全没有发生似的。林不凡心想自己倒是有点“皇上不急太监急”的意思了。林一坐了没多久就走了，走的时候还没忘了把凳子归位。不过人不能两次踏进同一条河流，同样的错误在学生的身上是不会发生第二次的。

本来昏昏沉沉的一个上午在今天似乎过得特别快，不知不觉就到了升旗仪式。一般这种升旗仪式各个学校都大同小异。程序简单，学校领导在国旗下高唱赞歌，喊得喉咙都快破了；学生在下边一个个像囚犯似的低着头，耷拉着脑袋听他们训话，即使恶心也得强颜欢笑，装出一副爱国青年的样貌，要是装得不像的话，还得遭受各种特殊的待遇。当然，这并非他们不爱国，也并非他们逆来顺受，而是教育的等级所致。学生听老师的，老师听主任的，主任听校领导的，这就是现实。

前边的程序向来没有几个学生会感兴趣的，那松松落落的掌声就是最好的证明。一向在“国旗下讲话”之后添加的内容才是学生们真正所感兴趣的内容，无论是处分决定，还是颁奖典礼，总是最受欢迎的。今天也不例外，老师那喜笑颜开的神情分明是在给某知名牙膏企业做广告。学生中当然也不全是面露春光，那些仅限于得奖的主。当然了，这也的确是令人高兴的事，在中国这个人头数多如牛毛的国度，能获奖至少可以说明自己在全国的学科地位中还是位居前列的，这也的确令人佩服。

林不凡看见眼前这些为人称道的景象，仿佛已经预见了自己那光明的未来。他甚至已经在憧憬自己领奖时上台该做怎样的动作？发的是奖牌、奖杯还是证书？在林不凡两眼迷离之际，颁奖典礼已经进行到了尾声。二班是全校本次全国物理竞赛中获奖人数最多的一个班级，因此在颁奖的过程中，学校领导没少提林一的名字。所言无非是“林一这班主任当得很是见水平”“林老师这教学功底很是深厚，当百尺竿头更进一步啊”之类的话。褒奖的话经

过喇叭这一工具的传播，搞得全校的每一处角落都在散发着林一激动的气息。不过全校的学生倒是没有几个愿意买他的账，顿时嘘声一片，众人哗然。尤其是物理老师陈建军，此刻的眼神更是斜视到了45°的样子。这是很好理解的，自己才是正牌的物理老师，这些学生中有好多都是他辅导的，林一算是哪根葱，居然敢反客为主。这就像是一个团长浴血奋战，好不容易把阵地给夺了过来，结果发现庆功会却是给另外一个营长开的。不过林一这会儿沉浸在荣耀的氛围当中，压根瞧也不瞧陈建军，大概是觉得自己已经跟他不是一个等级了吧。

升旗仪式结束以后，林一还没有走进办公室，便在走廊里听见了办公室嘈杂的声音，这些声音大部分是针对自己的。这种情况是很好理解的，也许以前他们都是分属于各自的阵营，都尝试着以自我为中心，现在突然冒出来一个“飞上枝头做凤凰”的人，也许这个人可能跟自己没有什么冲突，甚至他本人的一些价值观念还有值得可取之处，但是没办法，现实往往会迷失人的心智，让人们失去辨别真伪、善恶的能力。林一经过刚才的飘飘然，现在已经认清楚了部分现实，知道自己的高调作风可能招致了同行的不满，于是便决定低调做人，把这些同事的羡恨之心降到最低。他悄悄地推开办公室后门，谁曾想这一举动把门边的笤帚给推倒了，笤帚又和地下的簸箕来了一个亲密接触，共同弹奏出了一曲《悲怆进行曲》。林一的回头率伴随着曲调的升华瞬间增至饱和。办公室的气氛顿时陷入凝固。还是阅历丰富的政治教师贺永刚率先打破了这种窒息的氛围。

“小林啊，你这现在可是春风得意啊！依我看，过不了多长时间，这年级主任的头衔可就非你莫属了，哈哈。”

林一还未从刚才尴尬的气氛中走出来，并不知道贺永刚这话是祝福还是嘲讽，只得象征性地敷衍道：

“您这是在拿我开涮啊，看来我这城府还是不够深啊，以后还得多加修炼。”

旁边正在赶教案的宁东听见林一这样说，便停下手中的笔，拿起自己饰有青花瓷图案的瓷杯，喝了几口茶，道：

“这林老师满身的优点，可就是有一样不好……”

“还请小宁指点，我以后还得改正啊。”话刚应完，林一便觉得后悔得不行，这种回答有失偏颇，等于间接同意了“林一是个优秀的同志”的论断。有几位老师似乎也听懂了这种回答的含义，碍于情面，只得将鄙夷深埋在心底，算是给予这位新科“年级主任”的面子。宁东仿佛没有听懂他答复中所包含的深层的含义，只顾喝自己的茶，边吹着气边说道：

“林老师啊，你这唯一的缺点就是——太过谦虚。在咱们这些年轻人身上，谦虚可不是什么值得称道的美德啊。你的谦虚可能在某种程度上就决定了你的前途，将来这年级主任的职位，咱们初三年纪组可只有你和其他少数几位老师有竞争的实力，你可是我们大家都看好的，不能辜负我们大家的期望啊！”

为了不再出口成错，林一这次只是笑笑，并未有任何答复。宁东见此，便也不再打趣，只顾接着赶自己的教案了。

林一坐下之后，将刚才发的一千元的“优秀班主任”的奖金跟做贼似的揣进自己的裤兜里，把另外发的几张“优秀指导教师”的证书从袋子里拿了出来，准备递给他对面的陈建军。陈建军从他进到这间办公室开始，直到现在，始终在电脑上绘制着表格，并未参与刚才一系列的谈话，也并未看林一一眼。林一看见他，心中顿时产生一丝愧疚，这种愧疚的心理很是奇怪，他也不知道自己这是怎么了，只是轻轻地把八张证书放在陈建军办公桌前的一摞书上。道：

“陈老师，你的证书，我刚才顺便给你领过来了。”

陈建军这才抬头看了一眼林一，笑着说道：

“谢谢你啊，林老师。你瞧，这学校明天要咱们班和一班物理竞赛获奖者的情况,我这忙的呀……还真是羡慕你呀,一天那叫个悠闲。”

林一已经习惯了这种笑里藏刀的话语,也不再有任何的反驳,只是笑笑罢了。忽然想起一件事,便对陈建军说道:

“陈老师,咱俩明天换一下课吧,明天是我母亲生日,我明天的课你代劳一下吧,后天你的物理课咱俩再换过来。行不？”

这近乎哀求的语气并未产生很好的效果,

“明天啊……明天恐怕不行。你知道的,学校领导隔三岔五就要听我的课,他们对我又不像对你那样重视。明天刚好就是。不过……你妈有你这样的儿子真是福气啊，顺畅的事业和她的生日比起来，她都能随便取舍的。”

林一已经丧失了和他继续说话的耐心,把刚打开的电脑又关了机，出去准备到校领导跟前请假。刚一出门，便听见办公室里又恢复了刚才的喧闹。他知道了自己的存在又有了一份特殊的价值:可以充当别人茶前饭后的谈资。正气恼着,已经走到了校领导办公室的门口,他却在此时犹豫了。学校刚刚给了自己奖励，自己的事业刚刚重新焕发了生机,此时去请假,这不是得了便宜还卖乖嘛!校领导会怎么看待自己？可是不去的话,自己身为家中的长子,如果不给母亲准备生日的话,会让媳妇、弟妹

怎么看待自己？这艰难的抉择搞得林一现在在教学楼的走廊里，就像一条毫无方向感但却饥肠辘辘的老鼠似的，来回走着，来回窜着。正在左右为难之际，只听见自己班里的张扬气喘吁吁地跑了过来，还没到林一的跟前，便喊道：

“老师，您在这儿啊！不好啦，席君和杨乐在班里打架呢，您快去看看吧！”

真是一波未平一波又起。林一此刻的心情早已从之前升旗仪式的红光满面过渡到了现在的怒发冲冠，便跟在张扬的后边大步跑向班里。

至于班里，现在是另外一番光景。讲台附近的桌子现在都倒在地上，成堆的书也散落在地上。席君和杨乐跟前有几位男生在劝架，但是劝了没有多久，已经逐渐成了看客。女生全都蜷缩在教室后边，有些在翻着课本，有些在彼此议论，还有些在和后边的男生打情骂俏。现在正是自习课，席君和杨乐的手都搅在一起，杨乐上身的校服也被撕掉几块，胳膊裸露在外边，上边还有依稀可见的血渍。两个人也不管什么招式，就是你一拳我一脚，身后的椅子横七竖八，第一排的桌子都被挤到了三四排的位置上。地上的书本、粉笔渣子，还有一些衣服的碎片也到处都是。他们俩看来是破罐子破摔了，即使是林一在场，也丝毫没有收手的迹象。林一顿时气急了，吼道：

“都他妈把教室当成什么了,菜市场吗?男生都是干吗的！那么高的个子是用来走模特的吗？”

教室后边的几个高个子男生听此,便走到教室前边准备拉架,算是给林一一点面子。不过林一显然是被气昏了头脑,他没有意识到拉架跟海拔是没有多大关系的,而跟肌肉有关系。三四个男生上前拉架却没有一点效果,其中的一个男生反而遭受了无辜之灾,鼻梁被打到了,鲜血顿时飞溅,惹得全班的女生大笑。这时,林不凡的同桌看不下去了,他放下手中的书,径直走上前去,左手提着席君的衣领往边上一甩,右手把杨乐的胸口一推,未见用多大气力,但见杨乐向后退了好几步,倒倚在桌腿跟前。杨乐恶狠狠地瞪着席君。刚从教室进来的林一似乎在这幕舞台剧中成了看客。这祁伟——刚才拉架的林不凡的同桌,弹弹身上的灰尘,在众人钦羡的目光中回到了自己的座位上,连一向面若冰霜的林不凡,此时也对他钦佩不已。林一显然是被惹毛了,因为打架中的席君便是林一让他叫家长的那位仁兄,此时此刻,看来不叫家长都不行了。

“拿着你的东西,滚回你的家里,让你老子明天到学校来。如果你的家长认错态度诚恳,你又能清醒地认识到这次你犯的错误,我就让你继续留在学校。否则,就立刻把你开除！看哪所学校收留你！”

席君只顾搬自己的桌子,似乎没有听见林一刚

才的话,只是象征性地应了两声。班里边刚才的看客此时都忙碌了起来,准备打扫战场,杨乐则被林一叫到了办公室。

席君把刚才打翻的桌子摆到原位之后,便坐在了座位上收拾自己的书包，拿纸巾把书包擦干净以后,象征性地往里面塞了两本书,还特意把今天早上刚发的获奖证书夹在了地理地图册中,和同桌寒暄几句之后就离开了班里,临走之际还把门摔得巨响。

办公室里,现在除了林一和杨乐之外,再没有人了。杨乐站在林一的办公桌前,林一在办公室的脸盆架上边洗手边道:

“说吧,为什么打架呀?平时见你很少惹事,今天怎么破戒了?”

“没什么,那嘚瑟的席君早上得了个破奖,丫的走到后边来满嘴喷着臭气,说什么你们这群侏儒一辈子也不知道获奖证书究竟是什么味道,还说什么你们爹妈把你们生出来就是多余的,成天干不了一点正事,只会浪费土地和粮食。后边的听着没人敢动手,我就替他们解决问题了。”

杨乐说完了自己动手的原因,见林一刚好洗完手,便准备听他训斥。林一擦完手便转过身来,欲言又止。他累了一天了,早上的荣耀此刻早已忘却,只想着赶紧回家睡一觉。便指了指门口,道:

“你先回去吧，有时间了我再跟你谈话。去吧。”

杨乐本以为免不了一顿批，谁曾料想到竟会如此幸运，更未料想到这个平时在班里威望颇高的班主任，此时的神情会变得如此恍惚，如此落寞，不觉心中渐起怜惜之心，便悄悄地走出了办公室。林一也确实累了，在教师这样的工作岗位上想不累都难。杨乐刚走出办公室，林一便趴在了桌子上，头前高高摞起的教案快要将他的头颅淹没，偌大的办公桌只给他留下了几块豆腐般大的位置。他只能趁现在这样的机会小憩一会儿，如果办公室的同事在的话，又会不知道用怎样的字眼来诋毁他，他又懒得反驳。办公室里此时十分寂静，只剩挂在墙上的时钟嘀嗒的声音和林一轻微的鼾声。

林一睡了不到十分钟，突然听见办公室有人在敲门，他揉了揉睡眼，睁开眼睛才突然发觉门已经锁住了，想是杨乐刚才出去的时候无意间带上的。他立刻起身去开门。门外站了好几位老师，都是和自己一个办公室的。

“林老师，在办公室里边干吗呢，我都敲了五分钟了，还以为里边没人呢！”宁东道。

林一顿时感觉有点难堪，还未睡醒，略显疲惫的脸上此时又增添了一丝愧疚的神情，赶忙让了个过道让他们进去。后边的老师也依次进了办公室。

“哦，对了林老师，刚才我们都开会去了，小常

看你和你们班的学生匆忙赶去了教室，就没敢叫你。”宁东略带歉意地说道。

“没事,会上说什么了吗？”

“嗯——也没说什么大事，就是好像说下周省政府教育厅要派人来视察,让你和初二的年级组组长陪同校长去接见他们。”

“嗯,知道了,谢谢你。”他已经疲惫至极,但是还是表示了自己的感谢。但是宁东并未有任何的回应,回到了自己的办公区域。其他人也是不愿多说话,纷纷开始了自己的工作。林一收拾着自己的东西准备提前回家,在出门之前,听见陈建军在叫自己：

“林老师,今天开完会之后,学校说明天的听课……由于临时安排不到合适的时间,改在了下周举行,所以你要是想和我换课就换好了,明天就不用来了。”

林一没想到陈建军会说出这样的话,一阵惊愕之后恢复了常态,立刻表示感谢,便离开了办公室。

晚上，林一正在家里准备第二天母亲的寿辰，忽然接到一个电话,是席君的父亲打来的。

“是林老师吗？我是席君的父亲,当然了,我想我们之间不是完全没有关系,因为我是学校奖学金的发起人,在开会的时候见过你几次,只是大部分人对于我是不甚了解的，他们都不知道我的身份，当然……也包括你了。”

林一顿时脑子一愣,立马联想到他打电话的缘由,也预见到了这个不幸的消息会对自己的未来造成多么严重的后果。他立刻陷入迷茫之中,只是忽然意识到对方的电话还未挂断,才急忙拿起电话,对方的声音很是平和,听不出有什么愤怒、不满。不过这不代表自己已经安全了。

“席先生啊……”他暂时不知道对这位得罪了的前辈该如何称呼,只能是象征性地用这种大众的称谓称呼,“您这是百忙之中抽出宝贵的时间给我打电话,是为了……席君?他在上课时是有点不太规矩,不过他很聪明,学业上确实是没有什么大的问题,在学生中间也挺有人缘,在老师的眼中……”

“你这班主任当得有问题啊!”

林一还未说完,便听见电话里对方传来的语气明显对自己有点不满了。他连连允诺。

“是是是,您训导的是,非常有道理,我在教学上确实是不够客观,也有失公允。但是我在今后的工作岗位上一定会汲取这次的教训,一定会……”

“我说的不是你的教学态度问题,是你做人的原则性问题!我现在不是你的上级,也不是你的领导,我现在只是一位普通学生的家长!我关心的不是你的教学,不是你的态度,而是我孩子在学校的表现。我希望我能够和你经过协商以后,共同探讨

出一个解决问题的方法。你这样的低声下气,把所有的问题都往你自己身上揽,你这是让我……唉……”

林一听见对方的电话中直叹气,不知是恨铁不成钢,还是在演戏给自己看,顿时显得没了主意,只得说道:

“是,您说的是。”他害怕自己多嘴之后又会招致横祸,结果让自己下不了台,便简单回应道。

“我的孩子我自己清楚,他在学校里边是个怎样的情况,我也略知一二,所以你也不用想着如何敷衍我,如何讨好我。你就告诉我你对他有怎样的评价,对他在学校的表现有怎样的认知就行了,其他的你也不用过多地考虑。你放心,我不会因为你对我儿子的看法而干扰你的工作,你的教学。我知道你是位好老师,在学校的师生中也是有着良好的评价和口碑。你就告诉我他在学校的表现就好了,我真的很想知道。”

这话说得情深意切,让林一这样城府较深的人听了,也不禁感叹父母对子女的感情如此令人动容。他顿时放下了心中最后的一点包袱,但又害怕自己说了真话之后会对他造成多大的伤害。他儿子在学校的表现向来是不怎么样的,除了学习,其他的方面就很难找出什么优点了。上课不是睡觉就是看课外书,经常在班里挑事,和别人动手,“出口成脏”！天哪！真要是把他身上的问题全都如实汇报了，那他的父亲不被气出血才怪呢。不过也是家族基因太优良了，就这样的德行，席君在考试中从没跌出过前五，各种竞赛奖更是拿到手软。

“席先生啊，您儿子在学校的表现确实挺好的，他的成绩您也看见了，考上一个好的重点高中是不成问题的。只是在品德上，确实还有值得商榷的地方，要是他能和同学搞好关系，对老师尊敬一点，上课更专注一点，不要总是做一些跟课堂无关的事情，也许他的成绩会更加出类拔萃。”

林一说完以后，听见电话那头久久不见声响，觉得有些奇怪，但是又不好揣测，担心会出什么问题，忙追问道：

“怎么了，您没事儿吧？他的错误也不打紧，谁的人生没有过错呢。学生嘛，现在年纪还小，犯点错误也是正常的啊。”

他着急地打圆场，但是就算说破嘴皮子，把整个笑脸都给赔上，也未见电话那边出现一丝声音，电话倒也不挂。林一左右为难，只得举起电话，静静地坐在沙发上。

“嗯，知道了，谢谢，再见。”

林一摸不清楚这一席话的深层含义——也许并没有什么深层含义，但是林一喜欢在深层的含义上去想。想了几分钟也没有想出个所以然来，他也

就没有心思去想了，也许这位席先生并不是个肚量狭窄的人，也许他只是在恨自己的儿子……林一只能在心里默默地祈祷，希望他在往这方面想。他清楚，一个学校奖学金的发起人兼名誉主席，如果要和他这样一个普通班主任较起真来……不言而喻，吃亏的肯定是自己。

忙活了整整一个晚上。第二天，林一已经和陈建军商量好了，便没去学校，整整一天都待在家里。林一是个孝子，他可以不过自己的生日，甚至连自己和老婆的结婚纪念日也可以忘记，但却从来没有忘记过母亲的生日。母亲忙了一辈子，也节俭了一辈子，她不希望儿子把自己的每个生日都搞得这么隆重，总是劝过很多次，但是儿子在这件事上十分倔强，儿媳妇也说过很多次，甚至闹过几次，也都被林一给劝回去了。母亲吃不惯蛋糕，央求林一不要买这种中看不中吃的玩意儿，林一执拗不过，便不再买蛋糕，而是从那以后在每次过生日时添了两道菜。林一正和老婆给母亲敬酒，老婆也知道林一父亲去世得早，他对母亲的感情非常人可以想象，因此也显得很是贤惠。只是林一突然接到一个电话，是宁东打来的。

“林老师啊，现在在干吗呢？不管干什么都赶紧过来，有急事！”

“什么事啊，等我明天再去行吗，你先帮我顶会儿吧。”

宁东仿佛没听见林一那近乎哀求的声音，顿时不耐烦了，吼道：

“顶会儿？你在开什么国际玩笑，你让我顶一个学校的名誉主席？赶紧过来，人家已经等了你十分钟了！”

林一顿时从母亲寿辰的喜庆的气氛中跌落了下来，联想到昨天晚上接到的电话，预感到了可能会有不好的事情将要发生。他顾不上安慰母亲和媳妇，拿起外套就走。

第四章

在林一赶往学校的途中，席思远已经在办公室里等了将近二十分钟。他儿子也在，就坐在林一的办公桌上，背着书包，手里拿着几份报表，神情间微露出几分不屑的样子，时不时还跷着二郎腿。席思远就坐在林一办公桌的一旁，背对着席君，脸上看不出喜色，也看不出有什么怒气，只是不停地喝着水，时不时把他戴的眼镜摘下来，从兜里拿出眼镜盒，翻开盒子，用镜布擦一擦。虽然身居要职，但是骨子里还是挺传统的，似乎还有点复古，穿的是中山装，所以兜显得比一般的衣服都要大很多。面相不算太老，也就三十多岁，因此脚上的布鞋显得有些另类，似乎和他的身份不太匹配。这也就不难理解办公室里的老师为何都用异样的眼光注视着眼前这个怪物了。这就像是看见比尔·盖茨在大街上穿着件破棉袄在行乞，回头率超高也在情理之中。不过令众人费解的是，这样一个刚过而立之年的，比他们大不了多少岁的人，难道就凭这一套装备在江湖上行走，以至于如今竟坐到了名誉主席兼奖学金发起人的位置上？

由于他的存在，办公室里的气氛显得尴尬了许多，宁东、陈建军之辈的就站在门后边的书架前。尽管席思远一进门显得很是平和，看着也挺面善，而且一再示意让他们坐下，他们也不敢坐。宁东自恃自己能言善道，便准备主动和席思远沟通一下，谁曾想席思远先前平和的面孔立刻变得像寒冰一样，勉强一笑也显得很是奢侈，就像冰面上透出的一丝冷气，并无搭理宁东的意思。宁东热脸贴了个冷屁股，旁边的几位同事现在是捂着嘴低声笑个不停了。

正笑间，林一终于赶来了，一进门便看见了坐在自己办公桌上的席君，也看见了坐在席君旁边的席思远，忙上前伸手，席思远也没有拒绝，友好地伸过手去。

“不好意思啊，真不好意思，家里边有点事所以耽误了，不知道您竟然来了。”充满着毕恭毕敬的话语终于产生了作用，这间办公室终于有了点笑声。

“没事的，谁也没要求你一天24小时非得待在办公室里，那是人都得憋出毛病不可。不过嘛……这作为一名教师，一天总得在学校待至少8个小时吧，不然身为班主任，你的威信如何建立？这东西不是你说有它就会有的，它是一个长期积淀的过程。”

“是是是，您说的是，我是该在学校好好待着，不过我今天没来是因为……”

“看看，看看，犯了错还不承认。你知道吗？犯了错误最先应该承认错误，而不是去找借口，这可不利于你将来的发展啊！我这可都是经验之谈啊。”

“对对，经验之谈……”林一表面上应承，心里是一肚子火，好好的寿辰被他耽误了不说，还被他这样训诫，还什么经验之谈，我呸！只不过比我年长了几岁，有什么可值得骄傲的！德行！心里这样想，但是也只是想想而已。

“我今天来呢，也没有心思管你的工作，当然了，更谈不上教育你，大家都是在一个锅里吃饭的。只是为了给我儿子转学。”说完咳嗽了两声，席君才从后边的办公桌上跳了下来。林一从一进门，眼光就没离开过席思远，这才看见席君，手里边拿着几份报表，面带鄙夷地看着自己，把手上的报表递给了林一，然后便迅速地把手收了回去，好像碰到了某种不洁净的东西似的。林一对这位自己曾经教过的学生，心里边是恨到了极点。席君似乎也察觉到了林一对自己的愤恨，却装作毫不知情的样子，转而又坐到了林一的办公桌上。

“转学？转什么学？席君在这儿上学挺好的呀，怎么会想到要转学呢？”表面上这样说，心里却很是高兴，心想这种人渣可算是走了。但是还得表面上表示遗憾。

“没什么，只是……想让他到更高的一个平台去试一下，去找找差距。”

“您这孩子在学校表现其实真的不错，人又聪明，在学生中人缘又好。再说咱这学校目前是不太行，升学率啊，知名度啊，都比不上某些学校，但咱这学校发展潜力确实不错啊，学校的老师也很有干劲，这……您在学校待的时间也不算短了，应该都知道啊……”宁东给席思远重新倒了一杯茶，趁机说道。

“你是……我一直在学校见到你，还不知道你叫什么名字呢？”

“敝人宁东，是初三年级的语文组组长。”宁东用充满献媚的语气回答道。

“嗯……”只是简短的回应，宁东有些失望，但这种失望是因为期望太高，起点太高。他本以为这位上级十分关切地问自己的名字，会附带说些溢美之词，可惜换来的只是一声“嗯……”不过也足够令宁东感到欣喜了。站在一旁的林一脸上有点挂不住

了，因为席思远的目光开始在宁东的脸上停留了，身后的席君还在用蔑视的眼神看着自己。林一发觉自己被忽略了，忙准备打破沉寂，结果席思远眼睛盯着宁东，却说：

“林老师啊，你不用多说了，我已经决定了，我决定的事很少有人能够强迫我改正。你就拿着这几份报表帮我把手续办一下吧，顺便帮我把席君的档案关系转一下。麻烦你了。”

林一现在的心情算是五味杂陈，各种滋味都有。不过这种情况也算是在意料之中。自从上次和他电话沟通完以后，他似乎已经预见到了今天的结局，这结局似乎还属于可以接受的程度，只是一想到宁东刚才献媚的表情，一想到席君刚才的做派，一想到席思远刚才和自己的对话，他便像是掉进了沼泽地似的，长时间让自己喘不上气来。

转学手续很是烦琐，尤其对林一这样没有耐心的人来说，更何况这样辛苦的跑腿，自己还得不到一点好处，他的郁闷之情可想而知了。

转眼间就到了黄昏，他为了替席思远父子跑腿，不但错过了母亲的寿辰，还让校领导知道了自己今天旷课——这并非是谁告密，而是他忘了在实验楼里按手印。这种高科技不会辨别你的才华有多高，也不会辨别你是校长还是清洁工，它只会记住你的手纹，留下你的足迹。结果林一办完了手续，刚准备返回办公室，却迎面看见了本校的一位副校长。

“林老师，你在学校啊……刚才财务室里有人说你今天没来,正准备上报呢。”

“我这是因为……因为……”

“没事儿，现在既然你在的话……我去会替你解释的,你就不用担心了。“

“谢谢您啊！”

“不用,小事而已。”

林一笑笑,送走了这位副校长,又花了十分钟的时间将席君的档案转到了他的新学校,才从档案上发现这小子要去一中接着读书了。

“见鬼的事天天有啊！这样的主子都能去一中，而且花了不到两天的时间就已经把关系弄好了,这关系得多硬啊！苍天保佑啊,别让这小子去了垫底,丢他老子的脸！”从档案室走了出来,就听见电话响了。

“林老师啊,麻烦你了啊,我家里有点事得先回去,你今天下班以后帮我把材料送到我家吧,就在‘光华苑’,离咱学校也不远,谢谢了……”还没容林一说上一句话,电话就挂断了。

“我靠！真把老子当驴使唤了！”

愤愤地疾步到办公室,随手将材料扔在了办公桌上。没想到陈建军跟在自己后边也进了办公室。

“林老师，你的数学课我已经替你上了，你今天就不用来了啊，怎么现在在这儿坐着呢？”

“哈哈，林老师这是业务繁忙，一心为公啊！还能有什么原因呢！”宁东道。

林一此时没了心思再去分辨这句话的含义，没空分辨这句话的内容是在表扬自己还是在嘲讽自己。反正这就是宁东的说话风格，林一倒也习惯了。

“哦，对了，席思远和他那宝贝儿子等不住，就先走了，他说会给你打电话，不知道……”

“打了！”林一不耐烦地回应道。

这事过去了整整一周，席思远倒是在这段时间里没给林一找麻烦。被很多烦琐的事情困扰了一连好几天，林一现在也算是腾出了一点空闲的时间。办公室里还是老样子，不过大家的焦点倒是无意间从林一转到了宁东的身上，整天都和他打得火热。甚至连陈建军这样有城府的人也把持不住，隔三岔五去向他问东问西，今天问学校附近这段时间有什么安排，明天问学校什么时候组织物理老师去北京调研。不知道从什么时候开始，宁东似乎成为了这间办公室的核心人物，似乎还把持着学校的某些机密，俨然已经大有超越林一的趋势了。林一看到这种情况，心里头充满了复杂的情绪：一方面他感觉自己瞬间轻松了不少，活得自在了不少，整天也不用被放在火上烤了;同时他的内心又感觉到一丝不爽。想起自己从前的日子虽然过得劳累,但是却有一种踏实的感觉,现在这种感觉却慢慢地从内心里消退了,转而被嫉妒、羡慕的心态取代了。

至于林不凡，现在倒没空去体会林一的心思，他正被喜悦冲昏着头脑。全班所有人都参加了语文的初赛，只有他和班里的语文课代表进入了复赛。虽说这样的结果早在林不凡的设想之内和预料之中,但是当这突然降临的幸福到来的时候,自己却还是把持不住。那天上语文课,宁东刚进班里,全班的同学就从宁东的眼中读出了即将有喜事要发生的信息。宁东来这学校已经三年,教龄不算长。当初从华中师大过来以后,一直在全校的老师中没有什么威信和地位,不过在学生中间倒是很有人缘。因为他年轻,肯放下老师的身段,在学生中间颇为吃香。每次有学生进他的办公室,总会感觉特别轻松,就像逛菜市场似的。学生进了办公室,不管是做了好事还是坏事,他都让学生坐在一张座椅上——座椅相当高级,接近沙发的效果,甚至比宁东的座椅都要高级得多,还给倒茶——宁东专门从家里带过来的信阳毛尖。当然了,这些物质上的东西远远比不上人的内心所表现出来的宽容的力量。宁东对学生的做法遭到了同仁的挤兑,陈建军就曾经对他说过,认为他对学生太过宽容,太过包庇,这样不利于

学生以后的健康发展，更不利于他以后的教学工作。宁东听后只是笑笑，说：“没事儿，学生也是人。”

那天，宁东也是在早上刚到学校时接到的消息。他对自己班里只有两人参加复赛的事实表示可以接受，坦白说，他是有心理准备的，因为他也参与过阅卷，虽然不知道阅的是哪个班，哪所学校的，但是对竞赛的大致情况还是有所了解的。大部分的语文尖子所达到的分数段都非常密集，并且都集中在某一个分数段里，要想让他们都参加复赛，显然是不太可能的。能够进入复赛的卷子，前边的选择和阅读都不能有大的漏洞，而且作文还得出类拔萃，只有这样才有可能进入复赛。他没想到林不凡居然能进复赛！自从新学期开始，宁东知道二班班上转来了几位新生，也知道了其中有一位叫林不凡的。在他的眼中，这孩子整天话不太多，课堂表现也是差强人意，一天好像还在跟一些不三不四的人鬼混，目前还没发现他身上能有什么优点。但是结果是客观的、真实的。他在惊叹之余，其实在心里也挺感谢这小子的。全校参加语文竞赛而且能进入复赛的人本身就是寥寥无几，本来想着自己教的学生可能会全军覆灭，要是被剃了光头的话，这“珍珠班”的老年字号可就砸在自己手上了。对学生的自尊心、进取心的打击是一方面，更难堪的是，自己的面子算是被撕得粉碎了。自己在学校里，在办公室这两年地位本来就低，要是在教学上再拿不出一点成绩的话，自己在学校估计也就待不下去了。

作为一个毕业不久的大学生，在他教学的这两年间已经把学校的门路摸索得差不多了。领导大都是小人嘴脸——在上级面前所呈现的九十度总是非常标准，一丝一毫都不带差的；在下级面前二百七十度呈现得也是如此，就算得了颈椎病也是毫不在乎。什么“老师是辛勤的园丁”“师者，所以传道授业解惑也”……得了，这些都是教科书上哄小孩子的，或者亦可以作为压低教师工资的凭证，好让他们觉得，自己无论吃多少粉笔灰，寿命减少多少年都是应得的，都是自作自受的。但是自己人微言轻，又没有多少背景，只有凭借自己的成绩和能力说话了。这学期倒是有意外的惊喜，上次自己在席思远跟前好好表现了一番，没想到事后席思远倒没忘了自己，隔三岔五和他联系。在学校办公楼的走廊上也碰到过几次，还向自己打了招呼。看来自己说不定可以凭借这张王牌和林一去争一争呢！虽然林一平时也没得罪过自己，但是没办法，谁让你如今的事业一帆风顺，谁让你的门路比我多，谁让你在学校总是享受众星捧月的待遇，自己却总是被当成空气一样忽略掉呢。

凭他在语文教学方面独有的嗅觉，这次复赛估计没有几个学生可以突围成功，那些靠死学的这次

估计行不通了，毕竟这种全国范围内的竞争肯定需要更多的灵气和天赋。这次，他把宝押在了林不凡这小子的身上。至于班上的语文课代表，那位叫陈楠的女生，以往几乎每年都能进复赛，但却没有一次最终问鼎，对这样的无冕之王，宁东也不用做太多的努力了，一切全凭天意。至于林不凡……那可就说不准了，说不定这小子还真是个天才呢！

语文课还没开始上，大家已经知道了宁东有额外的话要说，因为他平时每次上课都会直奔主题，而如果哪次上课突然停顿个三五分钟的话，毫无疑问，十有八九都是有喜事要发生，这几乎已经成为惯例了。

“这次语文竞赛……咱们学校的整体表现都是不尽如人意，不过咱们班毕竟不同凡响，还是有两人进入了复赛。这个……还是非常值得庆贺的。”宁东话刚说完，就听见底下有人在起哄：

“嗨，周董，这次进入复赛了，哥们等着你请客啊！”

林不凡坐在倒数第一排，老远便看见班上同学的目光和焦点几乎都聚集在了第三排的位置上了。林不凡知道他叫周虞，自诩为班上的文学泰斗。同学倒是都给他面子，都冠以“周树人”的外号。

宁东显得有点尴尬，因为周虞平时心气儿挺高，他害怕残酷的结果会让这位“文学泰斗”抬不了头，但是又不得不将真实的结果公之于众。

“那个……周虞同学平时表现的确不错，在语文方面的造诣……不，是天赋，的确出众。不过这次嘛……他的发挥确实有些失常。当然了，这次出的题本身也有些难，我想大家都应该尽力了。”话是这样说，当然了，宁东没好意思说出他的分数，确实有些惨不忍睹。虽然平时他语文的成绩也蛮不错，尤其是作文，但是宁东心里从来没这样认为过。这只不过由舆论的压力所导致的结果。要是平时不给他足够的分数，倒像是自己没有水准了。

“那老师，除了他还有谁啊？我们可都没这水平，都有自知之明。”坐在第一排的何伟说道，他旁边的几位也都跟着附和道，看起来都很有自知之明。

“是……咱们班新转来的同学——林不凡。当然了，还有咱们班的语文课代表——陈楠，出色的表现也是无话可说，同样值得庆贺。”

班里同学的目光立刻分成两大阵营，前几排的男生几乎都注视着语文课代表，诧异的表情有之，更多的是崇拜；大部分女生则都注视着林不凡，有相当一部分似乎第一次听说“林不凡”的名字，仿佛是今天才认识他。有些坐在最靠前边的女生估计是视力不太好，还专门从桌框里拿出眼镜，戴上后准备美美地瞧个够。但是理想是丰满的，现实是骨感

的，她们快要把眼珠挖出来了，都没看见林不凡的真面目——坐在林不凡前边的哥们海拔太高了，完全遮住了林不凡的视线。几位女生还在悄声嘀咕，“这林不凡在哪啊？是不今天翘课了？”有一位女生实在忍不住了，大声吼道：

“杨帆，能把你高傲的头颅先低一下？我们看的是你后边的那个谁，看的又不是你！”

林不凡自从来到这所学校之后，还是第一次暴露在众人面前。他坐在最后一排，凳子又比别人的低了不少，再加上性格较为内向，平时比较低调，所以在这个班级几乎没有留下什么声响。所以前边的杨帆满肚子的委屈也是可以理解了，“难道海拔高也是我的错？”不过想是一方面，他也不好驳了这么多人的面子，便低下了头。

“哇……”有几位女生不禁露出倾慕的神情，将手托在了下巴上，也不管是否会有哈喇子流出。林不凡表示很惊诧，他虽然对自己平时要求蛮高，但是对于自己的长相和气质，还是有自知之明的，断然不会达到潘安再世的程度。但是他不是女生，所以不了解女生对男生的喜好。对于一部分的女生而言，男生的才华和赚钱的本事远比长相重要，这也就不难理解那么多女明星会自甘嫁入豪门，恰恰他们夫君的长相大多都在平均水平线之下了。

这是大部分女生的做派，至于男生，则是另外一番光景了，都眼巴巴看着陈楠。有些在说：“你这次表现的确不错啦……”有的在说：“今天这么大的喜事儿，可不可以请我们吃饭？不过你放心，你请客，我们买单。”陈楠则是一脸平静，只是微微一笑，装作没有听见似的。宁东感觉课堂气氛有点不对，自己似乎已经不是焦点了，于是咳嗽两声：

“咳咳，那个……大家下课以后有时间的话可以好好端详，现在是上课的时间，都把脸转过来。虽然老师长得不帅，但是还没有到让大家看一眼就吃不下饭的地步。”于是不管是男生还是女生，都不好意思再看这两位了，都纷纷把脸转了过来。不过即便都保持专心上课的样子，其实还是在各干各的。有的在向陈楠传纸条，有的在看数学书，还有的在互相低声嘀咕。宁东看见了这番场景，也装作没有看见的样子，这是他之所以可以在学生中间保持亲和力和魅力的重要因素。“管得少才叫管得好”，这是宁东永远信奉的真理。

不过……事情的发展倒是出乎林不凡的意料之外了。下了课，班上的情况照旧，认真的接着认真，疯玩的继续疯玩，仅有的几个容易产生崇拜之情的也都跑去了陈楠那边。林不凡表示不解，但也接受不了从天堂到地狱的落差。倒是也有人向他表示庆贺，不过都是些不学无术的家伙。有位女生一下课就和林不凡攀谈起来，可是她一身的香水味，

林不凡实在闻不惯,倒也懒得搭理她。

林不凡开始觉得可能是自己的座位惹的祸。公众的看法是:坐在最后一排的没有几个栋梁,全都是吊儿郎当的。教室本来就小,班里人数又多,导致桌子的摆放不断向后延伸。垃圾桶就在林不凡的身后不远处,还有簸箕、笤帚、拖把等杂物,旁边还扔着一些饮料瓶——班上有好几位男生都是篮球爱好者,人又懒,每次喝完饮料就直接用投篮的姿势扔了过来。林不凡找林一谈过两次,可是林一的语气从来没变过:分数是硬道理。如果想往前坐,就用实力说话。林不凡有点懊恼,要是这次能进入数学竞赛的复赛,那么林一对自己一定会视若珍宝。林不凡问过他的同桌和邻桌,他们的语气也是格外的淡定:最后一排,哥表示毫无压力。

"想得到他人的尊重首先得自重!"林不凡想到了十几天后的月考,心里边不禁有点忐忑。抬头环视一下四周,由于今天下着小雨,课间操因此取消,大家都围绕着陈楠团团而坐。林不凡总是望着陈楠的后背,平时也没怎么注意,还不知道她长的什么模样,竟能博得众多男生的热捧。几个男生侃侃而谈,好像在聊什么二战,两三个女生也加入其中。陈楠却只是静静坐着,一句话也不说,只是听他们讲。几个男生正讲得唾沫飞溅,林不凡看着他们,也希望能够加入其中——他对世界上的战争史也有着自己独特的认识，二战时，西线战场的著名战例更是如数家珍，可惜现在却是诸葛亮掉井里——英雄无用武之地。陈楠却忽然转过头来，和林不凡恰好双目对视。林不凡没料到她会突然转过来，头不禁低沉下去，身上好似有万千蚂蚁在来回蠕动。他好长时间都没敢抬头，也不知道自己怎么会突然间产生这种感觉。不过，他终于知道了为什么这么多男生都会向她大献殷勤，因为她长得太有气质了！不能说是漂亮，因为她的眼睛不算明亮，也不算大，也没有长发。似乎严格来讲，不属于美女的范畴，但却是非常吸引人。仿佛看见她的这一刻，眼睛已经不属于自己，只属于她了。林不凡尤其被她的微笑所打动，那是一种饱含着平等、信任的目光，她的目光里充满着善良，并没有自高自大的习气，更没有对弱势的鄙夷。林不凡觉得，那一刻，她就是天使的化身。

后面的两节课，他浑浑噩噩地度过，脑子里什么也没想，除了那别致的微笑。最后一节课正在上的时候，化学老师突然道：

"林不凡，站起来回答个问题。"

他瞬间从梦中惊醒，恍恍惚惚站了起来，就跟醉汉似的。四周的目光都注视着他，他的第一感觉是：世界末日到了。

"你不用紧张，你就告诉我，我刚才讲的这一道

题，选择 B 还是 D？”林不凡绝望地望着他的同桌和他的近邻，可是结果同样令人绝望——他们也不知道答案，同桌更是刚从睡梦中醒过来，嘴角的口水还依稀可见。前几排的法可鑫捂着嘴道：

“选 B，选 B！”一刹那，林不凡想到了自己前两天和胡凯看过的电影《贫民窟的百万富翁》，那令人深思的结局在林不凡的脑海中想了又想。

“选 D！”说完答案后，他等待着宣判，结果笑声四起。他顿时明白了，根本就没有什么选择题！

“看来你语文方面天赋出众，不见得你样样出众啊！你坐吧，要是觉得自己没脸坐，你就站着等着下课！”

班里顿时寂静一片，刚才的笑声瞬间消失。化学老师杨家旺则接着讲课，至于林不凡……他站着上了化学课，直到下课。

下课后，班上的同学没过多久都回家了。林不凡托着头，感觉头变得好重好重，如果没有手，他觉得自己的头颅会掉到地下。他站起来准备回家，觉得背后有人拍了他一下，他转过头来，发现不是别人……正是陈楠。她刚从后门走了进来。

“下周末，咱俩得去附中参加复赛，早上八点钟我在家给你打电话，咱俩一起走。还有……我看了你参赛的作文，写得令我很激动……只是，以后上课不要走神，化学对于中考还是很重要的。至于化学老师，他一直就是这个样子，你不要放在心上。赶紧回家吧，我先走了，拜拜……”

她走了。林不凡恍惚间，发现自己手上多了一张纸条，上面写着：

“这是我的手机号，有事可以给我发短信。当然了，没事也可以发……”

林不凡呆呆地站了十分钟，突然回过神来。他取了放在桌框里的自行车钥匙，准备回家。

当然了，他依旧走的是后门。

第五章

附中位于这座城市西侧的城郊，因为交通不是特别便利，所以学校多以住校生为主。校区面积在同类中学中，可以被称作面积广大，占地 700 多亩，对于一个以初中教学为主的学校来说，这样的面积已经算是富裕了。学校教学质量仅次于该市的一、二、九中，在家长界和教育界口碑都算是不错的。学校的财政支出由国家直接拨款，基本上属于国家直接领导下的学校。学校的学风淳朴，校园景点众多，但是却无人观赏。学生多来自省内经济比较贫困的地区，以及城市的郊区。他们家境都很一般，恶劣的环境培养了独立、早熟的性格，也过早地承担起了本不属于自己的责任。他们宁愿多花些时间背背单词，也不愿意在校园晃悠——他们都知道这样做的后果。

将全国性质的竞赛地点安排在这样的地方，以一、二、八中为代表的传统名校的学生多少是不太情愿的。城郊离市中心本来就远，恰巧一、二、八中都在市中心，再加上又是周末，所以这些学生的心情可想而知了。自己势单力薄，不能改变什么，只有将满身的憋屈全都发泄在竞赛地点上。

现在正是早上八点多，城市里的餐饮店、报刊亭、药房之类的刚刚开店，附中校外的主街道上来来往往全是学生，有的穿着校服，有的穿着短裤，部分女生还穿着超短裙，将脸抹得跟吸血鬼似的，却也因此得到了超高的回头率。甚至还有穿着拖鞋来参加考试的，在一位同学的身上，拖鞋和饰有卡通图案的书包显得如此的不搭调，那厮却毫不在意，骑着脚踏车，戴着耳机，不时地还打着口哨。仿佛不是去考试，而是去郊游似的。

主街道的北侧有家小吃店，店面不能算大，几十平米的地方总共摆了不到五张桌子，现在全是学生。店员也少，加上老板和老板娘才四个人，天气不能算热，老板却急得大汗直流，恨不得用脚端盘子。老板急，学生也急，家长们工作了一周，今天都在家里睡懒觉，断然没有做早餐的道理，面包之类的学

生又都难以下咽,学生多半是空腹来的。离考试开始还剩不到半个小时的时间,小吃店门口却还排着长队,都快要到马路边上了。有些没耐心的排了不到五分钟就走了,剩下一些看来是非吃不可了,似乎今天是抱着品尝美食的目的来的,而不是考试来的,都在那儿排着队。有些学生不知道是平时刻苦习惯了,还是没有积累下东西,现在心虚得很,一直背着古诗,翻着作文文选。

林不凡现在正和陈楠一起骑着车,正要穿过这条主街道,刚好经过这家小吃店。他们俩都没有去吃的意愿,因为在陈楠家所在的小区外边有一家店,林不凡和陈楠已经在那儿吃过了。他现在正在给陈楠讲解着作文想要得高分的技巧。陈楠知道自己拿奖的希望不大,由于那篇作文的关系,她现在觉得眼前的这个男孩才气四溢,恨不得把它咳嗽和打哈欠的声音都记下来,以为那里面饱含着什么特殊的哲理。

"这种考试不同寻常,要想在数万人当中脱颖而出,就必须有自己的看家本领。这种看家本领无外乎作文。试卷前边的选择填空都是相对基础的,能进入复赛的应该都能答对,所以这部分应该拉不开差距,重点是作文。作文好的话,你就可以稳操胜券,要是作文偏题或者字数不过,即便你前边全是满分,也没有多少可能获奖。"林不凡凭借自己多年在语文方面的经验，现在正侃侃而谈。陈楠像个忠实的信徒似的，现在嘴里默念着他刚才说的话。

“可我看的书也不多，平时的作文也不算出众，怎样才能在这么短的时间内提高作文的分数呢？”陈楠问道。

“这个嘛……首先是字数，字数一定不能过少，还有段落，这个是最基本的，好歹得让阅卷老师的眼睛舒服一些，才能保证你有得高分的可能；其次是内容，一定要杜绝那种犀利的杂文形式，像李敖、鲁迅之类的文章是断然不能在作文里边出现的，还有……”

“鲁迅我知道，那个……李敖是谁啊，我怎么以前没听过？”

林不凡有晕倒的趋势了，但是为了不打击她的进取心，还是强忍住了。

“不用管李敖是谁，你只要记住作文里边的主题必须是正面的、积极向上的，这样就行了。语句越华丽越好，修饰越清新脱俗越好，句式越多样越好，就像王勃的《滕王阁序》里边写的那样。要是你擅长诗歌，那你就写诗歌；要是擅长写小小说，把作文编成故事也可以。总而言之言而总之，把你的看家本领拿出来就行了，那样问题就不大了。”

“嗯，我知道了。咱俩应该在一个考场吧？”陈楠忧心忡忡地问道。

“只要你把心态放好，把我刚才讲的话记住，那就一定会有一个圆满的结局。在不在一个考场不那么重要。”林不凡看她太过紧张，忙安慰道，“你看看小吃店门口那些人，人家就心态放得挺好的，你应该多学学他们。要不然你也一手拿个牛肉饼，一手拿纸擦着嘴，这样进考场一定会让监考老师眼前一亮的。”

被林不凡这样幽默一把，陈楠也不禁笑了。俩人回头一看，小吃店门口排的长龙还是那样蜿蜒着。

进入附中，林不凡最大的感觉就是人的渺小，眼界之内的全是空旷一片。教学楼全都聚集在学校的东侧，从校门进去以后就找不着阴凉的地方了。时间还未过九点，毒日已经刺到了每个人的身上，在这样高空挂日的地方，林不凡早已忘记了理想和抱负，只是和陈楠一起跑着，希望尽快到达阴凉的地方。

考场也是分三六九等的。一中在阶梯教室，这是学校硬件设施最为完善的教室，而且离校门不远。二中和八中在教学楼的中间，其他学校的考场则分居两侧。林不凡只有到了这种地方，傲岸不羁的心灵才会被残酷的现实所消磨。越往教学楼的角落里走，理想也逐渐被消磨没了。

考场里还算宽敞，就是太黑，弥漫着一种压抑的气息。林不凡按号坐到座位以后，才发现桌面太过粗糙,远远望去,就和褶皱山脉的形状差不多。想起了自己忘带了垫板,正叫苦不迭。

“唉……倒霉啊倒霉……” 惆怅之际还环顾四周,才发现陈楠和自己没有分到同一个考场。想看看有没有人多带垫板的,看看他们和自己同样的表情,林不凡也放弃了这种想法。

“这是给你的……” 林不凡感觉到自己的后背被人戳了一下,回头一看,胡凯正拿着垫板对自己傻笑着。

“我早就知道你也在这个考场, 你的照片昨天就被贴在上边了。我今天从考场进来就在找你的位置,还希望咱俩的座位能在一块儿呢。”胡凯边笑着,边把手上的那张垫板放在了林不凡的桌子上。

“看来咱俩还挺有缘分的啊。”林不凡道。

“这种缘分是命中注定的。我早就知道你们班只有你和另外一位语文课代表进入了复赛。我想你还不知道吧,咱们学校的考生几乎都在这个考场。”胡凯道。

“这个附中的教室怎么这么恶心啊,外边看起来还挺气派的, 怎么到了教室里边就成了这副德行呢? ”

“这是这所学校最恶心的教室,没有之一。它以前是堆放体育器械工具的,后来就改成了复读班的教室了。”

“怎么参加个考试还得分等级啊！”林不凡瞬间没了踌躇满志的心情，比起在这种地方遭受到的鄙视，那些“褶皱山脉”实在是算不得什么了。

“你以为呢，穿校服的不一定都是学生，还有可能是乞丐。”

“是吗，那看来……参加复赛的不全是天才，还可能是蠢材喽。”

两个小时以后，竞赛结束了，林不凡自认为答得不错，他看了看身后的胡凯，得意的表情说明他也答得不错，看来语言天赋，不单是他一人拥有。现在快到了正午，胡凯和林不凡都没有着急回家的意思，准备找个餐馆去吃午饭。在校门口碰到了陈楠，林不凡邀请她，结果被拒绝了。看着她落寞的背影，林不凡猜到了她可能答得不好。

胡凯找了一家湘菜馆子，看起来他经常在这个地方吃饭，刚一进门，饭店的经理就冲他打招呼，还找了个靠近风扇的桌子。林不凡和胡凯都被饭店的经理像皇帝似的供了起来，恨不得再给上几炷香。

这两位还算是福星，餐馆本来还没人，结果自从他们俩进来以后，后边的人连续不断地跟了进来。胡凯让经理去别的地方招呼，不用太客气，那经理便走了。

“服务员，服务员……”林不凡喊了几声都没人答应，服务员们都仿佛没听见似的。胡凯连忙打断他：“美女！”瞬间有两个服务员疾步走了过来。胡凯用手遮着嘴边，悄悄地告诉他：

“如今这种年代，你餐馆里喊服务员，她们都跟没听见似的；你要是喊美女，都跑得比电表还快呢！”

林不凡还是头一次听到这种说教，不由得感到新奇，但是事实证明了眼前这位仁兄所言非虚。看来胡凯家境不错，对于一位初三的学生来说，随意进餐馆而且没有付不起账的困扰，应该算是少数派吧，林不凡心里这样想，虽然他也没有这方面的困惑。林不凡的父亲在铁路局上班，每周上连续三天的班，然后可以休息四天，这样周而复始。月薪七八千，月末年末还有福利、奖金之类的，铁路局的还给办了保险、新华书店的图书卡、电信的充值卡等。父亲干这行已经十几年了，这样的福利对于他来说应该没有什么不合适的。母亲是报社编辑部的副主任，也是干了十几年了，福利和工资比林父的还要优厚。父母对林不凡的生活管得很严，在他还没转学的时候总是隔三岔五地问他的姥姥，问儿子最近的表现如何，日常花销之类的情况。姥姥总是和外孙一个战线的，林不凡从小和姥姥生活在一块儿，感情非常深厚。姥姥有六个子女，林母排行老二。子女们也都算孝顺，姥姥从来没为吃穿考虑过，甚至

还隔三岔五给林不凡几张百元大钞。后来俩人的关系和默契甚至发展到：林母打电话问他情况的时候，不凡只要给她一个眼神，姥姥就知道下边该怎么说了。

结果后来终于露馅了。林母有点不相信儿子的表现会一直这么好，想方设法找到了林不凡的班主任，问他的情况。结果他的老师将实情全盘托出，说林不凡初一的时候表现非常不错，遵守学校的各项规章制度，成绩也非常不错。结果到初二以后，偏科的问题开始逐渐显现。语文、英语、政治之类的成绩总是非常稳定，数学和物理却是差强人意。林母急了，和林父商量了一下，认为孩子转学的问题是迫在眉睫了，夫妻俩在这方面口径相当一致。结果林母告诉了林不凡，说是要给他转学，姥姥是死活不让。但是林父林母的阵营就像是一战中的协约国，林不凡和姥姥的战线就像是同盟国，虽然刚开始"同盟国"占了上风——得益于姥姥在家族中的余威，但最后还是不得不向"协约国"妥协。

在初三还没开始之前，林父还找了网上的一名自称是附中的数学老师叫余华的帮自己的儿子补习数学，林不凡整个暑假都在卧室里边听这位"数学名师"的理论。每周三节，每次还得把他像老佛爷似的供起来。林父为了表示自己礼贤下士的至诚，还咬了咬牙，将自己的西湖龙井给了他，谁知道后来儿子告诉他，说是余华根本就不懂品茶，每次喝水都像牲口喝水似的直往嘴里灌，也不晓得尝尝咸淡。林父听了后悔得直跺脚，让林不凡以后就用普通的茶叶“伺候”他。结果这次是林家父子栽了，那余华虽说不懂品茶，但是那眉毛底下俩窟窿眼却绝不是出气用的。一次补课之前，余华就对林不凡说：“你们家也够抠的，前两天的茶叶那么大，看着那么顺眼，今天怎么换成这种鬼东西。你看看，看看，这是茶叶还是柴棍？”

边说边指着杯子里边的“柴棍”给林不凡看。桌子上的教案还是合着的，看来不给个说法，他是断然没有上课的意思了。林不凡没办法，把那些茶叶倒在了桶边，又从林父书房的柜子里，翻出了西湖龙井的盒子。林不凡看那盒子，包装得极为华丽，一般人看见这样精致的盒子就已经有了买茶叶的强烈欲望，还哪管里边的东西是什么货色呢。林不凡又打开盒盖，一股醇香的茶叶味道涌入鼻内，在五脏六腑里久久回荡。林不凡向来是不喝茶的，但是现在要不是因为补课，还得伺候那位主子，他早就喝杯龙井消消火了。正在沉醉当中，忽然听见余华喊道：

“干吗呢！干吗呢！耽误时间是不！这会儿浪费的时间我可不给你补回去啊！”

林不凡赶紧给倒了一杯端到卧室里边，小心翼

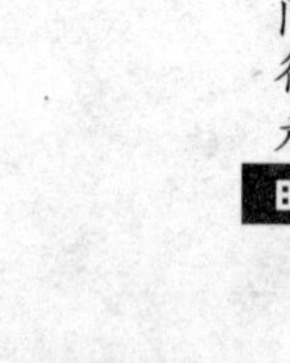

翼地放在桌子上。

“我说,不就占你家一点茶叶的便宜吗,至于脸色这么难看不！你把烧开的茶壶就不能端过来啊！你家的水资源就那么宝贵！”

“不好意思,我家没有茶壶,这些水是从饮水机里边倒的。”

余华这才作罢,于是开始上课,给他讲了全等三角形和相似三角形的内容。林不凡数学是烂,但这不代表他所有的数学内容都烂。在以前的学校里曾经考过一次关于几何的专题测验,林不凡的成绩位居前列,所以今天的内容他听得很轻松。过了没多长时间,余华就喝完了一杯,他从自己的教案中画了几道证明题,让林不凡在十分钟以内做出来,然后自己出去倒水去了。

“我靠!还真把自个当成太上皇了,你以为这是你家啊！”林不凡不禁在心底骂了一声,“我咒你一出门就被车……”本来想说被车轧死,突然觉得咒得太狠了,就改成“我咒你一出门天就下雨,让你成落汤鸡！”

一边默念着,手上的几道证明题已经有了结果了。林不凡把几道题的答案工整地写在本子上,听见客厅又有了杂音：

“喂!林不凡!你们这饮水机有毛病啊!接出来的水是冰的！让人怎么喝啊！”

林不凡算是见识了,他觉得眼前这厮是来挑刺的,不是来授课的。他放下手中的笔,走到客厅,冷冷地回了一句:

“你按错按钮了。”

林不凡从来没有觉得两个小时竟会过得如此漫长,余华在两个小时内说的话不超过五句,只是从他的教案中不停地勾出一些题, 然后让林不凡做。林不凡觉得有点愧对林父在他身上花的血汗,便说道:

“我说老师,您能不能教我一些答题技巧、理论方面的知识,别总是让我做题行不? ”

“我是老师还是你是老师,就你这种境界,难怪你爸说你数学学得连数钱都费劲呢!你不知道数学的成绩是从习题里提升出来的吗? ”

林不凡不再跟他废话了, 只是静静地做题,然后等待着他的离去。

两个小时过去了,余华倒是对时间观念挺看重的,连一分钟的亏也不愿意吃。他把杯子里边的水一饮而尽,然后习惯性地将不凡早已放好的一张百元大钞顺进包里,连招呼也不打就走了,临走之际还象征性地给他布置了一些所谓的家庭作业。

林不凡也不去送他, 待听见关门的声响后,他迅速地返回到书房, 从柜子里边抓了一大把茶叶,然后放进杯子里,冲过凉水后倒在了垃圾桶里。他

自认为现场布置得天衣无缝,只等林父回家了。

林不凡心不在焉地看了会儿电视,时不时地抬起头看看钟表。看了不到一个小时,林父便拎着公文包回到了家中。一进门看见林不凡在看电视,不禁有点恼了。

“你们老师来过了吗?老师讲的东西都记住了吗?一个假期就知道看电视。”

林不凡回道:“来过了,今天讲的内容很简单的啦。”他看见林父有点累,便给他倒了一杯西湖龙井,顺便道:

“爸,这老师不会是假的吧?”

林父听了有点不爽,儿子竟敢质疑老子的权威,这还了得。

“你爸我在网上找的,那还能有假!该不会是你不想补课了吧,还用这样的借口,你心里边的小九九我还能不知道。”

林不凡很淡定,道:“你爱怎么想就怎么想吧,不过爸,你可以找个茶瘾不重的老师吗?”

林父皱了皱眉,“茶瘾不重,什么意思?”

林不凡有条不紊地说:“这老师在两个小时的时间内,喝的龙井比给我说的话还多,普通的信阳毛尖人家还看不上喝,专挑龙井。”

林父立马从沙发上起来,进到自己的书房,从书柜里拿出茶盒。

"妈的,这茶叶是铁路局里年终发的福利,正宗的限量版好茶叶,老子都没舍得喝,他两个小时就喝了这么多, 就是头驴喝的话, 它也得有个限度啊!"

又从书房里出来,对林不凡讲:"叫那个姓余的下次别来了,在家里边待着吧! 我可是受用不起这种货色!"

林不凡忐忑地问道:"那我补课的老师……"

林父似乎忘记了刚才对林不凡的评价, 只是说:"算了,你先休息两天吧。"自打这以后,林父似乎就忘了补课这茬了,林不凡也得以保住了一个难得的暑假。

和胡凯在餐馆吃完饭以后, 林不凡坚持要付账,争急了,胡凯也就不再坚持了。买完单,林不凡说是请胡凯喝冷饮,胡凯谢绝了好意,提醒他不要放纵过头了,下周去就是月考了。还对林不凡说道:

"我看你是新转来的, 有好多情况估计你还不了解。在咱们两个班里,每次的座位都是按照月考的成绩排的,我劝你下次赶紧摆脱你跟前的那群狐朋狗党的,俗话说得好'近朱者赤,近墨者黑'啊,你每次都从你们班的后门进去和他们谈笑风生的,恐怕你交不到多少真正的朋友了。"

林不凡还是头一次听胡凯说这种话,一时不知

道该如何反驳，只是尴尬地笑了笑，算是表示认可他刚才所说的话。胡凯拍拍他的肩膀，道：

“你看你这些天坐在你们班的后门跟前，我每次经过你们班的时候，向你打招呼还得忍受旁人的鄙夷，他们都对我说过，说我为什么要跟你们班这些不三不四的人来往，我的脸也没处搁啊。你人不错，我可不想错失你这个哥们。”

林不凡听完这些话，顿时脑子里一片空白，不知道在想些什么。

“回见。”胡凯说完就从天桥上下去，只剩下林不凡一个人在天桥上，双手托着下巴，望着远处的街景发呆。

他正发着呆，突然想起了什么，觉得自己现在浪费时间是一种罪过，便回家了。没过几分钟就到了家里，刚进家门，就听见林母从厨房里出来，端着一碟菜道：

“老儿子，赶紧帮把手，这油烟机出问题了，厨房里呛得人实在是待不住了。你给你爸打个电话，让他找个人到咱家修一下。”

“知道了，我这就打。”林不凡拿起座机，拨通了林父的电话号码，结果好长时间也没有回音。突然想起了前几天才刚修过油烟机，便翻了一下柜子的各个抽屉，找着了那家店的名片，叫了修理工来家里边。

电话打完没多久，林母已经做好了饭。“你爸呀,吃个饭还得我给他打电话,看看他雇了一位多好的保姆啊!吃苦耐劳,能干不说,还给他这么大的自由。”林母每次做完饭都得唠叨一通,这几乎已经成了惯例,林不凡倒也是习惯了。要是哪天做完饭,林母不唠叨的话,林不凡才觉得不正常了呢。

“我已经给他打过电话了,可就是打不通呀,那我就没办法了。”

“没事儿,他爱吃不吃,回来就吃剩下的吧。”边吃边给林不凡夹他喜欢吃的菜,“今天的语文竞赛考得咋样啊?”

“还可以,卷子不是特别难。”林不凡答道。林母听见这样的话,觉得十分欣慰,片刻间给儿子夹了好几块鸡翅。

林不凡吃完以后,不像往常那样悠闲,径直走向卧室开始准备月考。胡凯说的话不停地在他脑海里回响,他顿时觉得压力很大,这种压力从何而来他也说不清楚,但他可以确定,肯定和胡凯刚才在天桥对他说的话有关系。还似乎和陈楠有关系。林不凡刚拿出数学书,准备从最薄弱的科目着手(他似乎忘了化学如今才是他最薄弱的科目),只听见林母在客厅喊道:

“宁儿,电话,你们班的同学找你,好像还是位女的。”

林不凡顿时有点无奈了，走到客厅里准备接电话，“妈，女的就女的嘛，你嚷什么嚷啊！”林母知趣地走开了。林不凡接到电话，才听见是陈楠的声音。

“喂，是你啊。”

“嗯，是我，你今天考得怎么样啊，应该挺好的吧？”陈楠问道。

“还可以吧，好像感觉不是特别好。你怎么样啊？”

“我嘛，也就那样呗，没关系，我已经习惯了，反正我也没有像你那样的天赋。”

林不凡听见她这样说，一时半会儿倒不知道该怎么接了。

“不管怎么样，考完了就好了嘛，不管结果怎样总是要面对的嘛。”林不凡安慰道。

“没事儿，我不会放在心上的。我想的是下周的月考，林不凡，我可不可以跟你商量一件事情？”

“什么事？你说吧。”

“你可不可以考得不要太好，考到十几名就可以了，那样我想我就可以和你坐同桌了。我的实力只够考到十几名，你可以迁就一下我吗？”

林不凡顿时懵了。坦白说，他这次心里没有底。以前在村里上学的时候，即便偏科的话，自己的成绩也没有跌出过班里的前二十名。可这次就不一样了，城市里的学生个个是天才，一看就和农村的不一样。他也不知道自己这次可以发挥到怎样的水平。

“你快点告诉我啊,你想不想嘛？”林不凡听见电话那头已经开始催了。

“不好意思，我还不知道自己这次能不能考进这个班里的前二十名呢。我想……”

“怎么可能,你平常知道的这么多,怎么还可能考不到班里的二十名呢？你怕是不愿意……”陈楠道。

“愿意啊,我肯定是非常愿意啊。”林不凡解释道。

“那你是舍不得你那群哥们？我难道还比不上他们吗？”陈楠问道。

“怎么可能，你跟他们肯定不是一个……一个等级嘛。只要我能考到前二十名，我就做你的同桌。”林不凡没办法了,只能心虚地说道。

“嗯,那就这样说定了,拜拜。”

“拜拜。”电话的余音响起,林不凡还没有放下电话,只是呆呆地站着。还是林母打断了他：

“儿子,这来新学校才几天啊,就已经跟你们班的女生认识了。有你爸当年的雄风啊!这可真是‘老子英雄儿好汉’哪! 她叫什么?家住哪儿?成绩怎么样……”林不凡望着眼前的这位,不知道该说些什么,索性直接返回了卧室。还听见林母在后边跟着,

"这又不是什么丢脸的事情，你就告诉妈妈嘛，我可以教你怎样从异性中博得纯真的友谊……"林母对儿子的交际关系向来是不打压的，她了解自己的儿子，知道他天生胆小，不会干什么出格的事。即便已经有好几年不在林不凡身边了，即便有林不凡的姥姥在一旁帮他圆话，她还是放心自己的儿子。

卧室里，林不凡手拿着笔，望着数学课本，却没了临时磨枪的欲望，他陷入了深深的沉思，脑子里想的全是胡凯对自己说的话，还有刚才的电话……

第六章

周一向来是一周中最忙的一天,至少在初三的时候绝对如此。早上尤其忙碌。穿过初三的教学走廊,学生们的头一个比一个低,现在全都成为了“名校区”的学生。他们这样的状况不是因为老师的训导,也不是因为得了颈椎病,而是——作业惹的祸。林不凡所在的二班情况最为严重,他们每周周一的早晨都得把作业放在收作业的人的桌子上,以整个横排为基本单位,每天一轮换。这项工作向来是没有人会感兴趣的——除了收作业的人。一般情况下,除了自律性极强的学生,大部分学生都会在几天之前计算出自己收作业的日期,计算得相当精

确。在那一天来临之际,所有人都不会在前一天晚上有赶作业的欲望,而是把这天晚上当作周末一般,出去狂欢,至于家长问起,他们的口径也都出奇地一致:“老师没有布置作业!”然后第二天去了慢慢抄,充分利用手中的资源和职权。

这样的借口向来是百试不爽的,其实并非家长们真的是白痴,他们完全可以打个电话向老师咨询一下,但是没有几个家长愿意这样做——他们太心疼自己的孩子了。他们宁愿相信孩子们的谎言,因为每次看见孩子们回家时的倦意,每当自己感受过了书包的分量,心里总会默默地滴血。对于这般年纪的孩子来说,他们失去的远比得到的要多。大多数的家长除了在周末和假期的时间里,都不会向孩子们唠叨学业、未来之类的话。某种程度上,这样的做法已经失去了意义。孩子们早已在流水线般的学习日程中学会了适应:每天回家,然后花很少的时间吃饭,然后走进卧室,奋战到晚上十一点以后——这还是最早的时间。饭量也很少,鱼肉之类的也没了味觉。有些家长为了支持孩子的学业,总会悄悄地替孩子们煮一杯咖啡,或者热一杯牛奶,像做贼似的端到孩子们的书桌前,生怕耽误了孩子的时间,或者打断了孩子们做题时的灵感。有些时候,刚端了一杯咖啡或牛奶进去,出来没有十分钟,就可以隔着门听见孩子们轻微的鼾声。家长们看见孩子们手中的钢笔，看见孩子们眼前摆放着的未算完的习题本，看见还冒着热气的咖啡，心里总是很难过。这种心情远比持久的不涨工资，或者是被炒了鱿鱼更为难过。有些家长长久地看见孩子们总是在为抄单词、造句、算一些在他们看来简单至极的习题，总是替孩子们感到无奈。虽然他们也希望孩子刻苦一些，考个名牌高中。这样虽然不能保证会在几年之后找到令人羡慕的工作，至少可以不被同龄的其他孩子所落下。也有的时候，家长会为孩子们分担一些作业，有的会帮他们抄单词，还得时时观察，看自己模仿的笔迹是否贴切；还有的家长看见孩子们睡着以后，会把他们小心地抱到床上，然后定好闹钟，在第二天早上的四点多、五点多的时间段内把孩子们叫醒，让他们继续前一天晚上未竟的“事业”。家长们面对孩子的作业，有时也会感到迷茫和无助，自己的学历也不低，想来应付学生们的家庭作业是没有问题的，但结果还是会事与愿违。他们为了不耽误时间，也会求助百度，甚至放下身段和脸面，大半夜地把同事吵醒，向他们索取答案。

在很长的时间里，抄作业的情况并没有得到改善——也许也不可能得到改善。美好的憧憬就像是人模，每个人都可以上前触碰、打量，但是对于他们而言，却只能远观而不可亵玩焉。二班和别的班里

一样，抄作业的盛况可以说是此起彼伏。在这种情况下，写完作业的家伙们就成了香饽饽，每个人都会上前借作业来抄。有些更夸张的懒货在前一天晚上就已经预定了。一般情况下，完成作业的多半是女生，因为她们自觉，对于文字有一种天然的嗅觉和热情。男生们在此刻，总是不得不向女生们臣服，也许向她们展示自己的真面目也得等到作业抄完以后。自己写完作业只是为了专供别人抄袭，这种情况下心情显然不会太好，甚至有点委屈也是正常的。想想看，自己花了几个小时才完成的作业被别人几十分钟就搞定了，心情是可想而知了。于是她们也学得聪明了，学会了商业上的谋利。她们给每位抄作业的都提了条件，多半也是以早餐为主。这种情况经历过一段时间后，已经非常自然了。抄作业的和提供资源的一手交钱一手交货，抄作业的多半都提供的是现金，这样就可以省去买早点的时间来多抄一些内容。不过这样的情况最终还是被宁东和林一他们给发现了，几十本作业的内容几乎是一模一样，只是笔体换了而已。宁东算是脾气相当好的，对于这种事情的发生也是不能容忍的。老师们此刻的战线保持得也是非常一致，他们决定要想个办法一探究竟。

有一天早上，老师们比平时早到了四十分钟，都特意在一个很隐秘的地方待着，待到时间差不多的时候，全部都涌向了教室，结果……人赃并获。

老师们抓了几个杀鸡儆猴，用来表示他们的立场。这件事的后遗症是交易减少了，反侦察能力却大幅度提高。班里专门派了几个代表守护在学校的一些显要的位置查看“敌情”，然后再互相通风报信。当然了，这几个代表们也有好处，那就是可以在执勤的那一天不交作业，权衡之下，这样的交易还是很公平的。这场关乎作业的战争，结果是——学生胜利。这种结局是必然的。第一，老师们在数量上处于弱势；第二，学生们“同仇敌忾”，内部十分团结。当然了，让宁东、林一他们整天都这样来回折腾也是挺残酷的，在学校的工作累了一天，让他们继续和学生斗争下去，也是不现实的。

林不凡在这场“战争”中，没承担什么角色。他的作业几乎每天都可以完成，正确率也是蛮高的，但是没有几个人来抄。一般是后几排的学生多往前几排跑去借作业来抄，前几排的则很少去后几排光顾。抄林不凡作业的基本都是祁伟、马超、李娜之类的，座位都离林不凡不远，当然少不了林不凡的同桌——目前的同桌。

他们抄的也有些时日了。有一天李娜正抄作业，突然想起了什么，忙转过身道：

“林不凡，你的作业怎么很少错过呀？好像每次都正确率蛮高的。我记得你就有一两次作业里边有

些小问题。你也太牛了吧？”

林不凡有些不好意思，不知道该怎么回答她。祁伟抄着作业，头也不抬：

“切，你以为呢，你也不看看他是谁的同桌。”

李娜没好气地摇摇头，接着抄着作业。她哪里知道，林不凡在家里做作业的时间可能是班里所有同学中最短的。有关文字的作业，林不凡天生就是干这行的，手中的笔只是来回在本上画，基本上不用思考。至于数理化方面的，通常林不凡都去问林父。这方面林父是信手拈来，他老吹嘘自己年轻的时候是全能型选手，体育、学习方面样样精通，还说什么当年因为自己太过优秀，追自己的女同胞在后边都排起了长龙，最后算是“下嫁”给了林母之类的话。看来这确实不假，林不凡每次去问题，几乎都能得到自己想要的结果。林父是一肚子东西，就是不会讲，在这方面他又没有当教授的天赋，更缺乏耐心，每次直接告诉林不凡计算方法和结果，这样对双方都是最好的。

不能怪大家这样疯狂地将抄作业作为一种乐事，而是没有完成作业的话，后果实在是太严重了。夏天的时候，对于没有完成作业的处罚方法就是：将他们发配在教室外的走廊上，半蹲在窗户边，什么时候写完什么时候放行；冬天更难受，严寒的气候丝毫不会因为学生而有所升高，在寒风中，捉笔超过十分钟都需要极大的耐力。这些只是肉体上的折磨，心灵上的摧残对于这群对未来充满希望的年轻人来说，则更为致命。他们早已到了看重尊严和名誉的年纪。想想看，在一个明媚的早晨，一位学子做好了充分的准备去迎接新的一天的挑战，却因为作业没有完成而被罚站，面对着同学和自己爱慕的人的目光，身上仿佛被电了一般，麻木而又窒息。林不凡有几次就坐在最后一排的靠窗户的位置，经常可以看见有些未完成作业的家伙在窗外的酸楚模样。老师们对于不完成作业的学生向来不手软。学生们在此刻也暂时抛却了等级的差别，对于在窗边赶作业的，不管是关系好的，还是关系差的；不管是学习好的，还是学习差的，都报以同情的目光。因为在这样的高压环境下，大家都心知肚明：除了极少数的几位，大多数人都会有这么一天的。人在江湖混，总有挨刀的时候。林不凡曾经就给窗外赶作业的同学递过湿巾，递过有现成答案的作业本之类的东西。

在林不凡刚转来不久的时候，有一次，坐在最后一排的同伴因为作业抄得太明显，结果被老师们发现，在高温的天气下，几个人在窗台上趴了整整一个上午。据祁伟透露，那次事其实大家都有份，可是班主任为了明正典刑、杀鸡儆猴，就把他们七个人全都请了出去，连早读也在外边上。其中还有三

位女生，也没能幸免。后来其中一位女生请了她的家长到学校和林一谈了一下，林一也当着众人的面给她道了歉，这事就算翻篇了。自此，那位女生的任何活动都没有遭到林一的阻拦，即使是当着林一的面梳理发型，染个指甲，也没能让林一动怒。

林不凡曾经想过，要是自己也会有这么一天，那么自己在这所学校的时光估计也就到头了。因为对于这种做法，他实在是无法忍受。他是一个如此珍视面子和自尊的人。他曾经同情过自己的近邻，为什么同样在一个屋檐下，待遇差距会是如此之大？后来他便不再同情他们了，因为他发现自己和他们没有什么区别。也许自己在这个班里，地位是跟他们一样的。纵使胡凯、陈楠会觉得自己高出他们一等，可那又有什么用呢？自己在走廊里发呆的时候，会有好几个人从身旁经过，却没有一个人冲他打招呼。陈楠过去和他说话的时候，总会有几个班里气焰很盛的家伙把他挤到一边，然后自己只能默默地回到自己的座位，继续闻着垃圾的味道，继续过着和垃圾桶为伴的日子。

他想，这次月考自己要好好发挥，只要能考一个好的分数，那么自己就可以坐到班级的黄金地段了，然后说不定可以和他们打成一片了。在无数个日夜里，林不凡梦见林一在公布考试的分数，然后自己像上次得知进入复赛的时候一样，成为全班的焦点所在。结果梦醒后，发现一切照旧，只是被头上有着一些口水，那是他内心渴望成功的见证。

他在没有看书的时候，总会侧着头、耷拉着脑袋看着身旁的这些家伙。也许感情真的需要共处之后才会变得牢固，他当初对于他们充满鄙夷的感情，早已尘封在了没有察觉的瞬间里。看着他们说笑的场景，自己有时候也会插上几句，然后自己会成为他们开玩笑的对象。即使如此，他也并不觉得沮丧。

课堂上总会有老师向林不凡提问题，尤其是理化方面的老师。林不凡曾经算过，班上有几十个脑袋，自己的脑袋被子弹击中的概率应该是很低的，要是再将概率四舍五入的话，几乎就可以忽略不计了。但是林不凡失算了，概率这种东西是很虚的，它的数值大小和计算无关，完全取决于老师们的心情。他曾经被化学老师羞辱了一番后，对化学这门课丧失了仅有的兴趣。每次化学课刚开始上的时候，他就已经期待着下课。他总是会情不自禁地看看自己的手表，就算是眼睛把手表看穿了，时钟也不会加快速度。林不凡在化学课上甚至天真地想，要是时钟像山坡上的羊群就好了，自己可以拿鞭子挥向它，这样它们的步伐便会如同大步流星一般，冲向下课的彼岸。想归想，理想和现实就像是平行线，即使你把它们俩强扭在一起，最终它们还是得

分开。林不凡站起来回答问题的时候，班里面总是很寂静。因为他站的次数多了，大家觉得他站起来回答问题就像人饿了要吃饭一样的自然。他有时候能回答上来，有时候没有头绪，就只能尴尬地站着。化学老师看着他的神情，似乎不是老师在看学生，而是债主在看欠账鬼。

李娜、祁伟、马超等坐在他身边的人总会翻着书给他提供答案，但是他们智力有限，总是帮不了林不凡什么大忙。再说，像化学老师这样当了十余年的教书匠，对于学生们的做法再清楚不过。他姓贺名卫兵，典型的和林不凡隔着辈的名字。林不凡看着他的面相，猜测他已经过了五十岁。发型很是老土，但是打理得却甚是整齐，一道银河般的空隙将头顶的森林分成两半，勉强还算是对称。衣服总是固定的几套，上身为淡蓝色的衬衫，下身多以牛仔裤为主。似乎是为了显示自己还很年轻，脚上总是穿着那双锃亮锃亮的阿迪达斯牌球鞋。他提的问题往往很难在书本上找到答案，即便把书翻得再破旧，如果不顺着他的思路去思考，最终都会是竹篮打水。

当然也有露脸的时候。宁东经常会说一些跟考试无关的典故，问到班里时没人能答得出来。这时候，宁东总会习惯性地盯着林不凡的位置，久久地望着他，希望他能够解答。林不凡知道宁东的心思，总会配合地站起来说出答案。他不是高调的人，也不想在众人面前展现自己的那点微不足道的过人之处，他仅仅是想替最后一排的同胞挽回一点面子。每当别人蔑视自己的时候，身旁的人总会和自己一条战线，林不凡也潜意识里将他和李娜、马超他们捆绑在一起，他觉得自己和他们是一条船上的。他想要证明没有人可以毫无缘由地鄙视别人，纵然他们很强，纵然他们在班级里地位显赫，但是这不能成为他们蔑视自己这个小群体的理由！

心里这样想着，大家的做派却是大同小异。发展到了最后，几乎总是会出现这样的情景：每当有什么关于典故或者文字的问题，宁东或别的老师抛给众人，却无人应答，大家都会自动将眼神抛向林不凡。没人会冠之以“救世主”的名号，也许大家只会这样想：反正你们又没本事，不如赏赐给你一个机会，让你也有点活着的价值。

看中林不凡的老师群体中，除了宁东还有一人，那就是历史老师——王志。学校内的有关人士都称他为：王老。王早已年过花甲了，总是戴着一副眼镜，看起来近视程度不浅。每次当他觉得镜片模糊了，把它取下来擦的时候，林不凡觉得他的眼睛突然向后凹了进去，怪吓人的。一身整洁的中山装经过他宽阔的身躯的衬托，显得和历史一样具有年代感。他平时话不多，但是声音极富张力和磁性，因

此在班上，除了原本的历史爱好者，其余的人也会对他像对待大熊猫似的仔细观摩，总觉得看不够。平心而论，老师能做到这种程度，确实是到了境界了。林不凡问过祁伟关于他的情况，本来以为这老师只是很平常的一位老人罢了，结果，当祁伟告诉他王老在这所学校教学的时间几乎和这所学校建校的时间所差无几的时候，他再也说不出什么话来了。林不凡所能做的，只能是珍惜他授课时的每一分钟了。

王老在班里教的几年间，人气从来不是最盛的，却也从来没缺过这种东西。授课的质量没的说，即使是最后几排的，或者是平时对历史不感兴趣的，只要是听见他那厚重的，熟悉的脚步声从走廊里一步步靠近时，学生总是会感到很振奋，这是他们唯一期待老师从门口进来的时候。

王从来不会解答同学的问题，讲完课后，从讲台上走下来，背着手绕着教室走两圈，例行公事后，拿起课本再从教室里出去。林不凡有一次从阶梯教室出来，无意间发现他的办公室是一人一间，林不凡抬起头看看门上的牌子，“王志办公室”几个用红笔写的楷体字映入眼帘，他这才知道他在学校中的地位，也终于觉得这所学校做对了一件事情。林不凡站在办公室门口正瞎想着，结果王老从办公室进去不到三分钟又出来了，恰好看见林不凡在门外傻站着。道：

“同学，你是二班的吧？”

林不凡心里在犯嘀咕，他以为又要替老师跑腿，正在犹豫着要不要承认，没想到王老却道：

“你在门口站着干什么，你们班谁叫林不凡啊？我教你们班的历史课都快两年了，竟然还记不全你们班同学的名字，难道我真是老了吗？”林不凡以为王老在问他，不由得感到奇怪，这么有地位，有学识的人问他的名字干吗？难道自己犯事了？他在犹豫要不要承认自己的身份。

“你是知道还是不知道？我记不住难道你也记不住自己同学的名字？”林不凡听出来这是在责备自己，没办法了，自己不说他也会查的。

“我就是林不凡，林不凡就是我。”

“哦……这样啊。我正找你呢，先进来再说。”

林不凡跟进去。这是一间面积不大的办公室，里边的桌椅摆放得十分整洁。桌上摆满了历史方面的书籍，繁杂却不显凌乱，只是王老的烟瘾不小，办公室的上空弥漫着很重的烟味。林不凡对烟味本来就恶心，现在碰到这种情况，门又关着，眼前又坐着的是能放进博物馆里的老古董，自己不能做不合适的动作，只得暗暗叫苦，脸上还得装出一副无事的表情。

王老指了指办公桌对面的椅子，示意林不凡坐

下：

“我上周给你们布置的作业，今天刚改完，对你的作业很有……看法。”

林不凡忙站了起来，道：“老师，您布置的作业挺简单的啊，我怎么还可能做错呢？”

王老不禁笑了，一边拭去着镜片上的杂物，一边指着他：

“不要那么紧张嘛，先坐下。我的看法不全是批评，也有……”林不凡看着他有别于教室里的表情，不免觉得心安了不少，于是坐下。

“我让你们谈谈自己最想知道的一个关于历史的问题。你的答案是……”他忽然忘记了林不凡的答案，于是准备翻翻作业本。林不凡手快，站起来没用多长时间就翻到了自己的本子，双手递给王老。王老笑着说：

“我本来也没指望你们能给我满意的答案，毕竟你们都初三了嘛，这一年对你们来说也是很重要的。中考虽然比不得高考，但是在某种程度上，这两者的本质却是一样的。所以我以为你们都只晓得关注和中考有关的学科，对于历史没有什么想法呢。你看看这摞本子，”他的手指向那一沓历史作业本，“有一半以上的同学写了不到三行字，我知道他们在敷衍。虽然他们上课也许会听我讲的课，因为我讲课确实有方法，也会很风趣，但是……”

林不凡听着他说的话，似乎是在发牢骚，不时配合着他的表情，还点点头，没想到王老马上换了一副表情，话锋一转，道：

“不过嘛……你倒是让我刮目相看啊！坦白讲，能发现你这么个人才，我倒是挺惊讶的。你就是那个今年刚转来的吧？”

林不凡点点头。王老接着说：

“我上次给你们布置的作业，你一个人的答案抵得上你们班所有人的答案。写了整整两页啊！”

林不凡对自己上次完成的历史作业实在没什么印象了，他拿起自己的作业本用最快的时间扫了一眼，一下子想起来了。这是有一天晚上，他先写完其他的作业，最后就剩历史还没搞定。他一看时间，发现还早，自己又不可能出去看电视，便准备在历史作业上多花些时间。他对着历史题目发了几分钟的呆，突然想起来了，自己书柜里有一本关于民主与法制的书。他取了出来，然后取其精华去其糟粕，这儿写点，那边凑点，足足写了两页。不过即便这些内容不是自己的专利，他也不感觉心虚。倘若王老现在问他这方面有关的知识，他虽说不能对答如流，但是随便瞎扯上几句是没有一点问题的。他本身就爱好这些东西，平时也经常翻这些内容。

“你觉得美国的三权分立体制的实施对其他国家有什么影响？”

林不凡刚从思绪中摆脱出来，听见王老在问自己，便回答道：

“老师，三权分立应该不是美国的吧，这种学说是曹操他舅舅想出来的，美国佬只不过是借鉴了一下而已。再说也不能全是实施吧，我觉得用‘完善’这个词更为贴切。”他本来还在揣测王老的心理，想着要不要这样回答，转眼一想也没关系，到这种境界的人应该不至于……

王老明显是被林不凡的话惊着了，他把擦好的镜片搁在手上，完全忘了要戴，只是呆呆地看着眼前这个怪物，沉默了一会儿，他忽然又诡异地笑了。并说：

“林不凡同学，你可以走了，我想……以后……可能我们之间会有更多的谈话，希望到时候你不会感到厌烦。”

林不凡从椅子上规规矩矩地站了起来，笑着把椅子放回原位，并顺便把桌上已经改好的作业本抱回了班里。也许只有在这间屋子里，自己才能感觉到老师和学生之间平等和包容的美好。

后来，王老还真是没少找林不凡谈话，每次谈的话题都是关于历史的。他倒也没必要在去之前准备一番，凭自己对历史的兴趣和这些年来在历史方面的积淀，谈话的顺利进行是没有一点问题的。就算有不知道的，他也不会不懂装懂，反正王老是不会在乎的，而且还总是向他补习关于这方面的知识。不过补习得再多，中考也不会考的。

月考的脚步一天天迫近，林不凡也将自己平时发呆的时间压缩到了最少，和陈楠之间的谈话也减少了几次。有一次，陈楠和张雅——班里的班长说要和他一起吃饭，林不凡知道这样的机会是多少人出高价也买不到的，即便如此，他也还是委婉地拒绝了。张雅和林不凡的家在同一个小区，因此，平时也总是见面，只是她没少讽刺林不凡，林不凡也不计较。平时她们俩总是在不经意间就会碰到一起，于是便三个人一块回家。班上总有些男生会因此嫉妒林不凡，在林不凡和她们一块回家的路上和张雅搭讪，张雅却总是对他们不感兴趣，即便这些人有些算是品学兼优，有些是家世显赫，她也从来没有高看过他们。而对于林不凡，她倒是对这个毛头小子有着特殊的感觉。在这种年龄段，男生女生之间相互爱慕的事也不少，但是张雅和陈楠对林不凡的感觉，却和这些东西无关，这是一种对才华的无限欣赏和崇拜，来自于精神上的。张雅在班上很有权威。她相貌清秀，学习的成绩高得像天边的启明星，从来没有下降的趋势。班上有什么消息，她总是最先知道。在老师中间是个标准的乖乖女，总有男生会向她大献殷勤，不过对于他们的主动示好，她从来不去考虑，就像是没有发生过一样。

她在班上朋友也少，一般的女生和她交往时，总会感到莫名的压力，觉得和她站在一起，自己会变成丑小鸭。虽然她对人也算和善，却也没有多少朋友，为数不多的几个都在一班，本班的则只有陈楠了。陈楠和张雅算是班上的“乐府双璧”，平时有什么活动也是一起参加。她平时也不见有什么爱好，一般女生爱看的玄幻书、言情小说，她从来也没翻过，对于美食也不感兴趣，一提逛街更是头疼，唯一的爱好就是喜欢散文、小说，或者看一些谈论时政的文章。她天赋太好，即便平时不好好听课，或者有时会有点瞌睡，也不用担心成绩会掉下来。

林不凡坐在后边，时常会听见旁边有人对他说：

“小子，你知道吗？你现在可是男生顶礼膜拜的对象。这两位小姐可是多少人都巴结不上的，你可倒好，来了没有多久，已经是‘桃李’满天下了。”

对于这种调侃，林不凡总是会心一笑，“那你们也可以和她们交往啊，反正她们人很不错。”

“又不是谁都可以做到你这样，我们又没有你的魔力。”

坦白讲，对于这样的说法，林不凡是蛮得意的，这会成为他新的资本，比语文进了复赛还让他骄傲。对于这种上苍赐给他的礼物，他没想过全盘接受。他知道，即便自己有些所谓的才华，在现实面前也会被无情打破。他虽然年纪还小，但是平时却老想这种问题。他只是想得到几个朋友，得到别人对自己的尊重。自己平时一个人独来独往，天黑时，做完作业后躺在床上，他总是会感到空虚。想到班上其他人在一起时的欢笑，彼此间散发出来自然和默契，他总是会感到嫉妒，然后变得消沉，对此只能感到无奈。他又一想，其实自己现在也有朋友了，祁伟、马超、李娜之类的应该算是朋友了。自己平时遭到别人的挑衅，祁伟总会用他那高大的身躯保护自己，也会用极富磁性的声腔告诉他们："你们可要搞清楚啊，这是我的小弟，别自找没趣啊！"这时候，他总会转过头来仔细打量这个满脸横肉的家伙，心里默念道："如果他不能算是朋友，那么谁还能算是朋友？"

遗憾的是，班上的其他人似乎总是对自己的朋友抱有偏见，觉得他们成绩差，作风也差，平时张扬得很……总之是看着不顺眼。就连陈楠这样温文尔雅的女生，竟也会持有同样的看法。陈楠没少告诉自己，平时少和这样的人交往，否则，你迟早也会变成像他们这样的混混。

林不凡不知道为什么其他人会这样对待自己的同伴。在他看来，那些人也没有比这些混混高明到哪里去。林不凡没有时间来替他们鸣不平，因为他渐渐发现，自己好像也被别人看得和这些混混一

样了。他们平时坐在一起，彼此之间总是谈笑自如，做操也是在一起，甚至有时候还会相互请客。和他们待在一起，自己总会感到很快活，很轻松，但是全班的人却因此觉得“班上怎么又转来一个小混混，真是倒霉”。他的同伴总是会经常毫无缘由地被训斥，有时候还会被罚做值日。尽管值日的次数很多，频率也高，但是没过几天，后边总是又会变成垃圾站。林不凡在和他们的交谈中得知：对他们来说，每天在学校的日子就像是地狱一般，他们从后门进来开始坐下，就在盘算着今天漫长的生活何时才会结束。他们其实也不笨，林不凡发现，平时讲台上的老师随便抛出一个问题，全班没有人回答的时候，身旁总会有人嘀咕出正确的答案。一想到自己这般努力地想要脱离苦海，其实却是最残酷的诀别，林不凡也会感觉到难过和不舍。马超每次看见林不凡在刻苦读书的时候，总是会插上一句：

“林，别这么拼命，下次考试悠着点，卷子上写个名字就行了，别抛下兄弟几个！”

看着他那至诚的表情，林不凡想要给他肯定的回复，可是看看前边的天堂，再想想自己和他们之间的待遇，他只能将那句“嗯”永远憋在心底。

他想：顺其自然吧，也许该来的总是会来。他是躲不掉的。

第七章

在月考准备阶段，老师们向来是没有多少空闲时间的，职位较高的一般来讲，还多少可以偷个小懒，普通的教师就没有这种规格的待遇了。一般情况下，年级主任级别的或者政教处级别的只负责将工作分发下去，动动嘴皮子而已，然后就可以干自己想干的事情了（当然也不能过分张扬），普通的教职员工则不行了，他们一天的工作，说好听点叫充实，说现实点就叫听人使唤。对于工作本身，他们没有多少质疑的权利，顶多给出出建议，能否被采用还不一定。即便一天再劳累，工资卡上的数字也不会因此像房价一样攀升。

林一已经到快要位居年级主任的级别了，却一点也看不出他和其他普通教师之间有任何的不同。也许他可以差遣自己的同行，但是却可能因此会换来别人对自己的议论，而且其中有些同行还比自己年长许多，他害怕前脚让他们印刷考卷，后脚就会被人说是"不懂规矩"。学校领导给他分派任务时候的果断，他是永远也学不会了，即便学会了也没有可以施展的余地，也不可能派得上用场。领导分发任务的时候会说：

"小林啊，去联系一下，看别的学校愿意和咱们一起联考吗？这件工作你不必亲自去办，让各班级的老师去做就可以了，你把学校的考场和考卷之类的准备一下就行了。"

同样的话，林一允许上级对自己说，但是不能允许自己也用同样的口吻去说给同行们听。他只能默默地去做那些本来不属于自己的工作，可能会慢一点，但是他想自己只要抓紧一下时间，应该就没有问题了。

他在办公室里没有片刻停留，总是在领导和别的名校间来回奔波。偶尔在办公室里待几分钟，贺永刚看见他总是在忙碌，便说：

"林子，这月考就剩几天了，你一天忙得不可开交，我们却在这儿喝着下午茶，听着音乐，有什么事需要我们帮忙的你就只管跟我们说就行了。"贺永刚快奔四十了，看着却像花甲老人一般。他一天也没几节课，却似乎没有时间整理一下自己的面容。脸上的胡须就像藤条似的遍布山野，看着十分沧桑，自己却毫不介意。他前些年因为开会时顶撞过学校的领导，就从政治科研组组长退了下来，现在负责给初三的七班和八班教授政治课程。虽然如此，办公室却没有变动，整个办公室里的老师全是跟二班有关系的——除了贺永刚和仅有的几位教师。此人自从那次事件以后，自觉地看淡了学校的俗事，只管一心授课，平时和家人总是会去很多地方，然后把自己的见闻传授给学生，在学生中间造成了巨大的影响。这般年纪的少年总是会向往自由，向往旅游，却只能将自己的梦想寄托在贺永刚的身上。即便是七班和八班这种去年中考失利的学生，心思和平常人也是一样的。

林一本来想给他们分配一些工作，看见贺永刚那面带苍老的倦意，他又把话压在了心底。忙说："没事，我自己就可以了。"

"有事你吩咐就行了，大家都是自己人，不用太客气。"

林一听见这般话，心底里涌出一股暖流。但看看宁东那几位，这时候头也不抬，只顾做自己的事情，林一的内心又变得复杂了。

事情办得并不顺利，他已经跑了一中、八中和

十八中等好几所学校(二中没有初中部),自己放下了身段好言好语相劝，可是没有一所学校愿意统考。现在各个学校都是月考的时间,林一对此心知肚明。去一中的时候,林一曾经在教学楼的走廊里看见“月考倒计时”的牌子,可笑的是,当他把来意和一中校委会说了以后,学校的相关负责人居然用这样的话来搪塞:

“真不好意思,林老师,我们学校的月考前几天刚考完，目前也没有什么测验和学科考试的计划。现在学生已经很有压力了,我们不想给他们增添额外的负担,希望你能理解。就算是不为学校考虑,也要为可怜的学生们考虑啊。”

对于这样的解释,林一还能说什么呢。他也不再废话,告辞以后准备回校,经过走廊时看见学生们桌前堆放的高耸入云的书本,偌大的桌子只剩豆腐块大的地方供他们写字,他不禁冷笑出来。

别的学校也是类似的回答，有些甚至更干脆,“我们不想联考,只想自己考自己的！”

他被人骂得狗血喷头,可为了日后工作的正常开展,被骂完后还得给人家摇摇尾巴。他觉得自己可真是够下贱了,又觉得自己有点活该,要是能撕破脸面把这些工作分配给宁东他们的话,自己不就不用受这些罪了吗?可是又一想,好歹是同事,相处时间长了总算有点感情,他又觉得自己刚才的想法有点龌龊了。不管怎样，他现在没空去想那些没用的东西，他得想办法对学校有个交代。他已经离开了学校，可是又准备回去。他想这次不管怎样也该回去，哪怕再当一回狗，自己也要说服学校，让他们同意和自己所在的学校联考。这样不管怎样，对学生也还是有好处的，让他们看看自己和别的学校的学生之间的差距，说不定会让他们以后更加有动力，这样的话，说不定今年的中考会大有希望。

他又向后翻腾一百八十度，走向十八中的校委会办公室，没想到在门口就被拦住了。他不知道，自从刚才他离开学校之后，刚才接待林一的老师就给门卫打了招呼，说是无论如何，也不能让刚才出去的小子再进来，要是进来的话，就把门卫给撤了。林一说破了嘴皮子，甚至把自己的教师证搬了出来，门卫也没有想要让他进去的意思。

"你还是走吧，你要是进来了，我可就得出去了！"门卫说道。

林一没办法，这年头门卫也不容易，他不想难为人家，于是准备回学校。刚准备走，听见门卫在招呼自己。门卫站在里边，林一站在外边。

"我实话告诉你，十八中已经和一中、八中都商量好了，准备进行三校联考。你们学校的水平太低了，他们是看不上和你们这种学校联考的，就算你们说破嘴皮子也没用。我今天告诉你了，你不要跟

别人说，也不要多费口舌了，还是回去吧。”

林一全身顿时像被什么东西电了一般，动弹不得。他立马把自己的教师证揣进兜里，准备迅速远离这见鬼的地方。

他虽说这些年阅历也不算少，每年到各地的次数也不算少，但是第一次听到这种回答。什么学校水平太低！他听说过职位有高低，也确信成绩有高低，但是实在不能认同学校的水平也有高低。自己所在的学校也是国家支持的，财政方面也是省教育厅拨款的，为什么连考个试也分高低？

他只是气了没多久，突然想到什么事也没有办成，该如何回到学校交差？当初接受任务时自己可是向领导做过保证的。早知道自己就不蹚这道浑水了，还不如派别人去呢。

他希望此刻的时间像蜗牛一样缓慢前行，他希望出租车的车胎突然爆炸了，又希望自己手腕上的表突然坏掉了。但是没能如愿，手表也在不停地拨弄着不知名的音乐。十八中距离十四中并不太远，林一还没回过神来，出租车便已经停在了学校的西侧。他付了钱，从校门里缓慢前行。这里是学校的西郊，以前尘土飞扬，今年省上拨了一笔款子，用于学校的环境治理，于是原来的尘土变成了如今的塑胶跑道和凉亭，还有各式的花草。平时这儿总是学校里人数最为密集的地区，总有学生在草坪上踢球，女生则成群地在凉亭里说着永远也说不完的悄悄话，三两个人坐在一起，直到快要上课的时候才从这里离开。

林一正走在用石子铺成的一条小道上，看见有些碎石头，他便用脚踢了出去，没想到自己的球技不过关，碎石子钻进了旁边的花地里了，惊醒了不知道是在休憩还是在亲热的蝴蝶们，蝴蝶们瞬间从地里飞了起来，在林一的头顶绕了三圈，然后便飞走了，像是在向林一控诉，控诉他打搅了自己的美梦。

林一没想到自己这孩子气般的动作竟会引来如此意想不到的结局，看着蝴蝶的身姿，他露出了难得的微笑，自言自语了一句和自己的职位并不相称的话：

“唉！要是能像宝钗那样，永远不停地追着蝴蝶跑，没有烦恼就好了。”

学校里现在人很少，为数不多的脑袋都是老师的，并不见学生的踪迹。这两天由于要布置月考的考场，学校特意给学生们放了两天假，不过学校也是不吃亏的，据说校领导们准备抽出几个星期天，把这两天的假期补回来。林一想迟早是要报告的，再说把自己的“年级主任”的职位撤了也好，那样的话，就没有这么多破事了。他想到这，脚步不由轻快了好多，他不再理会蝴蝶和碎石，径直向办公室走

去了。

进了办公室，几位老师都在。贺永刚看见林一进来，立即放下手中的书，道：

“小林啊，刚才政教处主任进来了，问你到哪里去了，我们都说你有事先回家了，没想到他大发脾气，说一堆的事情都没有处理呢，你怎么只顾着自己家里的那点破事。你看，你去哪儿也不跟大伙儿说一下，我们替你圆话都不晓得该怎么圆。”

林一正准备回话，宁东擦着自己电脑的键盘，道：

“林老师啊，我们都知道了，学校说是要布置考场，还要联络本市其他的名校，准备搞一次大规模的联考。我也是刚才出去无意间听初二的郑老师说的。这些事你告诉我们就行了嘛，有什么难处，你看我们几个随便打电话叫些学生就给搞定了，众人拾柴火焰高嘛！”

林一不知道是该感谢眼前这几位家伙，还是该感谢那帮舍弃了仅有的假期时间，到学校重复着搬桌子和贴学号的琐碎事情的学生了。

“哦，对了，我估计你应该是去联络其他学校准备统考的事宜了，怎么样？应该没什么问题吧！”

林一一时不知道该怎么回答，索性装作没听见似的，头也不抬地坐到椅子上，双手托着太阳穴，静静地坐着。众人看见这幅场景，即使他不说话，他们也已经知道了答案。他们也不说什么了，毕竟一个年级主任顶着几十度的高温跑了一早上，是个人都得表达自己同情的心思。林一屁股还没坐热乎，听见对面的陈建军轻声咳嗽了一声：

“林啊，那个……校长助理说是等你回来以后去一下他的办公室，好像是要问一下联考的事宜，我看你今天似乎有点不顺，在犹豫要不要告诉你。”

林一抬头看看眼前的陈，仿佛他是刚认识这个人。不管怎么样，能够有这样的同事，自己也算是知足了。他没有丝毫迟疑，放下手中的扇子准备起身。

第八章

林不凡在十四中学的第一次月考就这样到来了。

初三年级的考场内，现在分明没有了等级的差别，所有人在分数出来之前都是一样的焦躁。他们嘴里那机关枪似的吐字频率说明了他们都信奉着“临时磨刀三分快”的名言。第一名怕自己的地位不保，第二名则希望摘掉“千年老二”的帽子，至于最后几名，算是例外了，他们此刻的神情悠闲，内心平静如水。他们的人生信条“与世无争，自得其乐”，他们想，既然有人是第一名，那么总会有人垫底，红花也是需要绿叶配的。

林不凡此时正翻着一本古诗文的小册子。他平时几乎不翻这种东西，想着凭借自己对古文的理解,以及平时的积淀,总是可以应付每一次考试。但是这次就不行了，林不凡希望把每一分都抓住,也许多背一条名句,自己就可以连升三级。林不凡和他的挚友们也都在同一个考场,但是这几个家伙可都看不上干这种傻事。祁伟此刻正忙着一项工作——粘书,课本上有关诗句和古文的章节粘得是不留一点痕迹,还笑着对林不凡说:

“唉,这可真是一项繁重的工程啊!反正我是深感吃不消,要不……你来帮把手?”

林不凡望着祁伟那卷曲的课本,有好几页都已经被他粘得只剩下页码了。

“我是泥菩萨过江,自身难保!”林不凡看着他那熟练的粘书技巧,问道:

“你这次把书粘个精光,下次考试怎么办啊?”

“凉拌呗!你放心,我还留着后招,下次考试就不粘书了,直接买你这样的小册子就行了,把这东西往袖口一放,它比猫儿还乖呢!到时候,让它随叫随到!嘿嘿。”

林不凡一时无语,便接着翻他的小册子。

马超此时则显得稳重多了,他已经准备好了手机,只要自己没了头绪,便用手机求助,这可比粘书要高明多了。

至于李娜，则算得上是奇葩了！她的考试位置就在林不凡的左前方，林不凡一边翻着册子，一边用眼睛的余光默默地注视着她的一举一动。只见她旁若无人一般，用她那白嫩的小手将一个早已喝完的酸奶纸盒切成大小刚好装下手机的样子，手机就放在盒子里。待老师下来后，自然地将纸盒摆弄成缺口背对老师的样子，老师是浑然不知的。林不凡见状，感到既好笑又绝望。好笑的是，这群死党竟然可以将作弊的方式创新到如此的地步，绝望的是，作为堂堂一个中国人，国语竟然也需要作弊才能应付。

联想至此，林不凡也没了继续"磨刀"的心情了，他放下小册子，顺手将它扔进后桌的桌框里，闭着眼睛，尝试着忘掉眼前的一切，却想到了林父昨晚对他说过的话。

那是在昨晚入睡之前，林父专门把他叫到了书房，对他说道：

"儿子，前两天我请你们的各科老师吃了顿便饭，你们班主任可是很看好你啊。他说你入学考试时候的成绩相当不错，至于这次月考嘛……保底班级前五！"

林不凡当时愣了一下，顿时醒悟。入学考试的卷子是去年该学校的期末试卷。在假期补课的时候，老师还专门让他做了一遍，恰好是补课刚开始的时候,他当时兴致正高,连讲解的答案都记得分毫不差。现在想来,也许在入学考试的时候,自己应该低调一下。这可倒好,脸露完了,该露屁股了……

林父接着道:“这次可得给你老子长脸啊!要不然浪费那么多钱不说,开家长会的时候,我的脸可就没地方搁了。明天你要不给我撑门面,你就……”

他干咳了两声,接着又补充了一句:“自己看着办!”

这番谈话,林父可谓是煞费苦心,他想着给这小子恩威并施,他才会有长进。林父自己盘算着,这番谈话的效果应该不错。

林不凡正神游着,还没回过神来,仿佛看见桌面上镀了一层白纱,仔细定了定神才发觉是考卷。他这才从昨晚的梦境当中跳出来,拿起纸笔,准备大干一场。每次考语文的时候,林不凡心里都特有底,仿佛卷首上的命题后边跟着的是自己的名字。他便有条不紊地开始答了起来。

答了不到十分钟,忽然听见后边似乎有什么动静,他趁老师不注意,偷偷地瞟了一眼后边的状况,原来是马超正坐在那里骂娘呢!他袖口的手机并没有发挥作用,那是因为监考老师进入考场的时候,手里提着一个盒子,里面装了一种可以使教室里的网络与外界隔缘的东西。马超的手机碰上这种东西,就像是戴着紧箍咒的孙悟空面对唐僧一般,没

了脾气。

“我靠！亏我昨晚费了九牛二虎之力发明了这么一个好东东，现在竟成了摆设！这‘苟全性命于乱世’后边一句是啥来着？该死的诸葛亮，你是‘诸’是‘苟’关我屁事！”

林不凡失声笑了，想这孔明一生击败了多少悍将敌寇，就算是一具尸体也能吓退司马一族，他老人家断然不会想到，在时隔数千年之后，竟会被一个小屁孩随意戏弄。看着他焦急的神情，林不凡本有心帮他一下，结果一抬头，和化学老师的目光正好对在了一起。心想这人真是不给面子，好歹昨天请他吃了顿便饭，如今他的目光却比以前更加阴森，便决定暂时只顾自己了。

他写完阅读的时候，突然感觉头上被什么东西给砸到了。他抬起头，发现化学老师正在吸着烟，看着报纸。稍微一低头，发觉桌上有个纸团。他紧张地打开纸团，上面写着：哥们，把古诗文和选择题答案发过来，回头请你吃饭。他回过头，发现一个陌生的脑袋正在自己眼前来回晃荡，双手作揖向自己表示哀求。

林不凡心里顿时变得有些矛盾，他本来想把自己的答案告诉他，可是又一想，自己的死党此刻都在危急关头，自己还无法搭救他们呢，倒来搭救这么一个其貌不扬的陌生人！想到这，他把自己的答案给改错了几道，又在古诗文的名句默写中添加了错别字。

“我已经对你够仁慈了，别怪我！”

他趁没人注意的时候，随手将纸团一扔，那家伙也是惯犯，身手极为了得，将纸团自然地按到手心底下，便饥渴地抄了起来。

死党们其实都看见了这幅场景，但是没人让他帮忙。也许觉得平时他帮自己的忙已经够多了，这时候不能扯他后腿。

接下来，林不凡在没人打搅的情况下，轻松做完了后边的题目，他自己长呼一口气，觉得应该问题不大了。等到时间快到的时候，收拾了东西准备出门。走到门口的时候，有人在他的左肩膀上拍了一下，他本能地把头转向右边，原来是马超那厮。

“兄弟，不是跟你说了嘛，让你稍微收着点，随便写个名字就好了嘛！你还真想飞上枝头做凤……做一只好鸟啊。”

林不凡怪笑着说：“我没有抛下你啊，我满篇都写的是自己的名字呢！”

“你就吹吧，这种级别的谎言，我们这种高智商级别的怎可能相信呢！”李娜也在旁边说道。

经过走廊的时候，林不凡看见女生围成好几个团，都在忙着对答案。

“这道题是你做错了好不，明明选择 A，你却偏

要选B,就你和我们选的不一样,难不成你比我们大家都要高明?”那个女生不停地在数落另外一位女生,好像把她数落痛快了,自己就可以拿第一了似的。林不凡看着她们高高举起的试卷,手指指向的那道题是第五道,林不凡记得很清楚,这道题他也选的是B。

“看来,真理还是站在少数人的一边啊。”他心里这样想着,不禁自信地摇了摇头。

他不愿意在这种地方多停留,因为他觉得毫无意义。回家的路上,看见张雅在前边骑着车,虽是女生,车速却着实不慢,林不凡费了好大的劲才追上。

“喂!你觉得考得怎样?”

张雅听见有人在和自己说话,甩头一看,发觉是林不凡,便缓缓地摘下一对银白色的耳机,把它随便挂在脖子上,用怪异的表情看着林不凡,嘴角抿出一丝无奈:

“小子,没有意义,赶紧回家背公式定理吧!”说完重新把耳机戴上,加快车速,像一阵风疾驶而去。林不凡则待在原地。

“比我还傲,够狠,怪不得一个女生能够当上班长。”林不凡也加快车速。当然了,并不是为了追上她,也不是为了回家背什么公式定理。现在是正午当头,背了也记不住。再说了,公式定理不像名句,背了就能保证用得上。

时至下午三时，考场内。

此时此刻，教室内明显没有了上午时的欢快和轻松，作弊的现象也比上午少了许多。监考老师依旧带着那种专克手机的高级仪器，但是这并非重点。在这间考场内，数学成绩好的学生估计像北斗星一样稀少，因为满考场内几乎全是女生，林不凡、祁伟、马超是仅有的几个没有扎辫子，或者没有剪刘海的家伙。所有人都在认真答题，在A和B中间做着传说中的生死抉择。就连马超这厮，居然也在苦思冥想，时不时转着笔，或者啃一下手指。看起来放弃了使用手机的打算了。

林不凡当然也是如此，他苦闷的表情一直挂在脸上，丝毫不肯换个表情。后边分值高的题目他几乎全都拿下来了，可是对于选择题，却从未如此感到绝望过。他算了好多遍，才发觉自己算的结果选项里压根就没有。仅有的几道稍微容易的题目，他好不容易排除了两个选项，却发现还有两个选项摆在那里。他真想用布玛的神奇胶囊将其中的错误选项变成巧克力吃掉，这样既可以补充能量，又可以轻易得到分数。但是在考场内，这样的幻想显得是那么的不合时宜，那么的苍白无力。距离考试结束还剩下不到半个小时，但是任何人都没有提前交卷的欲望，这和早上的语文考试形成了巨大的反差。早上考语文，时间还有半个小时，考场里已经没有

几个人了。不过,把语文多余的时间分配给数学也是无用的,因为你如果会的话,手中的笔会像流水一样一泻汪洋,浩浩汤汤,永不停歇;如果不会,就是静坐几个小时也是白搭。

林不凡似乎有了点眉目,忽然在稿纸上算个不停,不久便算出了答案。这是他少有的几道不用蒙就可以得到的答案, 因此他的表情未见得轻松,因为还有几道选择题,选项好似皇宫里的嫔妃一般乖巧地站着,都等着皇上去分配呢。

时间一分一秒地流逝,交卷的人也逐渐多了起来,不知是成竹在胸还是破罐子破摔了。林不凡也打算交卷了,他放弃了做最后的垂死挣扎,只想着快点解脱。他收拾好东西,交了卷子,临出门回头一看,发觉教室里的人几乎都走光了,就剩下三四个人了。那群死党不知何时交的卷,自己竟未发觉。

如今的走廊俨然没了早上的喧嚣,他们早已没了上午答完卷子时的自信,仅有的五六个女生耷拉着个脑袋,好像是上过刑架似的缓慢地行走着。也许她们都在心里默默地祈祷着,祈求阅卷老师眼睛突然一花,或者是大发善心,能够额外施舍一些分数。林不凡正走着,迎面碰上林一,刚从四班的教室出来,手里提着卷宗。他也看见了林不凡,林不凡估算着他没有看见自己的概率,结果发现无限接近于零,便迎面走上去。

"考得怎样？我看我监考的考场里面学生们都挺轻松的，想必卷子应该很简单吧。你应该差不到哪去吧？"

林不凡见他难得向自己露出友善的面容，本想用肯定的答案烘托一下当前的气氛，才发觉现在没了早上离开时的自信；又欲用否定的答案来搪塞一下，又害怕他会因此小瞧自个。便含糊道：

"考得马马虎虎，算是个比上不足，比下有余吧。"他笑着回答道。林一却不笑了，只是淡淡地回应道：

"时间不早了，赶紧回家吧。"说完也不打个照面就径直去了，只剩下了林不凡一个人。林不凡尚且年幼，不能从他的语气中读到任何的信息。他也不再去想了，一个人去车棚里取车，准备骑车回家。他忽然有一种不好的预感，摸摸口袋，料定了车钥匙不见了。他翻遍了身上所有的口袋，就差衣服领口没翻了，仍然是徒劳的。自己今天的心情本来就不是太好，如今又碰上这种烦心事，他那毛躁的心情可想而知了。看着眼前的座驾自己却不能够驾驭它，似乎座驾也在笑话自己的主人没有能耐。他有用砖头砸这辆座驾的冲动，最后还是理智战胜了冲动，但是一时找不到办法，只是在车棚前来回地踱步。他正转悠着，只觉得肩上被人拍了一下，回头一看，是学校的警卫。穿着一身制服，看起来大概五十

岁的模样，手里提着一根警棍，却还是无法掩盖其日暮西下的颓败和日渐苍老的面容。

“小子，在这儿干吗呢，我可提醒你啊，年纪轻轻的可别干什么不好的勾当。这儿可是有监控器和摄像头的！”

林不凡有点好气，又有点好笑。

“大叔，谢谢您的提醒，我可真是万分感激啊。可是您难道没有想过吗？我要是偷能偷这样的次车吗，你以为我就这么好打发啊。”

警卫看起来也懒得和这么一个乳臭未干的臭小子多说一句话，觉得是在浪费唾液，便指了指门卫室：

“到那儿去看看，失物招领，也许你能找到你想要的东西。”说完背搭着个手，接着巡逻去了。

林不凡只顾生气，竟忘了这么重要的线索。门卫室前的小黑板上有失物招领，每天都有丢失了的东西在门卫室的窗台上含情脉脉地等待着主人。林不凡三步并作两步，快速跑到门口，立马就在窗台上找到了自己的钥匙，上边还配着自己熟悉的挂件。

林不凡取了车，出了校门，推着车在大街上漫无目的地晃荡着。今天考试，所以回家的时间会比往常略早。林父林母上班，估计现在还没有回家。寂静的房间他也懒得待。他一边单手推着车，一边用脚踢着路边的瓶子，差点把瓶子踢进了垃圾桶,他暗恨了一下。晃悠了一会儿越发觉得无聊,便准备回家翻一下理化之类的资料,心想要是能碰上一两道原题也是蛮好的。于是便上了车,蹬足马力向前方驶去。

即使在车子上,他也不忘了幻想一下,当然他是知道的,胡思乱想的时间和分数的高低并不能够成正比,但是当他感到困惑的时候,他总是幻想自己已经成功了。这样即使梦境终会破碎,但是至少自己已经拥有了一份属于成功的味道。

回到家中,看见林母正在拖地,林不凡无心问她今天早早下班的原因,但是林母可不愿意这样轻易放过自己的宝贝儿子,自然想方设法将话题扯到考试上,这种情况似乎不可避免。林不凡也不想躲避,他将自己心中的困惑深深地埋藏在心底,绝口不提,只是敷衍着林母的不断逼问,说自己考得并不是很好,没有发挥出自己应有的水平。这实在是一个绝妙的,百试不爽的回答,或者说是借口。这样的说法可以将自己的身段放得足够低,给予自己足够的空间,以此来使自己进退自如。

他敷衍完,一头闷进卧室,书桌上的习题册子堆得老高,他只是默默地看着元素周期表,却没有心思去记。他想着自己的未来,也许考上一个好的高中是有可能的,只要自己足够努力的话。但他想

的不仅于此。这些事情是自己的父辈该操心的，他不愿意过多理会。他只是想拥有更多的朋友，更友善的群体。无论他的朋友是家境显赫，还是家道破落；无论他们是成绩优异，还是成绩垫底，他都全然不会在意。他希望自己的死党可以和胡凯、张雅之类的和平相处，和谐共存。可是这似乎不大可能，他们是冰与火的对立，是天堂与地狱的差别。他们中的一类，是每天上课干别的，老师还会对他们报以欣赏的目光，以为他们在做什么惊人的创造；而他们中的另一类，是即使每天上课从一开始眼睛便往书本里钻进去，老师也不会给他们施舍一个微笑，还认为他们是在假正经。

也许……这就是现实。林不凡这样想到。只是自己……究竟该属于哪一类呢？这个问题，他目前还没有找到答案。

他终于可以将思绪从梦境中带到现实中来了。林母虽然从他一进门就唠叨不止，但儿子毕竟还是儿子，她端着一盘刚洗好的水果悄悄地溜进卧室，看见林不凡的双眼死死地盯着墙上的元素周期表，顿时心生不满了，道：

“儿子啊，这种偏理科的东西光靠看是没有用的，得靠笔记啊！俗话说得好，‘眼过千遍，不如手过一遍’。”说完爱抚似的摸摸林不凡的额头。

“我知道了，妈，你不用管我了，先忙你的吧。”

林不凡感谢她的关心，也准备接受她的建议，但是实在是听够了这种唠叨。

林母听从了儿子的话，悄悄地退了出去。林不凡听见林母逐渐减弱的足音，悄悄地将门反锁了。

他也不愿意去多想。政治英语之类的科目没什么可翻的，他便随手抽出了一本化学习题准备拿来做。动了几下笔，才发觉有好多都不会，而且这本上周才买的教辅材料估计是盗版的，纸质奇差，林不凡摸摸纸张，发现远没有人民币那般光滑。他因而兴致大减，便准备参考一下后边附带的答案。没想到连答案都看不懂。他愈发急躁，已经预见了后天化学考试惨淡的成绩了。但是现在闲着也是闲着，他便提笔一字不差地抄起答案来。化学册子上的题没做几道，有空余的地方全被林不凡拿来练字了。

“管他呢，成绩上不去，书法练好了也是好的，起码将来签名的时候也不用请教别人了。”不凡这样想。

时钟嘀嗒嘀嗒了半天，林不凡的书法也练得差不多了。听见门响了一下，料想是林父回来了。林不凡将门反锁了，还是可以听见林父那极富磁性的声音，一回家就嚷嚷要出去吃饭。林母有点不满，她刚把米放进锅内，但是对于女性来说，在厨房里少待一会儿实在是再好不过的事情了。林母嘴上嚷嚷，却在嚷嚷的时候已经溜进卧室顺上了衣服，只剩下

林不凡一个人在卧室里。

“爸,吃饭就咱三个人,没有你的同事吧?”不凡见林父敲门,开门后的第一句话便问道。

“放心吧! 就咱三个人,再没别人了。赶紧收拾一下,那个餐厅生意火爆,今天这时候去不知道还有没有位置。”林父喜气四溢,眼睛本来就小,嘴这么一咧,眼睛便眯成一条缝了。

话虽如此,林不凡心里还是在犯嘀咕,他是不太相信林父的鬼话的。每次出去吃饭之前他都这样说,还带着些不容置疑和不容反对的口气,可是每次去了以后,才发觉结果都不一样。成群的事业成功型男人在一起把酒言欢,带着自己的妻子和儿女,在他们的面前大谈事业,大谈理想,恨不得让这些小辈也替他们歌功颂德两句。林不凡对这样的饭局是烦透了,也许比考试还要烦。孩子们是给大人们作陪衬的。满桌子的酒菜几乎不能动,回家还得啃块面包,吃顿泡面充饥。当然了,孩子们的存在也不是全无价值,当大人们觉得酒桌上的气氛变得尴尬时,便都会拿孩子们当挡箭牌。这个吹嘘自己的孩子多么厉害,那个吹嘘自己的孩子获过什么巨奖,在学校多受老师器重之类的话。虽是些对孩子们的赞美之词,但是孩子们的脸皮可没有父辈那么刀枪不入。要不是家长规定自己在饭桌前不能乱动的话,他们早就跑到洗手间呕吐一番了,反正肚子里边也没有美酒，也没有佳肴，倒也算不得浪费。

到了一家餐厅，林不凡仔细打量着这家餐厅的一切，窥视着即将要发生的一切。想着老爸今天终于说了一句真话，不禁长叹一口气，想着今天吃顿好的，看看这些珍味能否在明天的考试中发挥出能量来。林父找了间雅座，不凡靠着林父坐在空调前边。心里在嘀咕：三个人吃顿晚饭也需这等神秘？俨然有了慈禧老佛爷当年用膳时候的情形了。

这是该市的一家名店，至今已逾百年历史，在当地享有盛誉，每天的生意总是爆满。店面不能算大，自然比不得一些酒店的排场和奢华，但是也自成一家。里边的桌椅、木板、屏风等等的物件都相当考究，极具典雅和雍容的气质。菜品价钱适中，但是味道绝对独特，这些都得益于其祖传的底料配方。时常有领导前来“微服私访”，店员和经理认出其身份的，也不当作贵宾对待。只要你进了我的店门，我就当你是顾客，只会按照上帝的规格来招待，至于超出上帝的规格，那就不是能力范围之内的事了。运用政治课本上的话讲就是：卖方市场。林不凡想：这家店的气势和底蕴，和国内的某些名牌大学求爷告奶似的下贱真成了鲜明的对比了。

林父点了七八道菜，不凡看着有些不解，终究还是没有反对，林母可就看不下去了。

“你今天是彩票中奖了？还是加薪了？这顿饭也

该有个说法吧。就咱几个人的饭量要这么多不是浪费吗？你是不当家不知柴米贵啊！这要是让你爸看见你这么祸害，非得气出病来不可。”

林父洗漱着餐具，道：“够了够了，吃顿饭也得唠叨，我又不是不给钱！你吃就行了嘛，管那么多干吗啊！鼻子下边那个洞是用来装东西的，又不是用来吹风的！”说罢就往林不凡碗里夹肉，招呼他赶紧吃饭。可林不凡不喜欢吃肉食，林父夹的菜在林不凡的碗里一动不动，林不凡举起筷子，又没了刚来时候的食欲，只是用筷子在碟子里边翻来翻去，就是不往嘴里送。林母倒是心宽体胖，对吃的向来是来者不拒的。她自从刚才被丈夫训了几句后，筷子就没放下过，看来是把心中的怒气全都发泄在肚子里了。但是嘴忙着可不仅用来吃，她见自己的宝贝疙瘩一个劲地挑拣，顿时有点不满了：

“不要一直翻碟子下边的菜，这样对人很没有礼貌，你平时和外人吃饭的时候一定要记得哦。”说完又往自己的碟子内夹了些菜，接着吃了起来。

林不凡让服务员重新拿了一副餐具，也开始吃了起来。正吃着，听见有人往雅间这里走了过来，皮鞋和地面摩擦的声音越来越明显，越来越高亢。他心里顿时愣了一下。

他明白了，又是一顿鸿门宴。

第九章

这脚步声的主人不是别人,正是林一。这种情形,林父是绝对不会跟儿子讲实话的,要是告诉儿子今天晚上要和自己的班主任一起吃饭,林不凡是断然不会去的。林一这两天饭局也确实够多,大部分是学生家长请的。档次最低的也是一家拥有几十年历史的手抓羊肉餐厅,相当一部分的家长请他吃饭的地点是丽都大酒店,不过这一部分的都被他拒绝了。一个工作没几年的教师和一群没有共鸣的人在一个奢华得无以复加的地方吃饭,割掉脑袋也能想清楚其中的利害关系。他虽然工作没有几年,好歹接受过九年义务教育,也在一个被称为名牌的大

学进修过，不至于认不清这点现实。

其余的那一部分他也是想拒绝的，他一天也有自己的琐事，不可能每天都对着不同的脸或献媚或故作深沉，这实在是一件劳心的事。可是家长们为了孩子的前途隔三岔五就来邀请他，而且还有很多说道，看起来全是抱着一副不让请吃饭不撒鹰的架势。

见过的家长也不少，但是像林父这般的，他倒没见过几个人。林荣祥给他打电话的时候，他已经在心里提前做好了思想准备，心想无论如何要拒绝。可是没想到一个工作几年的小伙子碰上在社会中摸爬滚打十年以上的对手，他取胜的概率可想而知了。当然了，他并不知道，林荣祥天生就是和文字打交道的人，真是有其父必有其子，可惜林一没看出来。电话打到最后，他已经不知不觉落入了林父的话柄里，进退不得，只得接受他的邀请。

来之前他已经想过了，家长们请老师吃饭目的无非就是为了孩子，有的想让他多关照一下自己的宝贝，有的希望他能给孩子们补课，还有的希望自己将孩子的情况随时和家长们联系。林一每次吃饭都想明哲自保，心想绝不能答应家长们过分的条件，可是结果总是事与愿违。家长们有的打出亲情牌，有的打出利益牌。一个男人最脆弱的时候向来离不开两个特殊背景，要不就是面对感情的时候，要不就是面对利益抉择的时候。在这两种情况下，男人的理智和清醒会比平时有很大程度的降低，这种变化是他们难以抗拒的。他有时候也感到无奈，这帮小子的家庭背景如此显赫，不是官二代就是富二代，按理说这样的背景，他们的老子可以把他们送到那些名校里边，任由他们逍遥快活，却偏偏要在这种级别的学校里扎堆，还偏偏就让自己给摊上了。

林一来这个餐馆已经不是第一次了，他闭着眼都能找着卫生间和工作间。进了正门，他也没用服务员的指引，直接就走向了雅间。现在正是霓虹灯闪烁的时间，餐厅外边添了好多的桌椅，还有经理赠送的水果和瓜子，用来安抚这些来得迟没找见座位的顾客。那些门外候着的人群都在愤慨，都在抱怨，说餐厅里的桌椅太少了，为什么不扩建一下？抱怨只是抱怨，并且只是停留在口头上的抱怨，却都没有离开的意向。赠送的水果现在已经杯盘狼藉了，里边却不见有人买单。那些人没事干，只得干坐着，路人经过都报以惊诧的眼神，以为是关二爷的弟子来这儿看场来了。

看见林一从雅间进来，林家都站了起来，林不凡更是显得拘谨。他心里烧起了火，想自己的老子怎么这个德行，自己这辈子造的什么孽，竟碰上这样的爹。

场面顿时显得有些尴尬，林一本来想故作深沉，可是面对眼前年龄比自己大出十岁左右的长辈,顿时觉得不宜太过呆板。林父林母面对着眼前这样年轻的班主任,可是今天还要违心地对他说些溜须拍马之类的屁话，一肚子的酸水却倒不出来(上次林父说请带课老师吃饭的事又是他的鬼话)。但是想想自己孩子的未来,脚一跺,心一横,心想今天豁出去了,反正又不是第一次溜须拍马,大不了把他想象成五六十岁的人不就得了。

几位大人站着寒暄了好半天,林不凡不知道该和这位班主任聊些什么,只是紧捏着裤子,一动不动地站在那里,手中的筷子还没放下。林一有点适应了现在这种环境,道:

“咱们都坐下吃饭吧。别老是站在那儿啊,林不凡,坐下吃饭吧,明天的试好好考。”说着自己先坐了下去,他料想自己要是不坐的话,其余三个人就得陪他一起站着了。

“行了,都坐下吧。林老师又不是外人,儿子,你就乖乖吃你的饭,我们说话你就听着就行了。”说完又给他夹了几块肉。林不凡本来不想吃,但是面对着外人,餐具里边就是放毒药也得咽下去。林父忙着给林一敬酒,林一推辞了半天,终究还是同意了。

饭局对于几个人来说算是例行公事,彼此之间望着陌生的脸庞,说着一些连自己都会感到恶心的话，笑声中都带着一些无奈和自嘲。林不凡吃了几口再没动过筷子，只是呆呆坐在那里，听着旁人的训诫。林不凡吃得不多，像小鸡啄米似的啃了几块骨头，吃了些青菜，觉得索然无味，却在吃饭中得到了一些有价值的情报。

“我儿子这次考试……您觉得怎么样？照这样的情况发展，他以后……”

“这你放心，这孩子在学校的表现还是相当不错的。我平时很注意他的言行和举止，都很得体。这点你们可以放心。至于学习……今天的考试卷子已经批阅出来了，照今天这样的情况发展下去，他应该可以稳居班级前十，高中是不成问题的。要是再能努把力，考一个好的高中也是很有可能的。”

林不凡听着班主任对自己的评价，窃喜之中带着些许怀疑：“难道佛祖显灵了？自己今天蒙的好几道选择题……看来结果还不赖嘛！”他顿时又有了些食欲，便拿起筷子准备庆祝一下。

“这孩子数学考得怎样啊？他以前的数学底子不是很好。”林父问道。

林不凡心里对林父的怨气陡然间提升了不少，本来就在心里埋怨着他的鬼话，现在又这般灭自己的威风。可是林一的话让他没空再接着埋怨了。

“数学嘛……这个我就不知道了，只是刚改完语文，他考得还挺不错的。他们班的语文老师说他

作文写得很见功底。数学应该还没批改完呢，不过他应该考得不错。我问过这次出卷子的郝主任了，他说这次卷子出得有些过于简单，这样可以更好地巩固学生以前学过的东西，对他们是有好处的。”

林不凡将拿起的汤勺又放了下去，这番话对他而言算是灭顶之灾，林父却丝毫没有察觉到儿子的心思，忙和林母一起向林一敬酒。林母向来是不喝酒的，今天也算破了戒，将接近满杯的白酒一饮而尽。

“我听说你们班的座位是按照成绩排的，这孩子视力不是很好，本来还想劳驾您一下，让您给他换个好点的位置。现在看来……”林父说着停顿了一下。

“这孩子的天资不错，凭我的直觉，还有根据他入学时候的考试来看，在我们班应该可以稳居前十，还有可能在前五的行列。至于换座位嘛……你太小看你的儿子了，这次月考成绩出来以后，他就可以凭自己的本事正大光明地走向前边的位置，根本不用我来调。”

“这样啊，这孩子的出息得归功于您啊，以后在学校……还得多照看着点啊……”林母举起倒满的酒，和林一一饮而尽。

时间就这样悄无声息地过去了，时钟的每一刻的嘀嗒声都敲在了林一和林家的心中，这样的饭局对双方而言似乎都是一种摧残，因此时间过得似乎特别慢。

街上的行人并没有减少，对于一些年轻人来说，现在正是他们一天的开始。烧烤的夜店所制造出来的烟尘，隔着老远就可以看见，刺鼻的气味弥漫在整个夜空。歌舞厅和球吧现在也是生意爆满，街道上的八车道现在也变得清闲了，车辆明显少了许多，剩余的明显以出租车为主，隔个三五分钟还会有几辆黑车经过。坐黑车的人也不在少数，这对他们而言是个矛盾的事件，公交车现在都下班了，出租车又太贵，他们似乎没得选择，即便比正规的出租车便宜不了多少钱，他们还是会义无反顾地钻进黑车，在他们看来，车主是不会对自己的贱命感兴趣的。

林不凡回到家就钻进了卧室，不再出来。林父看来也是折腾得够呛，两个小时的闲谈，并没怎么动筷子，这会儿自己跑进厨房，找了点东西就往嘴里塞，算是对付一下。林不凡也饿，但是并没有出去找吃的，他想着忍一下就好了。忍的感觉并不好受，他半夜被饿醒了两次，第一次饿醒后喝了杯水，第二次饿醒后又喝了杯牛奶，他已经没有接着入睡的意愿了，只是靠着枕头望着眼前的墙壁发呆，脑子里想着各种事情，但是就是没想明天的考试。他已经有点破罐子破摔的心情了，他希望林父能帮自己

转学，他从来没有如此急切地想要达成一件事情。但是他清楚，这件愿望达成的概率几乎为零。虽然在这种新环境里生活了只是短短的半个月，他已经觉得自己不能够再继续坚持下去了，他受不了成绩出来以后陈楠和胡凯冷峻、嘲讽的眼神，他也受不了林一那变色龙般的虚伪的嘴脸，也许唯一能够让自己有所牵挂的就是自己的死党，可是他们人微言轻，似乎没有过多的和自己相通的东西。

抱着这样的心思，他竟然又睡着了，书橱上的闹钟指针已经滑过了凌晨的两点钟。

几个小时的睡眠时间对于一个十多岁的男孩来说太微不足道了，林不凡感觉到太阳强烈的光线透过窗帘映射到了他的脸颊上。即便如此，他还是不想起床。他的眼睛闭着，但是心里还是稍微清醒的。凭他的直觉，二十分钟内，就会有人叫自己起床，这个人多半是林母。果不其然，他正酣睡了五分钟，就听见了林母敲着门。声音越来越大，看来在林不凡起床之前，她是没有收手的意愿了。

林不凡洗漱一通，随便吃了点东西，就去了学校。昨天想过的事现在已忘掉一些，却还是难以消磨心中的思绪。车子依旧是平时的速度，路上的考生并没有昨天拥挤，林不凡猜测自己来得有点太早了。但是没关系，在考场内多待一会儿也是好的，即便现在依旧赖在那张大床上，脑袋里却是清醒的，还不如换个地方待着。

在进入学校的正门之前，所有的学生必须得经过一条很长的巷子。巷子很窄，四个轮子的车辆是通不过的，即便是改装过的三轮车，要想经过这里也得费点力气。西门是不开放的，因此这条巷子的两旁算得上是珍贵的空间了。从里到外摆了不下二十个摊，城管向来是不管的。今天即便是考试，也是周末，摊子依旧是熙熙攘攘，搞得学生们经过此地的时候，前一秒钟还在被叫卖声惊醒，食欲大增，准备去吃顿早点，后一秒钟便又跑到另外一个摊上，去挑选自己中意的头绳、发卡之类的小玩意了。即便摊主提高了好几个分贝，说是早点可以打折，依旧无法阻挡学生们装扮自己的热情。没办法，现在这种买方市场，不是他们所能够左右的。开个卖早点的摊子，即便涨价也是挣不了多少钱的，何况是降价。

林不凡骑车骑到这儿，便从车子上下来，推着车子继续前行。行人太多，即便推着也得好长时间才能向前行驶一米的路程，骑车就更难以通过了。勿怪路上的考生少，有限的考生全在这条巷子里有目的地晃荡着，俨然是在最繁华的步行街逛街。林不凡也不时向两边瞅瞅，他并不想买什么东西，只是希望可以无意间看到一些新奇的事物，冲淡自己颓唐的情绪。路旁几乎全是学生，穿戴和以前的没

有差别，三五成群的在一块闲聊，有些早恋的男生还装作大人的模样，给女生买着礼物，假装大方地掏着硬币，阔气的掏钱动作并不是那么干脆，明显还是在人和钱之中作着艰难的抉择。牵手的也是有的，但这是最大的尺度了。如果在这个地方做些过于暧昧的动作，也许在学生中间会赚得满堂彩的回头率，但要是让老师看见，那结果……

林不凡费了好长时间才从巷子里穿过，旁边的顾客依旧是两耳不闻卷上事，女生都在一件件地佩戴各种饰物和有意思的小玩意，并且是乐此不疲。男生们则始终扮演好自己"提款机"的男人本色。林不凡看见了好些熟人，但是没有上前去打招呼。破坏男人的美事是不道德的。林不凡在即将要步入校门的时候，无意间回头一瞥，竟看见教务主任也推着车子，拖着繁重的身躯挤了过来。好多故作深沉的情侣们看见教务主任经过，掏钱的赶紧将掏出的钱又塞回兜里，跟做贼似的；勾肩搭背的也跟碰到烙铁似的赶紧将手放下，彼此都装作一副无比清高的模样，好像都是不食人间烟火的圣人。也许唯一没有变化的便是摊主那依旧声嘶力竭的叫卖声了。教务主任只是将掉下去的眼镜框又向上扶起，装作什么都没看见。毕竟在教育界混了这么些年了，这种情况也是历经数次了。林不凡笑了笑，感情如今廉价到这种地步，还有什么好追求的呢？

熟悉的走廊，熟悉的考场，熟悉的桌椅，一切都是那样的熟悉，只是桌上的信息单似乎有些轻微的褶皱，这并不是林不凡的手脚，也许是有人无意间触碰的。他也没再翻册子，今天是用不着了。他等了十分钟，才看见逛完早街的“顾客”陆续走进考场。他们也是从现在开始，才知道今天来学校的真正目的是考试。

等待发卷的时间似乎过得特别漫长，座位上几乎都已经有了主人，唯独不见监考老师的身影。讲台上的陈年报纸换成了时尚杂志，学生也是服务态度极为良好，还给专配了一罐可乐。他们早已经调查过了，今天监考的老师是初一的语文老师，也是刚毕业几年的大学生。学生按照旧有的思维，猜测时尚杂志加上可乐的功效，应该可以让他的眼神变得固定一些，活动范围缩小一些，即便只是低头几十秒钟，他们也可以在这短短的时间内捞到足以改变自己命运的分数。有些更胆大的主甚至想要进贡一杯香茶，里面再放点安眠药之类的东西，稀释一下茶叶的芳香。但是心想万一出点事，自己实在无法承担严重的后果，又担心茶水的功效会适得其反，于是想法也就作罢。

时钟依然在墙上“嘀嗒”。有极个别的人仍在顶风作案，手段和以前相比也是大同小异，难觅创新。大部分的考生已经开始有些昏昏欲睡了，眼睛都像

杨桃般肿，像磁石般重，不得不重重地掉下去。这样的考试勿怪他们如此轻视，政治卷首的选择题总是弱智得不能够再弱智，卷末的问答题嘛……只要预备足够的笔芯，到时候将试卷上有空余的地方全部填满，前边再加上几个序号，借此证明答卷人是个逻辑缜密、条理清晰的人，大把的分数已经可以揣进兜里。至于英语……也是多学无益的。随便认识个英语学得好的人，在恰当的时间和恰当的地点做些恰当的事情，一切就尽在掌握之中了。卷子几乎全部是选择题，把 ABCD 齐整地排列在手机短信里，中间用符号隔开，然后在不到一分钟的时间内提笔就是一顿狂抄，赚个盆满钵溢，再回头看看那些仍在为了一两分而苦苦挣扎的尖子，该是一件多么富有成就的事啊！

已有少许的几位开始和周公幽会，皮鞋与地面摩擦的声音也是愈加清晰，学生即使听力再不济，对这样的声音也可以在几十米外就分辨出来。这种本能和闭着眼睛将上衣套进脖子里并没有本质上的区别。经过长时间的条件反射，都齐刷刷地睁开了蒙眬的睡眼。拍拍脸，跺跺脚，暂时和周公告别一下。那层层叠叠的考卷，昨天放在讲桌上就是天书，今天放在讲桌上，对他们来说只不过是例行公事而已。几乎所有的人都露出难得的自信的表情。讲台上的杂志和可乐依旧摆放在那里，监考老师压根就没碰这番“款待”。始作俑者也并不责怪他的无趣和不识相,因为当试卷摆在眼前的时候,他们才发现凭借自己的实力足可以应付这门科目的考试了。教室里出奇地安静，急促的笔尖所划过的声音里,杂乱中又略带一丝默契。之前的手段和奢望都是多余,自然也包括可乐和杂志。有位坐在第一排的考生实在觉得无聊至极,于是干脆窜上讲台,拿起可乐就是一饮而尽,好像梁山好汉吃酒一般,然后打了一个长长的饱嗝，惬意地接着去填补那些空白,引来考场内一阵骚动。

交卷最早的纪录也在此时诞生,一位神人在发卷后的五十分钟内交了卷子。监考老师翻了翻考卷,发现确实没有应付了事的迹象,就放他出去了。即便是创造了纪录,班里也没有鲜花的簇拥,也没有掌声的庆贺。那厮有点不满意了,觉得自己的壮举竟遭到无视,“他们哪怕来点嘘声也行啊！”故意咳嗽了两声,发觉依旧无人理睬,只好无奈地离去了。

坚持到最后还没有交卷的,大部分都是学得最好的。他们早已看淡了一切,只有分数,是他们宿命的追寻。他们渴求完美,尽量避免每一分的流失。他们想着也许多一分,家长会的时候,老师的眼光就会在自己的父母眼中多停留一会儿,尊重自己的目光也会更加长久一些;也许多一分,自己就可以远离后门,从前门大方地走进去,享受尊荣的目光;也

许多一分，以后当别人抄自己作业的时候，就不会嘲讽地说一句："你抄袭谁的呀！抄得还这么卖力！"

林不凡也坚持到了最后，即便他不一定是最好的。昨天的卷子自己答得心里实在没底，他想着能捞一分是一分。看着这帮小子这般磨叽，监考老师可没有足够的耐心和他们一起磨到最后，总是不停地催促他们赶紧交卷，尤其听到走廊里喧闹的声音越来越大，分贝越来越高，他恨不得像赶羊一样把他们全都从羊圈内赶出去。可遗憾的是，眼前的这帮祖宗可不是四脚动物，他们是可以直立行走的。无论自己怎样劝告，学生也没有提前交卷的打算。他没了主意，只得斜靠在椅子上，翻翻那本从一进教室就没动过的杂志，又看了桌上放着的可乐的易拉罐，他咽了咽唾沫，接着翻了又翻。

时钟终于指向了交卷的时间，这使得监考老师的发作之情终于有了理论基础。他将杂志摔向桌上，使得满桌的粉笔灰立刻悬浮于高空之上，刺鼻的粉笔灰使他打了好几个喷嚏，弄得自己欲哭无泪。他本想借此向下边的考生发难，催促他们赶紧交卷，怎料到学生们仿佛都是一个鼻孔出气的，一起站了起来，将卷子搁置在桌上，然后扬长而去。有位考生还借机顺走了那本杂志。一瞬间，考场内只剩下他一个人，他本想安排几个人替自己收卷，现在也是无人可派了。考场内寂静得可怕，只剩他不绝如缕的叹息声。

林不凡出去没有过多停留,校园内的人也走散了不少，还有少数的一些在商量下午考试的事宜。林不凡正推着车子,发觉后背有人拍了一下,他回过头一看,发觉是班上的陈玖哲。这人平时跟他交往很少,林不凡很惊诧他会和自己打招呼。

“嗨,你不会还不知道我叫什么吧？大才子！”

不知为何,他一说这句话,他似乎已经猜到了他向自己打招呼的缘由了。

“知道啊,陈玖哲嘛,你有什么事吗?”他忐忑地问道。

“有事?没事就不能跟你打招呼了吗?看你这个人,真不会说话。”林不凡刚想说什么,又被打断了,“该到吃饭的时间了，这学校附近有个餐馆着实不错,怎么样,赏脸去吃顿午饭怎样?我这是第一次请你,你可万不能拒绝啊！我把面子这东西看得可是挺重的。”

林不凡明白他的来意,想快速编个理由委婉地拒绝他,可是脑袋里面能编的东西几乎都耗费在早晨的考试中了,现在早已是油尽灯枯了。他一时不知道该如何拒绝,只是站在那里一动不动。陈玖哲看他的神情有点恍惚,似乎猜到他的心里在想什么了,他不能给他拒绝自己的理由。于是挤开林不凡,就要推他的车子。林不凡重心不稳,顷刻间车子已

由他掌控。

这是附近一家湘菜馆,看起来陈玖哲是这家店的常客。他一进门,店员就用非常熟悉的目光注视着他,给他端茶送水。陈玖哲并没有要菜单,直接要了份回锅肉,茄子炒豆角和一盘香酥鸡。陈玖哲忙着给他倒着铁观音，笑着说:“我不想拐弯抹角,下午的英语考试能不能行个方便。我要求不高,只要过八十分就行了。太高了他们也不会相信的。”

林不凡抿了一嘴茶,他早知道了陈玖哲请自己吃饭的目的。道:“班上英语牛叉的多得是,我算哪根葱啊！为什么要找我啊？”

“我下手太晚了，最牛叉的几个根本就不识时务,还有几个早就被别人占了先手了。我这是没办法才寻到你这儿了。”陈玖哲道。

“瞧你说话这意思……我还是你的无奈之选啊?你这是先寻过上等马,然后中等马也没了,就准备骑我这下等马呀!”林不凡有点不悦,但是没有表现在脸上,用旁人难以猜透的表情对他说。陈玖哲自觉说话失当，面色顿时有点凝固,“不要这么说嘛,你当然也是蛮好的,如果你不是上等马的话,这个世界就没有上等马了。我说话不细致,你就不要挑刺了吧。”

“我知道一句话,‘吃人家嘴短，拿人家手软’,要是我吃了这顿饭,就是不想也得想了,就是不愿也得愿了。是吗?”陈玖哲听他这么一说,笑着说:“你太小看我了,我又不是非逼着你答应啊,这顿饭你放心,就是为了交你这个朋友,就是你不帮我,我也会请你的。君子之交淡如水嘛!”

林不凡听他憋出这样一句话,看着眼前的碟子,本想笑,最后还是忍住了。

“嗯……这种事我是第一次做,我没有绝对的自信可以让你如愿。再说了,要是卷面题很难的话,我可能就自身难保了,那你这顿饭可就打了水漂了。”

“这你放心吧,不管怎样我都会感谢你的,要是能顾上我就伸把手,帮不上就算了。你能有这番话我已经是感激得鼻涕眼泪流了一大把了!来,干杯!”说着举起手中的茶杯,林不凡也迎了上去。

这顿饭一直吃到下午两点,陈玖哲又添了两道菜。两个人吃得并不算少,却还是剩了一大堆。俩人茶倒是没少喝,从中午到现在喝了三壶铁观音。他们毕竟还小,不懂得做生意的猫腻。一般的自助性质的餐馆都是免费提供饮料的。他们甚至巴不得顾客们多喝点饮料,这样他们就会将精力都放在喝上了,而不会都放在吃上。俩人吃完看了看时钟,已经两点一刻了,便准备直接去学校。临走之前,陈玖哲递给林不凡一部半旧的手机,并且把自己的号码输在了手机上。林不凡心里也是非常忐忑,绝不像他

表面上这般平静。虽然他不是作弊,而是帮别人作弊;虽然他不是主犯,而是从犯,但还是紧张。这样的事情一旦泄露,自己遭受到的惩处不会比他轻多少。但现在已经迟了,菜已入嘴,茶已入胃,现在推辞是不大可能了。即便他说得很轻松,就算传不上答案也没有关系,但他很清楚,这样的话只是推辞,他必须得完成这番壮举,就像个义士一样。

现在这番时日，时间过得比想象中要快得多了。林不凡恨不得把时间死死地抓在手心,大叫一声:给老子站住!可夸父逐日都没有成功,自己就更加无力了。监考老师在林不凡胡思乱想之际已经窜上讲台,快速发了卷子,然后便来回转悠。林不凡深吸一口气,发现卷子并不是太难,便抓紧时间做了起来。他的时间观念忽然特别准,隔五分钟看看时钟。碰见拿不准的选择题直接跳过。监考老师黄欣是个四十多岁的妇女,大太阳下的,穿一身黑色皮衣。不知道是天生丽质还是化妆品没少买的缘故,皮肤白皙得和年岁很不相称。她转了一阵便坐下闭目养神起来。卷子的确蛮简单的,好多女生看起来都很是轻松,面露喜色,少数的男生也是如此。林不凡做完了选择题,瞄了一眼讲台,发现她睡得很是香甜,呼吸平缓得令人神往,林不凡本想从校服的袖口掏出手机,突然特别害怕。他怀疑座位后边会有摄像头。他向窗口的位置看了一眼——那是陈玖哲的位置,两个人目光正好对在一起。陈玖哲给了他一个安慰的目光,好像在说:“传吧!没事的!”

他于是又看了一眼讲台和周围,发现没有异样,便将答案抄在草稿纸上,五个选项一列。然后从袖口拿出手机,只露出手机的屏幕。林不凡平时很少发短信,现在才发现缺乏这项能力也是致命的。他不时地看见陈玖哲用看上帝的神情注视着自己,他顿时觉得自己这项工作并不是没有意义的,他也许可以帮助另一位同病相怜者远离苦海。

林不凡平生第一次跟作弊有关的恶行就这样进行着,看起来过程还是挺顺利的。当然,这样的成功很大程度上要感谢那位闭目养神的监考老师。不过林不凡的心灵并未因此而遭受到过多的玷污,他好歹是替人传答案的,他自恃和作弊的不可画等号。再者,现在这间考场内是恶行累累,有八九位都是和他有着一样的恶行的,甚至比他还要邪恶。这对于那些努力答卷的人来说是极为不公平的。不过,他们除了对这群不学无术的家伙报以嗤之以鼻的眼神以外,没有别的办法来表达自己的怨恨。他们都特别希望老师的眼神突然睁开,然后将他们逮个正着,这样自己就可以在旁边等着看笑话了。不过,希望只是希望,负责监考的英语老师不知是昨晚打麻将打得太久,还是做家务做到深夜,现在的样子让人看了甚是心疼,斜靠在椅子上,包放在讲

桌上，腿向前伸拉着。旁人看了都为之叹息。当林不凡看见陈玖哲示意的表情和口型，他知道自己已经完成了使命。他接着做了卷子最后面的几道题，自恃应该可以得一个高分。

交卷的人和早上的相差无几，林不凡也不想在这里多待了，已经起身准备交卷了。旁边有个陌生男生让林不凡把卷子往前放放，他很反感这个男的，但是不想得罪他，还是照做了。那个陌生的男生也是挺有满足感的，抄了不到十道选择题就撤了，林不凡很纳闷，费这么半天功夫，就为了这几道选择题？

坐在后边的马超向林不凡打招呼，示意他一起交卷，待会儿出去一起吃饭，林不凡便不再磨蹭了，提起卷子往讲桌上轻轻一放，那位老师才似乎有了点知觉，揉了揉眼睛，看了看时钟，示意他交完卷子可以出去了。

几个人相伴出去以后，李娜提出来要去唱歌，他们几个人一起，所有人都说好，除了林不凡。他立马就想到了关乎明天的那场最后的战役……马超还有点不以为然，道：

“什么时候都可以加班，今天难得这般高兴，你怎么还这样扫兴！”说着硬拉着林不凡要去唱歌。林不凡知道跟他们解释太多反而会适得其反，看看他们难得的轻松表情，林不凡也着实不想打断他们，忙说:“你们先去定位子,然后打我家里的电话,告诉我地点,到时候我会去的。我得回家拿两本书去。”

李娜不以为然:“你是去唱歌又不是去上课,还拿什么书啊!你要是回家去拿别的东西我倒还能够同意。”

林不凡笑着说:“得嘞,那我不拿书了,拿别的东西去了。”祁伟看着几个人半天拿不出一个主意,顿时有点不满了,“都在大街上争什么争啊,让人看见还以为几个人在这里掐架呢!他要是拿书就让他拿呗,咱可不能耽误我同桌的前程啊!”

说罢把林不凡的车子还给他,“赶紧回家去拿吧,咱这是第一次在外边玩,不能让大家扫兴。你还不知道吧,今天是李娜的生日,她这保密工作做得真是到家了。”林不凡顿悟,就要祝她生日快乐,李娜却说:“等你和我合唱一曲的时候,就是我最好的生日礼物。”

林不凡回家拿好了理化的课本,还拿了两本习题册子,祁伟便打电话过来,说是房间定好了,让他赶紧过去。林不凡穿戴好就要出门。林母见林不凡出去,忙问他去哪里,林不凡说是给同学过生日。对于儿子的交际活动,林母向来是很支持的,忙给他披了件围巾,递给他一个洗好的苹果让他路上吃,临走还不忘添了一句:

“就这样才好,男子汉要出去多和事物接触,多

和朋友交流，这样才对嘛！有点你老子当年的风范。”

就在林不凡一只脚已经出去的时候，林母问了最后一句：

“你这同学是男的还是女的？”

第十章

林不凡欲哭无泪："你猜？"他虽然是以疑问的口气说出的这两个字，但事实上，他也没期待着回复。没等林母说出答案，就关上门出去了。

这是附近地界上最豪华的一家 KTV 唱吧，外面的包装极为华丽，街道上的霓虹灯和闪光字所装扮成的夜景十分美丽，这里边有很大的功劳便属于这家唱吧。林不凡到达之后，发现死党们都在门口等着自己，突然觉得有点受宠若惊，便加快了脚步，还没走到跟前，马超便嚷嚷着说要快点进去，李娜则说："我还以为今天你不来了呢。"

林不凡刚想辩解，祁伟却插话道："怎么可能！

我们兄弟之间的面子他可以不给，你的面子他可不敢不领情啊！”

林不凡被他这么一调侃，便故作认真地给了他一拳。祁伟也是装作中招似的，做了个抱住胸口假装痛苦不已的样子。林不凡拿出准备好的生日礼物，是一件饰有自己照片的杯子。本来是自己随手的一件礼物，李娜却拿在手里细细摩挲。

“这真是最好的生日礼物了。谢谢你，小林子！”

旁边两位看见杯子也是表示新奇了一番，马超把杯子放在手心仔细打量了一番，“你小子嘛，嘿嘿……还挺上相的嘛！”正捧在手里细看着，一把被李娜夺了去，“不要把你的手印什么的粘在上边了，我得回家把它供起来。你看看人家林不凡送的，再看看你们送的，人哪……不比不知道啊……”

这两位已经习惯了她的说话方式，早就见怪不怪了。祁伟在一边起哄道：“你不会是看上人家了吧？我同桌异性缘可是了不得，张雅和陈楠代表都在旁边排着队呢！”

林不凡和李娜经他这么一戏弄，都低下了头，脸也红了不少。两个人都是脸皮比较薄的。马超道：“行了，都别脸红了，赶紧进去，在这多耽误一分钟，对咱来说就损失好多的钱，知道不？一点金钱意识也没有。”

说罢，马超开路，几个人也都进去了。这里本来是禁止未成年人进入的，可他们几个却是通行无阻。据说这家商务会所和李娜的父亲有点关系,可能才会对他们几位有这番待遇吧。

林不凡并不擅长唱歌,他可以保证唱起来不跑调的曲目一共就那么几首,而且风格还是特别舒缓和深情的，大都是二十世纪八九十年代的一些歌曲,唱了让人听了感觉软绵绵的。因此即便李娜总是向他邀歌,都被林不凡拒绝掉了。马超和祁伟倒是很会唱歌,林不凡不是专业的,也听不出好赖,就是感觉俩人唱得挺像那么回事的。他们俩分别和李娜合唱了几首。几个人并没有喝酒,只是要了些饮料和烧烤以及爆米花之类的吃食。最后三个人群起而攻之,非要林不凡一展歌喉。林不凡执拗不过,便放下手中的化学课本,随便唱了一首歌曲。他也不晓得什么歌唱技巧,只是用心去唱,却出人意料地博了个满堂彩。几个人都为之诧异。

“你呀你,唱得这么好还故作谦虚。大家都是男人,货真价实的男人,你这么扭捏可是不行啊。”祁伟说道,李娜和马超也在旁边附和道,便央求他再来一首,林不凡却是坚决不再唱了。

“你们唱,我当一个忠实的听众就行了。我会的就那么几首,还是些老掉牙的歌,怎么敢在你们这群关公面前要大刀呢？”林不凡推辞道,就是不唱。

“我们想要听的就是你唱的这些歌，这年头那

些歌星唱得是不错，可都是快餐式的作品，听了就是有节奏，可是并没有感觉。你唱得挺好的啊。”李娜说道，“早知道你来这儿就是为了看书，我就不勉强你了。”林不凡以为她在怪罪自己，抬头一看，她却在笑。那笑容里并没有什么别的东西，只有善良和天真。他便把课本放进包里，

“行吧！今天是你生日，哥几个都在，我就不驳你们的面子了，咱们一起吧！”

几位本来已经唱得口干舌燥的了，听林不凡这么一鼓动，都仿佛重新活过来似的，大口大口地喝饮料，然后便一起唱了起来。只有两个麦克风，他们便两个人拿着一个麦克风，合唱了起来。林不凡和李娜也合唱了几首。几个人虽然没有喝酒，但也感觉到有点微醉了。也许这一刻，他们都希望时间能够静止；也许这一刻，他们想着自己已经拥有了全世界了。

即便以后还得面对很多琐事，也许大部分的事情都是不开心的，但是好歹他们今天彻底放纵了一回。这是彻彻底底，真真正正的放纵。他们唱到最后都有点难以自已了。只是房间里的灯光太暗，遮住了他们的泪眼。

回到家后，很长时间内，林不凡仍然难以平复自己的内心，他猜其他人也是如此。他没有再想明天的考试，自然也没再翻课本，背诵什么元素周期

表之类的，那些恶俗的东西和现在的环境是不相匹配的。他在卧室的椅子上休息，听见正在客厅的林母喊自己出去接电话。林不凡接了电话，示意林母赶紧离开。等他确定林母离开以后，才得知是李娜打来的电话。

“林不凡，今天谢谢你，真的谢谢你……”他本想告诉她不用谢，电话却突然挂断，他并不感到吃惊。此时的心境可以用一句话来概括：此时无声胜有声。

林不凡躺在床上很快就入睡了，梦里梦见的全是兄弟情义和歌声笑声。他也许已经忘记了，本来是想今天考完后，就好好看看理化的内容，他已经忘了太多，心里实在是没底。可是现在他才发现：他得到的远比失去的要多。

时间是残酷的，它不给林不凡过多的胡思乱想和自我陶醉的时间，很快就到了第二天早上。林不凡昨晚的澎湃此时已消失了很多，剩下的全是忧心忡忡和焦躁忐忑。如果今天失败，前边所有的荣光都是虚幻，都会成为泡影。他没有去想接下来的挑战，更顾不得吃早饭，拿起册子，嘴像机关枪似的突突个不停，想停也停不下来。这不是他可以左右的事情。

到了考场内，可以知晓的是，像林不凡这般现在还用功的人是极少数了。他们似乎没有林不凡的

担忧，状况和昨天考试相差不太多。而且可以肯定的是，他们这样并不代表放弃，而是自信和淡定。林不凡假装没有看到眼前发生的一切，他不能容忍自己的智力和别人有很大的差别。记得以前上初一初二的时候，曾经有很多人这样讲，他们说：

“如果你的数学和物理学得很差，至少感到力不从心的话，那么你的化学一定不会好到哪里去。”他当时还暗自咬咬嘴唇，他要证明那些人的看法是错误的，是可笑的，是毫无前瞻性和科学性的。可是如今才发觉，自己是这样的无能，竟然没有办法突破他们的戏谑之言。是的，这固然和化学老师给自己内心造成的创伤有一点关系，可要是把这点东西作为自己无法突破旧制的理由，那未免也太可笑了。

卷子还没有发下来，他忽然已经预见到了失败。以前在面对英语和语文考试的时候，那种从容和自信早已经找不到了。他看看手中的“物理化学知识总汇”的册子，忽然有种想哭的冲动，或者把门突然一甩，大步流星地从考场内出去，到一处别人找不见的地方去。可是，能到哪里去呢？

试卷很快就发了下来。现在再关注监考老师的动向，以及干些投其所好的、令人作呕的事情，明显是多余的了。大家都在仔细答卷，即便物理卷子上的空白并不像政治卷子上的宽敞，大家笔下沙沙的声音还是那般飞快。林不凡看见最前边的几道不定项选择题,已经有了想死的冲动了。每道选择题的答案都是如此接近,多选一道错误的选项就会不给分,少选一道错的,得到的只是象征性的施舍的一点点分数。看见前边的好些学生的笔从开始到现在就没停过,草稿纸上的空白也已经越来越小,他越发觉到自己现在是如此的无助。望着自己手中的笔和桌上早已准备好的几张稿纸，他是真想下笔,可是不知道该怎样去写第一个字。索性翻了过去,看了看后边的几道问答题。瞅了半天,好不容易有两道自己以前在参考资料上做过的原题,可是参考书上只有答案并无过程,自己当时也没有研究,现在只能是坐在那里干着急了。

时间一分一秒地流逝。今天的太阳似乎从西边升起来了,林不凡环绕四周,发现没有一个在抄袭作弊的,即便是学习吊儿郎当的几位,现在的样子也是成竹在胸。女生们有好些都在思考,看来是遇到点困难,但是也没有不正经的行为。林不凡叹了口气,开始把自己心中仅有的东西拿在每道题上试一下,可是试中的概率实在是低得可怜。有两位男生已经交卷了,林不凡看见交卷的那两位都是自己班上的物理尖子,甚至是理科尖子。即便没有创造最早交卷的时间纪录，也足以让好些人惊羡了,有几位还轻微地发出“哇……”的声音。科目的含金量决定受惊羡的程度。

林不凡看了看时钟，只剩下不到半个小时了，他没想到时间过得这般快,赶紧把卷上的空白想办法填满。有些空他知道自己填的是错误的,也没有改错的意愿,他宁可相信自己的第一感觉。后边的问答题有些实在没有东西写,他便想办法用汉字代替,写了好多的废话,期待阅卷老师可以看在自己多写了几个字的分上，可以给自己施舍一点分数。他甚至把"答"字放大了好几倍,来遮住一些尴尬的空白。

交卷的人也逐渐多了起来,林不凡尽量不抬起头看他们的表情,即便如此,听到他们走向讲台的脚步声,也已经是一种摧残。他已经可以预见,自己距离宣判到来的时间,只剩下十分钟了。他没有看时钟,也可以差不多感受到时间的脉搏。

又过去了几分钟,即便平时上课总在睡觉的那几位也已经交了卷子,看样子答得似乎还不赖。林不凡还有几个空没有填上,题目似乎很简单,可自己就是无从着手。他不时狠敲了几下额头,希望能够突然将自己的任督二脉打通，然后笔尖像流水似的可以流个不停，可这些都是枉然，最后他已经放弃了，随便写上几个根本和题目风马牛不相及的答案就算了事。老有人招呼他交卷,他都回绝了。

离考试时间结束只剩下了不到五分钟的时间，考场内就剩下了两个人，除了他还有一个女的,不过看样子她似乎比林不凡强多了，试卷写得满满的。无论答案正确与否，最起码底蕴摆在那里。走廊里经过的考生也是熙熙攘攘，林不凡奢望他们可以在对答案的时候抛出几个有价值的信息，可他们似乎谈论的都和考试无关，有的在谈论一些明星逸事，有的在谈论午饭吃什么，谈论什么样话题的都有，就是没有人谈论考试。看来这次，试卷对他们来说不是太难就是太简单。林不凡横了心，名字一写就交了上去，宁可站着死也不能跪着生，这垂死的挣扎对他来说，实在是一种摧残。

在今天之前，他觉得自己可以坐在前三排是可以实现的梦想，现在再抱有这种想法，只能是不切实际的幻想，林不凡似乎已经忘记了下午还要考一门，而且还是最为薄弱的科目。他现在没有能力顾及以后，只是想着自己已经没有希望了。

正在车棚里取车，才发现陈楠就在自己前边，而且忽略她已经不可能了，她显然已经看见自己了。

“怎么样啊？林不凡。”

林不凡一时茫然，他想跟她说自己考得还不错，可是结果迟早会出来的。他想到时候还可以把原因归结为老师的批卷有问题，可是站在她的面前，他觉得自己不忍心骗她。

“应该不是很好，我有好多都不会。”他只能实话实说。

“你是在跟我打马虎眼吧？我的物理是最差的，在老师跟前补课都够不着班级的平均分，我都觉得这次卷子很简单，你怎么可能还有不会的？”

林不凡现在可以猜到，当自己坐在考场的时候，走廊里的考生没有谈论考试，是因为卷子实在是太简单的缘故了，他们都不屑一顾，可这只能反衬出自己的无能和弱智。他现在的心情真的很凄凉，却还是要强颜欢笑。

“是吧？我就知道说中了，你肯定是现在说自己不好，到时候卷子发下来让全班为之一震。”陈楠看起来还是很看好他的，虽然这种看好中带着一些盲目。林不凡只能笑着说：“是啊！班上的同学肯定会为之一震的，我有预感。”

他们一起推着车子出了校门。林不凡说要请陈楠吃午饭，陈楠婉拒了，“我还想趁中午的时间看看化学呢，我的化学也不太好。女生在理科方面很是脆弱啊，不像你们男生，个个都那么天才。”

林不凡本来想说一句：“可惜我不是男生。”自觉不妥，忙住了口，脸上也有一些红晕。

“你脸怎么红了？”

“啊……是吗？可能是太阳晒的吧！”林不凡有一丝尴尬，陈楠却大笑了起来，“你是火星来的吧，现在哪有太阳！”

林不凡抬起头看了一眼天空，果然像她说的那样。自己从考场出来就没向天上看过,偌大的天空阴沉沉的,看着有下雨的趋势,却是一点也不湿润,连空气中的风都是干的,热烘烘的,明显和阴霾的天空不搭调。

“你赶紧回家吧,我们以后就可以坐在一起了,我都等不及了!”陈楠道,“我先走了,一想到下午就剩最后一门了,还是化学,就不知道该高兴还是该无语了。”

“嗯,拜!”

他一直推着车, 走了十几分钟才到小区门口,阴沉的天气终于开始夹杂着一丝雨点。林不凡突发奇想,“要是现在下场暴雨,然后让交通瘫痪,下午不就不用考试了嘛。这样即便今天早上考烂了,也不会差到哪里去,毕竟自己考烂的就是这一门。”可是结果偏不遂人愿,他推着车子等了几分钟,雨不仅没有加大,反而连雨点也躲在了云彩后边。林不凡暗自叫苦,听见身后有人叫自己,回头一看,是林父开着车也回来了。

“不赶紧回家,待在这个地方干吗!”

“哦,知道了,这就回。”林不凡把车子放进车棚,正好和从停车场出来的林父撞到一起。林母开门后看见这家的两个男同胞头一次同时进门,还感觉有点不太习惯。“你们爷俩啊!脚尖真够长的,闻着味儿就进来了。”林不凡现在神情恍惚,完全没有

闻见厨房的味道。林父却是眼尖鼻子尖，顺着味道就溜进厨房。

“老婆大人万岁啊！今天是荤素搭配，干活不累啊！”林父还没放下手中的公文包，随手拿起筷子捞了一块排骨就放进嘴里。

“看看你那点出息，就知道吃吃吃，看你这半年身体飙到什么程度了，也不知道为将来考虑！”

“这叫什么，这就叫‘活在当下’，以后怎么样再另说，得把现在过好。再说了，我这肚子，它不是普通的肚子！”林父边吃边道。

“不是人肚，还能是神仙的肚子？”林母道。

“不是，我这肚子不是装东西用的，而是你这些年厨艺逐步进步的见证啊！它就是活化石啊！你看见我这肚子，就能看见你这些年厨艺的发展历史啊！”林父开玩笑道。

“肉也堵不住你的嘴啊，是不是还想把你的肚子放进博物馆永久保存呢！”

“去去去，你以为真有人稀罕我这活化石啊，它连木乃伊的成色都没有。”

“好好的要吃饭了，说这么恶心的东西干吗？”林母一边盛米饭，一边招呼林不凡收拾桌子，准备吃饭。

老两口是自得其乐，根本没顾上问林不凡关于成绩的事。林不凡在饭桌旁吃了十分钟，两口子也没正眼瞧他一下。林不凡觉得也挺幸运的，要是搁在平时，他今天就是食欲再旺盛，也别想动一下筷子了。林不凡只觉得筷子突然重了不少，头也重了不少。自己的肩膀本来就挺瘦弱的，还得扛着这么一个无用的脑袋，脑袋里不是基因，而是水泥。他挺想用头砸向墙壁的，可是他又怕没撞死，反而给疼死了。他觉得只有床可以不让自己的头变得这般重，让他的头变得这般多余。

对床产生依赖以后，他便无法左右自己的身体了，好像它是不属于自己的。即便听到了林母那依旧声嘶力竭般的喊叫，他也无法摆脱床的依赖。他特别想装作没有听见似的，这样就不用再去那个见鬼的地方了，他从来没有这样害怕去一个地方。直到他听见林母喊了一句："最后一遍了，再不起来就跟我没关系了，考试考不了也跟我没关系啊！"他这才挪了挪身子，艰难地靠在了床边，迈着沉重的步伐走向洗漱间。

二十分钟后，他已经置身于那个相伴许久的地方。所有人都在期待着下午的结束，不管是好的，差的，这样的地方毕竟不是什么天堂。所有人都在期待这一刻的来临。他们此刻的思绪早已飘向了考场外的世界，飘向了高墙之外的世界。有的在商量考完试去哪儿玩，有的在商量晚上一起吃饭，就是没有一个人商量和化学有关的事宜。这是一门接触不

久的科目，对于大部分人来说都是很轻松的科目——至少目前是这样。满卷的习题其实归根到底，考察的知识点就那么几个，平时的测验也是轻松的不能再轻松。都听过报英语辅导班的，也听过报数学辅导班的，物理辅导班的，就是没听过报化学辅导班的。其实他们不知道，也有人报了化学辅导班，那个人不是别人，正是林不凡。上次林父说林不凡平时太闲，周末的时候有大把的空余时间都挥霍掉了，不管林母和儿子同意与否，他就在网上找了个老师，听说还是附中的教学能手兼化学教研组组长。他费了好大的劲才把他挖过来，一堂课两百，已经教了七八节课了。林不凡真没觉得他值这个身价，教的内容课本上都没有，隔三岔五还和林不凡讨论什么英超球赛，或者是推荐什么电脑软件。林不凡觉得他像一个搞销售的职员，或者像一个无业游民，就是不像什么“教学能手”。

有一次他为了验证自己的判断，谎称教辅书的单元习题答案找不着了，让他做过以后再给自己改。等他做完以后，自己又拿出答案一对，连林不凡一半的正确率都没有。

“我擦！堂堂附中的化学教研组组长水分也太大了吧！一般人想做成你这个样子还真不容易！”

这老师也着实尴尬，脸憋得极为通红，只是颤颤巍巍地道：“是……今天身体不舒服，那什么……

没看题目就做了。”

“那你……还准备给我接着补课吗？”

“不了……不了……”

“那你怎么还不走啊，等着给你做顿散伙饭，你才肯走？”

“哪里……只是……今天的代课费……”

“还今天的！我没让你把前几次的代课费吐出来就算不错了！还代课费！要不……我把你的杰作让我爸看看？看他给你代课费不？”

“不了不了，那我先走了。”他现在和林不凡的身份仿佛不是老师和学生，而是欠债的和催债的。

“请等一下，麻烦你出去后给我爸说一些合适的话，你懂吗？”

“懂……懂……懂，当然懂。”说完踉踉跄跄地出去了。自此以后，林不凡的补课生涯就算结束了。不知为何，林父自此以后也没再提补课的事。只是林家钱虽然花了不少，林不凡在面对“化学”这样的字眼的时候，还是和以前一样的卑微。

卷子还是一样的卷子，题似乎比上午的时候要简单不少。看着那一道道题目，弱智得不能再弱智，可惜即使再弱智，也只能反衬出林不凡的无知。他想着要都是选择题的话，自己是可以得高分的，可惜多半被填空题和解答题占据了，林不凡的笔绕着手指转了好久，还是没有挤出一滴笔油。

就是在这样的考场上，他开始怀疑自己的智商有问题，看看别人的笔从拿起来后就没离开过卷面，即便是自己平时瞧不上的一些人，明显也答得比自己好。他开始强迫自己不可以胡思乱想，总还是要拼一拼的。他开始仔细回想自己以前所学的一切，哪怕是再细微的知识点，他也希望对自己可以有所帮助。看着时间在一点一点流逝，看着越来越多的空座，他开始不由自主地加快了写字的速度。只要是想起来的，不管是对是错，他都将答案写在了卷子上。他猜自己的卷子可能是写得最多的，字也是最工整的。只可惜，在这门科目上，字写得再多，不代表水平越高；字写得工整不代表能力突出。当监考老师下来转悠的时候，即将走到自己的位置，他开始莫名地感到自卑。不由得把胳膊往前蹭，遮住了很大一部分的卷面。监考老师走到跟前，轻轻地掀开他的胳膊。林不凡不敢抬头端详他的表情，只是听到了他一丝冷笑。那声冷笑格外刺耳，格外致命。他假装没有听到这声讥笑，可是那声音反而越来越清晰，存留在了林不凡的脑子里。林不凡听见他的脚步声没有移动，却已经丧失了高傲的内心本质，把胳膊归回原位，任由他的讥笑和鄙夷在考场内肆意蔓延着。他开始一分一秒地盘算着时间的结束，尽量不抬头去看时钟。因为只要一抬头，就要和他的面容打个正面。他已经无法想象他在怎样鄙夷自己了，他的脑海开始勾勒出监考老师的轮廓,结果勾勒出来的却是一个小丑般的形象。小丑那惨白的面容格外的阴森,让林不凡仿佛置身于地狱之中。他不禁打了个寒战,不自觉地扭动了一下身躯,稍微抬了一下头,才发现教师里就剩下了两个人——包括监考老师在内。他鼓足勇气彻底抬起了头，监考老师正在那里惬意地修剪着自己的指甲。隔壁班的考生经过走廊的时候,林不凡可以听见他们议论自己的声音。

“是啊！怪不得别人,你自己竟是这样的无能！你还有什么资格高看自己,小瞧别人,你可知道,当你对别人充满鄙夷的时候,别人也在用同样的心态回馈你！”此刻,林不凡真想找个没人的地方,痛痛快快大哭一场。

看着熙攘的人群从走廊里走过,隔三岔五还对着自己指指点点,他立刻交了卷子,没有丝毫停留。他想,就是坐在最后一排,即便每天都能闻见垃圾的味道,他也没有什么可说的了,那种地方,本来就是自己的归宿。即便睡在猪圈狗巢似的住所,他也心甘情愿。这样想着,脚步反而轻快了许多。监考老师看起来就等着他一个人了,林不凡刚把卷子交了上去,他便没做多余的动作,直接将卷子放进卷宗,在林不凡之前离开了考场。

偌大的考场内就剩下他一个人了。他一边收拾

着自己的东西,鼻子感觉很塞,眼角感觉很痒。他过了一会儿才明白，那是哽咽的痛楚，眼泪的味道……

第十一章

在这样一个紧张的学年里，考完试以后，是没有多少时间让他们休整的。顶多可以在考完试的当天下午出去吃顿饭，或者不用继续奋斗到十二点以后，这大概算是仅有的好处了。至于其他方面，和平日并无多少差别。第二天早晨，即便前一天没有布置作业，还是有很多人早早地来到学校，讨论的无非是关于考试、成绩方面的一些言论。这些言论多半以谣传为主，比如说某某人考了多少分，在全班排第几的之类的鬼话。这样的话说的次数多了，相信这些鬼话的人也就没有多少了。虽然他们心里非常忐忑，但是在成绩单公布之前他们是不会被那些

谣言所左右的。这样一方面，他们不相信同伴所传递的消息，另一方面又强迫自己早早来到学校，以便得到更多的关于自己有价值的情报。人啊，就是这样复杂，这样矛盾。

骑单车去学校的人流多半是初三的，他们总是会比初一初二的早到半个小时，这是正常现象。天气已逐渐转凉，秋气已渐渐逼近，而且街道上的景致也越来越向秋天靠拢。平日男生穿的短裤和T恤所构成的靓丽的景致如今已难觅了，多半被外套和牛仔裤所覆盖，色调也是一样的灰冷。有的骑着单车听着音乐来驱散寒气来袭，还有的则更为实际，手里直接拿着半块烤红薯，热气缓缓飘散在上空，惹来旁人的羡慕。还没到班里，在走廊间已经可以听到学生们谈论的焦点，一个个面红耳赤，好像不把别人说服就不能罢休似的。

这样的状况持续了将近一个小时才有了停止的趋势。当听见从走廊传来皮鞋声音的时候，他们便本能地回到自己的位置上，干着自己该干的事情。书就放在眼前，心思也不可能放在它上面。林一似乎是专门在吊他们的胃口，话题扯得够远就是不谈考试。林不凡依然从后门走到自己的座位。他们的位置每周一轮换，上周即便是考试，却还是把横排换了个彻底。林不凡的座位现在就在后门的跟前，离他不远的地方就是垃圾桶和放着笤帚和拖把的地方。自己班上的人数是年级组里边最多的，教室里仅有的空间也显得不够用，前边的座位很宽松，中间可以站立两排人，后边的座位可就没这么好的待遇了，显得很是拥挤。坐在林不凡前边的恰好是一个叫刘一东的胖子，林不凡和他没怎么交往过，周围的人似乎也不太待见他。不过他家境似乎很阔绰，自己行事独来独往，很少和旁人说话，有些想要主动靠近他的人，最后都会被他恶狠狠的眼神所回绝。

林不凡发现座位太靠后了，几乎就要堵住后门了。后边的垃圾堆也有几天没人清扫了，发出刺鼻的恶臭。周围的人似乎都闻见了这种气味，却没有几个人上前把它收拾掉。林不凡本来想收拾，觉得这项工程实在是太繁杂了，于是自己的壮志也就搁浅。他看见前边的刘一东不停地用后背往后蹭桌子，好像以前在农村里见到的驴挠痒痒似的。他轻微地碰一下他的肩膀：

“能不能别靠了，桌子都快到垃圾堆上了，再靠就要把后门堵住了。”

他本来是好好说话，这样的胖子虽然看着面善，却还是有一股匪气在眼前弥散着，林不凡知道打架的话，十个自己也不是他的对手，就抱着商量的口气和他讲，谁曾料想他来了一句：“有本事就坐我前边啊！没本事就给老子闭嘴！”

林不凡顿时体内的冷气直往上蹿，身体好像僵住了一般。他放下书包坐在椅子上不再说话，兄弟几个都看见了，也都装作没看见似的。他知道，今后可能得和他长期打交道，犯不上弄得这样僵。

课间的时候，林不凡总是会出去待上个七八分钟，等快要上课的时候再进来，他受不了靠在走廊边栅栏上闲谈的人蔑视自己的眼神，他无法躲闪，只能回避。别人即使不在意，自己却不能装作不在意。早上的几节课着实难熬，气味随着温度的升高而变得异常难闻。想到今后要每天在这样的环境中生活，见不到荣耀也见不到光明，林不凡死的心都有了。好在旁边还有这群家伙，这也许是他现在仅剩的东西了。

一上午的时间，林一也没提成绩的事，不过根据几个看成绩的口述，这次考试两极分化着实严重。林不凡很想凑到他们跟前去问下自己的情况，可是看看他们排斥自己的眼神，他也就没再问。只是看看陈楠和张雅的表情，估计她们俩和自己的两极差距肯定非常严重。想到这里，他甚至不敢抬头去注视她。记得考试前的电话，还有天桥上的交谈：

“不是我不想离你们近点，实在是现实逼得我离你们太远啊！”

“你怎么不去看成绩啊？咱们这堆只能靠你长脸了。”祁伟一边摸着他的毛寸，一边翻着闲书对林不凡说。

“唉……哥们，你太高看我了，我就是块臭肉啊，搁在哪里都不会闪光的。”林不凡实话实说。

“你知道吗？你作文得了满分！咱们班上唯一的满分！有你这种成色的肉还叫臭肉？”李娜在一旁听到他这样自贬，不由替他说话。

“唉，木桶效应啊！我的短板太明显了，你们不会明白的，再说我也不会离开你们的，这不是好事吗？”

李娜本来又想说，话到嘴边被马超堵了回去，“行了，李大小姐，他不是走不了了吗，你应该庆幸才对啊，怎么反而这般见不得他了？”李娜知道他这话中带着刺，却不好反驳，立马转了回去，好遮住那刚刚发红的脸庞。林不凡没心思去理会，只是拿着笔在纸上不停地乱写，字迹模糊得连自己也看不清。

这样的情形一直延续到下午，直到张雅把那张月考成绩单贴在班务公务栏上时，班上沉闷的状态才有所改变。林不凡一进门，还未坐到座位上，就看见好多人聚集在班里的东北角上。他知道他们在看什么，他自己则坐下翻着历史课本。他想，自己恐怕已经没有必要再去看那张审判书了，他的命运早已注定，并不是自己所能够左右的。看着林不凡一个人坐在座位上，李娜转过来告诉他：“你要飞黄腾达了！林不凡！”

林不凡只当她是在开玩笑,抿嘴一笑算是对她这善意的谎言所表示的感谢。“你怎么没反应啊!我说你要飞黄腾达了!”李娜看见林不凡有点无视自己,不觉嗓门陡然提高了几个分贝。

“我知道你是在安慰我,我很感激你。但你不要一直说这样的话了,我没有兴致听。”

李娜听见他说这样的话,她已经决定不再作多余的解释,打开书包拿起手机,扑到人群中拍下成绩单便返回到座位上。

“你看啊!你以为我在跟你开玩笑啊!唉……咱们以后说话可就难了……”

不知为什么,她把手机放在林不凡的手里,便在一旁叹息了起来。林不凡似乎听到了她叹息的声音,他已经没有兴趣安慰她了,因为他的目光已经完全落在了成绩单上,并且短时间内不可能再离开了。成绩单上写着每个人的单科分数以及名次。他对别的信息全无关心,目光停留在自己成绩的那一行上,化学那一栏上赫然写着他的分数:83,总分排班级第九。他的心里全无高兴,而是被惊诧所控制。他仔细看了又看,恨不得把分数从手机里拿出来贴在自己的眼角膜上。他非常紧张,害怕一旦看不见成绩单,名次就会被人篡改。他只是捏着手机,全然不去理会周围发生了什么。这时祁伟也到了,看见林不凡手里紧握的手机,立刻夺了去,道:

“什么东西,有这么好看？”

定住神一看是成绩单,便丧失了兴趣,想还给林不凡,忽然想到了什么,又拿起手机一看,“同桌,你牛叉了！让你考试悠着点,你这是要弃我于不顾啊！算了,你终归是不属于这儿的,恭喜你,兄弟！”

林不凡抬头看了看祁伟,那张肉脸上写满了喜悦,仿佛成绩是自己的。祁伟已经不知道该和他说什么了,只是拍了拍他的肩膀。对他来说,举止比言语更能表达感情。

林不凡正要返还手机,看见化学老师从走廊里走了过来。他走到林不凡座位的窗前,道:“林不凡,帮忙把卷子发一下！”

林不凡看见他的眼神和平时很不一样,眼神里第一次向自己传达出了尊重的含义。他走时还不忘向林不凡微微一笑,林不凡觉得他的笑容恍如隔世。等他走后,林不凡的思绪立刻回归到了现实之中,并且十分的敏感。他把周围同学的卷子先挑了出来,分发到他们的手中,他们的目光便暂时不再聚集在自己的身上了。祁伟一拿卷子,看也不看,直接习惯性地塞进桌内,动作潇洒连贯,毫不拖泥带水。林不凡又谨慎地翻出自己的卷子,顿时欲哭无泪！卷子是改过的,但是并没有将分数汇总,林不凡算了一下,得出了“33”分的结论。他由刚才的惊诧瞬间过渡到现在的绝望,本能地把卷子翻到背面,

想着背面也许可以遮住一些丑,怎料到背面自己答的题更是惨不忍睹。他准备把卷子塞进桌内,并且在塞进桌内之前趁人不注意,用红笔写了一个“83”的分数搁在卷首“得分”后边的横线上。

他顿时觉得自己有几分可笑和蹩脚,“是啊!你自己竟是这般的无能,居然要用这种最遭人鄙夷,最容易遭到良心谴责的方式来挣脱苦海,去换取一个被别人尊重的目光吗?”可是,如果没有自己这个举动……林不凡回头看了一下周围,看了看后门上依旧令人感到恶心的涂鸦,看了看旁边依旧惹眼的垃圾堆,看了看班上那些牛人的闲庭信步,那些目光从来不肯施舍给自己同伴的牛人……他握紧了拳头,他突然发现,其实自己并没有选择。

林不凡开始分发试卷。来到班上的时间不算短了,可还是有好些同学的名字会感到陌生。他呆呆地站在靠近讲台的走廊里,本想俯下身来问一下自己班上的一位同学,可他仿佛预见了即将发生的状况,随手便把耳机塞进耳朵。林不凡可以清楚看到,他并没有在听音乐或者听英语之类的。他有点尴尬,将俯下去的身子又硬生生地抬了起来。环顾了一下四周,并没有人理睬自己,他拿了卷子站了几十秒钟,忽听后边有人道:

“让开!别挡道!”

他一惊,窘迫地靠在边上,回头一看,是正在拖地的龚冰。他本来想发作，看见周围的人在笑自己，他顿时觉得手上拿的仿佛不是试卷，而是烙铁，让自己的双手变得灼热。马超看见了林不凡的处境，似乎明白了什么，起身径直走到他跟前：

“你先回去吧，卷子我替你发了。”说完一手夺过林不凡手中的试卷，拍了拍他的肩膀，便穿过讲台发试卷去了。

马超毕竟在班上混了两年多了，不可能不认识每个同学，即便他和他们中的大多数并没有多少交情。他用了不到五分钟就发完了卷子。林不凡在座位上沮丧，生着闷气，祁伟安慰他道：

“兄弟，没什么大不了的，不用和那些白痴计较。”

林不凡说：“谢谢你，同桌。”

“你后边应该加个括弧，前任的。”祁伟自嘲道。

“不，不用加，你永远是我唯一的同桌，真正的兄弟！”

“今天下午上完课，一块儿去吃饭吧。也许是咱们的散伙饭。”马超道。林不凡没有答应也没有反对，几个人兴致不像往常那样高，都多少有点沮丧。最后一排难得的平静竟然可以持续很长时间。

成绩公布以后，早上躁动的气氛已经消失掉大半了，只有少些声音还在谈论分数，“这次我发挥失常了……”“我这次太粗心，结果把题目看错

了……”命运注定以后说些苍白的解释大概是他们唯一可以做到的事情了。当他们向别人诉说自己的借口时，旁人也会替他们悲苦起来，这种悲苦是发自内心的还是假装的，大概只有他们自己知道了。

时间依旧在流逝，课堂也和往常一样的难熬。祁伟一直在问今天要不要吃散伙饭，林不凡兴致不高，尤其当他听见“散伙饭”三个字之后，心里总是难免泛出一丝哀怨，他还不知道自己在饭桌上该如何面对他们的眼神呢。最后还是被李娜的一句：“林不凡，去不去由你，你要是不去的话，我们也不会勉强你的”说动了。她这话语间看似留给了林不凡选择的余地，其实并没有选择的空间。至少当她讲完以后，林不凡“嗯”的甚是干脆，丝毫没有迟疑。

物理课上，带课老师在讲课之余没少提关于考试的事，“林不凡”这三个字自然是绕不过去的。

“那个……林不凡就是那位新来的吧！我这物理课上你一直讲话，考了六十多分居然还能进入班级前十。”

林不凡搞不清楚他这是在表扬自己还是在讽刺自己，但是自己因此成为班上的“话题人物”却是不争的事实。这种感觉自从上次语文进入复赛后享受到了尊荣，到现在为止也仅仅是第二次而已。虽然仅仅过去了一个月，但林不凡却感觉像过了好几个世纪。他的心思此刻已完全不在课堂上了，只是希望可以马上离开这个叫人绝望的地方，最好能和他们一起。眼下看来这两个愿望一并实现的可能性是微乎其微了，不过能够实现其中的一项，对他来说已经是额外的馈赠了。

课后做完眼保健操，林不凡把化学卷子塞进书包，脑子里盘算的是该如何销毁这张“万恶的罪证”，霎时感觉班上气氛有点不对，一抬头，班上的目光几乎都在注视着自己。他害羞地低下头，发觉有点不对，再一抬头，看见陈楠站在自己的面前！这是她第一次站在教室最后一排，这对“被人遗忘的角落”来说，都仿佛看见了天使的光芒。陈楠没有说一句话，讲一个字，只是静静地站在那里，大概有十几秒的时间。她将一个纸团塞给了林不凡——在众人面前！然后对着林不凡露出那标志性的笑容，转身离去，假装什么也没发生似的。

班上的女生顿时嘘声四起，男生则有的惊羡，有的愤恨，桌前的几位也是各有各的做派：祁伟呆呆地注视着陈楠，直到她坐到座位上，眼睛也不曾离开过；马超则是一脸惊愕，仿佛是第一次认识眼前的这个叫作“林不凡”的家伙；李娜则抱着头，用拳头砸着桌子，等她起来的时候，脸变得臃肿多了，眼睛像樱桃一样。林不凡慢慢地打开纸条，上边用彩笔写了一行算不得字体的小字：

我跟老师讲了，他同意我俩坐一块。今天晚上

咱俩吃饭吧，庆贺庆贺。

林不凡望着纸条，不知是该应允还是该婉拒。祁伟说："你还真是够牛啊！居然能让她主动给你写这样的纸条。你怕是不知道，咱班上的那些公子少爷们整天大排长队请她赏光，她连正眼也没瞧一下，今天让我兄弟做到了！小子，老实讲，还有什么事瞒我的？需不需要我帮你解决啊？"

林不凡没心思去接他的话，转而说道："要不今天和她一起吃饭，反正多一个人也不算多嘛！"

马超在一旁拼命地点头，李娜却说："你们几个和她一起去吧，我不去了，我有事！"说完插上耳机，尽管没有音乐。这种架势是想让他们不要再打搅自己的意思了。

林不凡作不了决断，他这辈子最怕的事情，做选择题肯定是其中的一项了，不管这种选择题出自于考卷还是出自于异性。他求助地看着祁伟和马超，他们自然清楚刚才发生的一幕代表了什么，却都装作什么也不知道似的，无辜地耸了耸肩，那意思是无能为力。剩下的几节课，林不凡都在浑浑噩噩中度过，老师讲课的内容，他总共听进去的不到十句，脑子里想的都是晚上该和谁在一起吃饭，他也终于明白了，古代的皇帝即便妻妾成群，这也不是什么好事，每天晚上去了这个嫔妃跟前，听见那个嫔妃哭泣的声音……难怪后宫们会争风吃醋。林不凡这样想着，那张纸条早已被他捏成了团状，皱褶得不成样子，上边还有浸满的汗液。陈楠是拒绝不了的，这毫无疑问。若是在这样的场合做出拒绝她的举动，对她的脸面和自尊打击太大了，这和老师一般很少体罚犯了事的女生是同样的道理。那么该拒绝李娜？似乎也不太现实，自己对她总有一种说不清、道不明的感觉，这种感觉对其他人从来没有过，他和她既像是兄弟，又像是恋人。和她在一起自己不必有任何拘束，可以完全地随心所欲。其实这也只是一方面的原因。林不凡注意到，李娜素装的时候，气质和面容在班里并不比陈楠、张雅之类的差，只是因为她学习差，平时又总是一副吊儿郎当的架势，在班上总和祁伟、马超这种在旁人看来“不三不四”的人鬼混，所以人缘一般，也没有过多的人关注她。这大概算作是“恨屋及乌”或者“近墨者黑”吧！林不凡又浪费了些许时间，还是拿不定主意。

“这真是一道幸福而又艰难的选择题啊！”

一直到最后一节课，林不凡还是不知道该去吃“散伙饭”还是该去“双人对酌”，他便在本子上撕了两行纸条，上边分别写着“陈”和“李”字，想让上天来帮自己完成这道命题。“今天晚上和我吃饭的人是她！”话音刚落，手指指向了写有“李”字的那个纸团，他终于说服了自己，“得罪就得罪她吧，反正来

日方长，以后有时间再向她谢罪吧！”

正想着，窗外的杨君探过头来，道：“林不凡，林老师让你今天晚上七点在班里等他，他找你有事！”说完径直而去。

林不凡平日和杨君并无多少交集，今日看他这架势，还以为他要干吗呢！

“你这次真是一举成名天下知啊！成了不折不扣的大红人了！今后在林一面前还得多多美言啊！”祁伟道。林不凡做出扇他的架势，祁伟知趣地一躲。

“今天是喜事连连，晚上这顿饭得你请吧！”马超道。

“我请就我请，今天我要是不请这顿散伙饭，你俩一人一口唾沫就能把我淹死。真要是这样，我以后在方圆五十米内就混不成了！”

几个人刹那间兴致变得高涨许多。林不凡说到“散伙饭”这个词的时候，刻意把声调提升了几个音符，这个词就是说给李娜听的。而且事实证明他的目的已经达到，李娜拔掉没有丝毫声响的耳机，向他回眸一笑，表示默许。

林不凡本来想给陈楠递张纸条，说明一下事情缘由，可是自从那次“发作业事件”以后，他已经没有勇气走到那片区域了。他想以后或许会正大光明地走到那里去，但是眼下，自己还是打不开心结。他便放弃了写纸条的打算。放学的时候，陈楠一边收拾书包一边向林不凡望去，林不凡也看见了她，轻轻地摇了摇头，彼此间都已明白对方想要说什么。林不凡看不透此时陈楠的心理，他想即便现在她在心里狠狠地诅咒他，那也是他应得的，他也可以坦然接受了。李娜、祁伟、马超则迅速跑到林不凡跟前，商量吃饭的事宜，林不凡的课桌被他们堵得严实。林不凡心里一震，害怕陈楠看见现在这个场景会产生误会，便透过缝隙向她的座位瞄去。陈楠瞪着他，书包甩到肩膀上，便跑了出去。林不凡本来想追上去，可是从窗外探过头一看，她已经跑过了走廊，下了楼梯。他便不再追了，准备晚上给她打个电话解释一下。林不凡让他们先到火锅店去占位置、点菜，他和林一说完话后便立马赶过去。他们走了，教室里就剩下林不凡一个人了。

暮色开始四合，校园内也逐渐变得沉寂下来。一丝秋风的吹拂，让梧桐树的叶片飘洒下来，眼前的一切像是电影画面般凄美。林不凡正独自欣赏，身体却感受到了冰凉。这些时日，午间和傍晚的昼夜温差着实悬殊，林不凡上身穿着中午刚换的短袖，现在它就像“皇帝的新装”，林不凡分明已经感觉不到它的存在了。他将书包拿出来，在书包里面塞满书本，背在身上取暖用，已顾不得沉重。他就这样一直等着，期间还去办公室看了一下，一个人都没有，料想他可能有事，待会儿便过来。又等了一会

儿觉得闲来无事,便一个人在班级的正门前仔细打量了一番。进去又出来,出来然后进去,并且想象着教室外边的走廊里人流穿梭,和平时并无两样。这样想着不知怎么的鼻子一酸,顿时很想大哭一场。他不知道此刻为何会如此矫情,觉得肚子里满是委屈和不甘,只是想痛痛快快地大哭一场!

他趴在窗台上,回想起前几日还因为化学作业忘做了,在这里被罚着补着作业。大清早的严寒他可以忍受,可是教室里同学那鄙夷的眼神……他不敢去回想,一回想就觉得身上变得很冷,好像不受自己控制一样。他想着自己当时有好几道题不会,是祁伟冒着危险趁老师不注意,悄悄地把作业从后门给他扔了出来……

想到这里,他决定不再去想了,过去的终归会过去,自己未来的路还很长,说不定有些事情是可以改变的。他看了一下时钟,想着该去"散伙"了,便搓了搓脸,拭去眼角的少许泪珠,看了看时钟早已过了七点,便决定不再逗留,反正也不是自己不守信用。他经过走廊时还顺便去了办公室,看见房门紧锁,干冷的天气不禁让他打了个寒战。他抬头看了看天空,已开始有点点繁星在闪烁。他一路小跑去车棚取车子,准备出了校门后先给爸妈打个电话,然后再去吃饭。

一出校门,在快到巷口拐弯的位置,他骑车经过时，前边正好有几辆车子开过来，林不凡躲闪不及，连人带车全摔倒了。他觉得身上剧痛，胳膊仿佛动不了了！他用尽身上仅存的力气拖起车子，还没明白怎么回事，连人带车又被摔倒了。他躺在街道旁，看见四周寂寥无人，只有眼前的四五个青年男子，看起来比自己大不了几岁。他们大多身材魁梧，皮肤黝黑，全都带着墨镜。林不凡打量了一下，可以肯定自己不认识他们。

“你们想要干吗？”林不凡觉得自己将会陷入绝境，他内心充满了恐惧，却还是故作镇定。

“想干吗？你问我们想干吗？”其中的一位穿着风衣的男子说道，转过身对着他的兄弟们道，“兄弟们，这小兄弟问我们想要干吗。他问我们想干吗！”说完放肆地笑了起来，其余几个也开始笑个不停。林不凡看着他们的做派，正在盘算着该怎样逃脱，那几位却突然停止了笑声，逐渐向他靠近了过来。看着他们步步紧逼，林不凡本能地向后退了几步，退着退着发觉无路可退了，回头一看，正好撞在电线杆上。他刚一回头，便被一男子一拳打在鼻梁上。他半蹲半跪在地上，觉得鼻子像沸水般的要炸了！继而感觉特别痒，他一摸鼻子，手上全是血。紧接着便觉得头晕，浑身虚弱无力。看着那些墨镜男都过来了，林不凡顾不得擦干血迹，站起来道：

“你们想要揍我可以，可总得有个原因吧！要是

连个说法都没有，我这顿打挨得太冤屈了吧。”

“小子，看来你还是不太懂行情啊，今天给你免费上一课。你应该明白一个道理：我们揍你不需要理由，我们不揍你才需要理由！”后边的一男子说道。他说完摘掉了墨镜，露出了一双小得几乎可以忽略不计的眼睛。林不凡想大声喊叫，可这条该死的巷子七点前和七点后的差距实在太大了。早上吵得人心情烦躁，傍晚安静得仿佛有鬼出没。四周除了石墙和下水道，几乎没有别的东西可以利用了。他突然想起来下午杨君告诉自己要和林一见面。“是他！”林不凡可以肯定自己找到了罪魁祸首，“对，一定是他！除了他，别人都没有揍自己的理由！正当的理由！”

“你们要揍我可以，我知道我现在是案板上的鱼肉，只能任你们宰割了。可这顿打我不想白挨！我请你们告诉我，指使你们的人是不是杨君？”

“呵呵……告诉你也无妨，他既然敢这么做，就不怕你知道他！你脑子转得还挺快的，这么短的时间就能明白幕后推手，也不容易啊！”

林不凡没心思和他扯淡，干脆问：“他为什么要这样对我，我和他只说过一句话——从开学到现在！”林不凡实在是有点错愕，他实在是不清楚自己哪里得罪他了。

“我们不知道。我们这行从来是只动手脚不动嘴！不过既然你问到这了，我们就可以给你一点免费的提示，你是和杨君没说过几句话，可问题是，你和你们班上的另一个人似乎说的话太多了……”

林不凡本来还想深究，那人却一摇手指，“别再废话了，提示到此结束。让我们揍你一顿，咱们就算了事。放心，见的血不会很多的，最多不会超过一盆的容量！”说完逐渐靠近林不凡。林不凡知道今天栽了，索性闭着眼睛，脑子里想的是那些仁人志士面对敌人酷刑时坚贞不屈的样子。他想，“只要级别不超过老虎凳、辣椒水之类的，我还是可以承受的。然后……便是报复！”

他就站在那里，等着被打。这种等待被狠揍的行为自然算不得艺术，等待的时间也是漫长的。他从刘胡兰想到江姐，接着又把影视剧里的英雄人物回忆了一遍，还是感觉皮肤没有丝毫的触碰。他缓缓地睁开眼睛，场面和闭眼之前的没有什么差别，只是往下掉的落叶更加频繁和密集。林不凡发觉眼前多了一个人——是祁伟！他们恶狠狠地互相瞪着眼睛，双方对峙了三分钟。看见双方的气场都挺足，至少都压过了自己，林不凡站在一旁不出声了。又过了几分钟，漫长的宁静终于被其中的一位墨镜男打破：

“不要管闲事，对你没好处！”

祁伟只是冷冷地回了一句：“别的事是闲事，他

的事算不得闲事!”说罢也不管别的,揪起其中一男的头发往地上一摔,就用脚往脸部猛踹,不一会儿就见了血,而且肯定超过了一盆! 林不凡在一旁看着,心里觉得挺解气的。可是看着他一直踹,丝毫没有收腿的意思,他心里有点不落忍了,而且也害怕出事。他想劝祁伟住手,可还是没出声。那几位看他这般狠,眼神瞪得一个比一个大,却没有一个人敢上前,任凭自己的兄弟被祁伟蹂躏着。

祁伟踹了一阵,觉得有点累了,这才住了手,把脚在他胃部轻轻揉了一下,然后将手上的血迹蹭在他的衣服上,道:

“都滚吧! 回去告诉杨君,这件事到此为止。如果他想大肆宣扬一下自己的壮举的话, 我很乐意,虽然这对他并没有什么好处! ”那几位脸上满是不服气,最后还是走了。没走几步,就听见祁伟道:

“喂!虽然你们没资格当什么地痞,充什么黑道上的,可好歹得走个形式吧! 你们兄弟还在我脚下呢,真狠心置他于不顾啊! ”

那几位都显得有些窘迫,被祁伟这般无情地奚落,自己还不能有任何还击,这种痛苦也许比肉体上的痛苦来得更为剧烈。其中一小弟走到祁伟跟前,尽量不去对视他的眼睛,将地下身残的同伴搀了起来,离开了这里。几人推着车子走了不远,被祁伟揍的那男的一手推开搀他的兄弟,一个人作难地走着。他们毕竟不是专业的,关系也不坚如磐石啊!

林不凡看着祁伟,像是第一次认识他似的。“你到底是干吗的?还有多少我不知道的家底啊?”林不凡问道。

“看来……班花不是随便可以接近的啊……”祁伟道,“幸亏你遇见了我,不然……十天之内你就得待在病床上了。现在看这架势嘛……也许待两三天就够了。”林不凡本来想问他和杨君的关系,消失一阵的剧痛又开始出现了。祁伟搀着他的胳膊:

“兄弟,像个男人一样行吧,见的这点血不至于这样吧!”他骑着林不凡的车子,林不凡坐在后座上,“咱是去医院还是去吃饭啊,他们可还在餐厅等着呢!”

林不凡轻声说:“随便,怎样都行。”祁伟叹了口气,也不再和他讲话了,车子直奔附近的一家诊所。

做完处理之后,他把林不凡送到了小区门口,道:“散伙饭以后再说吧,我去替你跟他们解释。另外……如果你晚上感觉不行的话,给我打电话,我会替你请假的。”

林不凡笑着看着他,“嗯。”他们之间已不用说太多的感谢之类的话了,那样会觉得很肉麻,男人之间的兄弟情是不需要这种肉麻的。林不凡一手推着车子,将车子放进车棚,一进家门,林母便被他的样子吓呆了。即便刚才已经被诊所的医生处理了一

遍，但身上淤青的伤口短时间内却是无法消除的了。林不凡谎称自己骑车子时摔了，可林母也不是傻子，不可能因为他的一句话就放弃追究，称要给他的班主任打电话一问究竟。林不凡求了半天也无济于事，于是他话锋一转，将自己这次考试的成绩告诉了林母。这招果然奏效，林母的兴趣自然从刚才的伤口转向了现在的成绩。并且越来越亢奋，非要给正在加班的老公打电话，报告这个喜讯。林父自然也是高兴，立刻放下手中的工作，说要在本市最红火的火锅店庆贺一番，林不凡害怕碰上自己的几个死党，忙说："去吃炒菜吧，今天天气太热了，不适合吃涮羊肉。"结果自然得到了应允。

晚饭也是例行公事，结束以后林不凡回到了卧室，打开台灯，翻出了今天一直没敢拿出来的那张卷子，那张被自己肆意篡改的分数在灯光的照射下格外刺眼，也格外鲜红，让林不凡不敢与之对视。他犹豫了一下，想把它撕成碎片，却没有动手。他到了客厅，找了找林父抽烟用的打火机，然后回到卧室，把试卷烧成了灰烬，又用笤帚把碎片扫了扫，倒进了垃圾桶。

他坐在椅子上，面对着垃圾桶里那些难以用肉眼辨别的碎片，终于有气无力地说了一句："我真不知道对错，只有时间知道……"

第十二章

林一这两天是真够忙的了。如果工作时间和工资可以挂钩，并且成正比的话，他这个毕业没两年的大学生如今拿的工资肯定是可以排在全校老师队伍的前列了。可惜的是，在现实环境中，工作时间的长短和月薪的增幅关系并不是太大，就算有一点关系的话，有的也是反比例关系。林一作为班主任，而且是学校年轻老师群体的杰出代表，每月只比一般老师多拿两三百的班主任带班费，干的活却远远地超过了带班费本身所承受的范围。

这天，林一又是照往常一样起个大早，赶着昨晚没有写完的教学分析和成绩表单，台灯亮了整整

一夜。他太累了,以至于这样随手的一个举动放在他的身上,竟变得如此艰难。他用了十几分钟的时间完成了成绩表。自己的班在年级内排名第二,又一次屈居于宁东所带的一班。即便第一和第二之间的差距可以用小数点后三四位来区分,可是事实不会发生任何变化,第一就是第一。历史上第一从来是集万千宠爱于一身,有几个人会关注第二呢?世人都知道珠穆朗玛峰是世界上最高的山峰,有几个人知道第二高的山峰叫什么名字?林一似乎已经看到了年终的教学成绩审核,自己又得为宁东做嫁衣。

他越发觉得烦躁。想到自己堂堂名牌院校毕业,还以为来到这个地方可以活得风光,活得滋润,可是如今这般忙碌,还得不到应得的嘉奖。那个职位平日摆在那里,年年都有舆论说自己是最合适的人选,可从来没有为自己单独准备办公室。自己每次从办公室进去,抬起头看看那张牌子,“办公室”前边永远也没有加上“林一”两个字。况且他烦的还不止这些。

这些天总有学生家长打电话过来,关注的问题也无非一件:调换自己孩子的座位。坐在第一排的不满意,家长们怕孩子离黑板太近,长期下去会对孩子的眼睛造成不良影响;坐在后几排的都希望可以往前排坐,甚至还有家长出价买座位的。家长心目中的黄金地段都是第三排中间的几个位置,在他们眼中，那就是一块风水宝地，即便这栋楼将来突然坍塌了，这第三排中间的这些位置，即便作为墓地，价格也得像房价一样攀升。对于后几排家境不是特别阔绰的，林一大都可以应付。反正他们的孩子学习差，分数低，拒绝他们自己也有正当理由。可前几排的就令他们犯难了，他害怕自己的做法如果令他们不满意，结果让他们跑到宁东的班上……二班的平均分还得靠他们往上拉呢！可座位只有那么几个，用一只手就可以数清楚。他没办法，为了防止自己班上的天之骄子外流到一班，家长们请他吃饭的时候，他都好言相劝，最后还把账给结了。他真希望自己班上突然转来几位学习成绩出类拔萃的，然后又希望班上那些垫底的突然因为什么事件被学校开除，这样就不用拖自己班上的后腿了。可是那几位也是老手，林一明知道他们犯过的事不少，这些事恶劣的程度足可以让他们开除好几回了，可他们就是不露一点马脚，这让林一毫无办法。

看了看那张成绩单，林一挺想给谁篡改一下分数，也许这样的一个举动就可以让年终评审的“年级主任”属于自己的可能性更高一点。他一直在犹豫要不要改，最后还是住手了。不是因为自己有多么高尚，而是他忽然意识到自己这儿只有成绩没有试卷。要是让谁查出来的话，未免有点太得不偿失了。况且，说不定等自己到了学校以后，会碰上好几个学

生来改成绩的。这个添个几分，那个凑个几分，自己的心愿不就可以达成了吗？现在还费这工夫干吗？

想到这里，他心里一下子轻松不少，于是决定立马出发去学校。到了学校教学楼的走廊里，远远地看见好几个自己班上的学生簇拥在办公室的门口。办公室门还没有开，再者，即便就是开了，没有林一在里头，这间屋子对他们来说也没有丝毫意义。对学生而言，除非有事，否则一般情况下他们是不登这“大雅之堂”的。这间屋子在他们看来，躲都躲不及呢，谁还会自甘堕落主动逢迎上去呢。

他们看见林一走了过来，便主动迎了上去。林一见他们每个人手中都拿着一张试卷，料想他们来访必与此事有关。想不到自己刚有此想法，这些宝贝们便主动来帮他遂了自己的心愿。“嗯，不错，不愧是和我在一起两三年了，还真是挺有默契的。”林一看着他们充满稚气和童真的眼神，真想上前去亲亲他们！

林一主动走上前去，内心里有一丝欣喜，却还是装作很有城府的样子，一边开门一边问：

“你们大清早的不在教室里上早读，跑到这里来干吗？”

他明知道他们跑过来是干吗的，但还是要问一下，走走过场罢了。

“老师，我们的试卷改得有点问题，我们是来改试卷的。”

林一见他们终于说出了这番话，不由得露出微笑，道：“那就赶紧进到办公室里说吧，外面太冷，当心别感冒了。”

他看着这些平日成绩总在平均分以下的学生，终于发现了他们身上原来也有优点。这些学生平日难得听见林一对自己嘘寒问暖，不觉心里泛起一股暖意，跟在林一后面进了办公室。

“把你们的卷子都给我吧，你们这次考试成绩都相当不错，比平时都有所提升。老师也为你们感到欣喜。看来我在你们身上花的心思都没有白费啊！”

听着林一这样滔滔不绝，这几位心里都有些诧异，他们中只有一位这次成绩提升了，其余的都是有着不同程度的下滑。心里嘀咕了半天，没忘了把卷子放在林一的办公桌上。

“老师，我们的卷子都改错了，给我们每个人都多加了几分。”

“什么，多加了几分？”林一顿时一怔，放下卷子看着他们。

“是啊，多加了几分，给我还多加了二十多分呢！怎么了，老师？”

林一顿时有点崩溃，开始重新把卷子拿起来核分数。

“你们这次数学成绩考得真是糟透了！拉低了我们班的平均分不说，对你们以后中考乃至升学都会有影响的。”林一边说边核算着分数，“对了！以后早自习不要随便跑到办公室来，有这点时间还不如在教室里多背几个单词，抄几个公式呢！都听见没有！”

他呵斥完，把卷子分发给他们。这几位一时接受不了他的冰火两重天，都仿佛去了一次火焰山，又逛了一次南极一般。“嗯，知道了。”几个人都应付了事便出去了。本来想着这次改卷子的举动可以抚慰自己的良心，而且也可以引起林一的重视，却没料到会是这样的结局，几个人都多多少少有点沮丧。不过他们不知道的是，此刻沮丧的可不止他们几个，办公室里的林一，现在也是烦躁绝望得不得了。等他们刚离开办公室，林一便重新核算了这次考试的成绩，结果由早上的第二现在又落到了第三，只比几个复读班和六班强一点。他一时不知道该怎样面对这不幸的结局，一头靠在椅子上望着天花板发呆。就这样一直坐着，过了会儿，他透过办公室的窗户看见宁东走了过来，他立刻坐了起来。宁东似乎没有看见他刚才的窘态，一进门见他端坐在办公室前，桌上东西和昨天摆放得一模一样。

“林老师，我还刚想夸你对待工作认真呢，没想到你一大早在这儿做白……做梦啊！”

林一看见自己眼前的这位同事,真想上前去赏他两个耳光!

"你来得也不晚啊,自己班每次都考年级第一,他们都给你这样长脸,你一天还这么拼,也太不知足了吧。"

"有你这样一位强有力的竞争对手,我每天晚上睡觉可都得睁着眼啊!你们班这次和我们班的差距不到一分,看来这一个月的教学很有成效啊!"宁东这样说着,却不知道自己正在往林一的伤口上撒盐呢。林一的脸变得蜡黄,不知道是由于干燥清冷的空气,还是由于宁东刚才所说的话所导致的结果。

"哪里差一分啊,差了好几分哪!以后把你的竞争对手放在别人的身上吧,别把一双眼睛都盯在我身上,我承受不起。"林一严肃地对他说,脸上僵硬得已经做不出任何表情了。

"我昨晚把你们班和我班的成绩都输进了电脑,难道电脑也会出错?"宁东心里高兴,却还是有点迟疑。

"电脑当然不会出错了,人脑才会出错!今天我们班来了几位,说是卷子改错了,说我给他们多加了几分,多加……"林一似乎仍然没有从刚才那一幕场景里走出来,像是见鬼似的不自觉地吼叫了起来。

"看看,看看,唉……这就是你们班和我们班的

差距啊！你们班那些学生可比我们班的素质高多了。我们班那帮臭小子，成绩一公布，我看着他们拿着卷子兴冲冲地跑过来，我不用和他们说话，就知道他们跑过来是干吗的。每次都是少改了分数！他们要有一次拿着卷子跑过来跟我说多改了几分，哪怕是一分！我也谢谢那帮祖宗了！”

林一看着他这样替自己说好话，不知道是真的还是假的，但是心里却更加来气，他开始做些其他的事情，妄图转移刚才的谈话，让自己可以忘记早上发生的事。他猜宁东现在心里想的肯定是：改卷子的那帮学生，我真是太感谢你们了！

林一不知道年终的“年级主任”一职的考核内容里，所带班上考试成绩的比重会有多少，他现在只能从别的方面来为自己增加筹码了。他想着要是可以趁现在坐到这个位置上，不出两三年，自己就可以堂而皇之地参加政教处级别的评选了。只有坐到更高级别的位置上，才有可能把握属于自己的命运。每次看着那些比自己大不了几岁的人对着自己指手画脚，说着一些道貌岸然的话，想起来就令人作呕。

他收拾了一下桌上的东西，把前几天没有写完的教案潦草地应付完，起身准备去班里看看。还没走到教室，在走廊就听见教室里出奇地安静。

“大清早这么好的时间不用来看书背书，这帮家伙在搞什么鬼？”这样想着，不由加快了脚步，等他出现在教室门口，才发觉班上的学生没有几个在学习的，他们都聚集在教室的后边。林一不知道此刻发生了什么，只是看见所有人都蜷缩在角落里却不背书，有那么几位还在不停地叫嚷：

“赶紧往死了踹啊，踹死这个畜生！”林一意识到了事态严重，忙叫喊着：

“都干吗呢？都不给我背书干吗呢？”尽管他确认自己的嗓门足够大，可是班上依旧维持着原状，并没有因为自己的训斥而改变混乱的状况。林一顿时火了，大步流星地穿过走廊，从人群中挤进去，看见马超躺在地上，一动也不动。鼻口，头上，衣服上都浸满了血渍，角落的拖把上也有血迹。而另一端，高尚被同学拉住，嘴里还在不停地叫喊：

“让你个屃再跟我顶嘴，也不看看自己这副德行。跟我对着干，你有那资本吗？”说罢仿佛没有看见林一一般，头也不甩就回到了座位上，拿起课本就读：

“田家少闲月，五月人倍忙。夜来南风起，小麦覆陇黄……”

林一顾不得上前去教训他，想这新转来的还这么猖狂，迟早要跟他算账！他看见马超还在地上躺着，鲜血直往外流，林一慌了，赶紧半蹲在地上准备抱起他去医务室，跪在地上抱起他的时候，才发现

马超远不像看上去那般清瘦,他在纳闷,凭他这样雄厚结实的体格，那高尚是如何像主子虐死狗般的,让马超成了这副德行?

“都看什么看啊！赶紧过来两个男的帮把手啊！”

林一这样叫喊，周围站了半数以上的男生,却没有一个人上前照做。不仅没有,还有零零散散的几位反而散了去,全当没发生一样。林一急了,他真想扇他们几个耳光。

“都没听见我说话吗？背下他能累死你们啊！”

有一位男生嘀咕着:“累是累不死,但是能脏死了。”李娜也半跪在马超前边,一边用纸帕拭去他身上和脸部的血渍,哭着说:

“你们还有没有点良心啊!明明又不是他的错,你们的心就这样冰冷吗!”她看见别人都无动于衷,自己艰难地把马超的头搁在自己的手臂上,缓缓地将他拖了起来。马超似乎也开始有了点知觉,自觉地将左手扶在地上站了起来，似乎是失血过多,站着还有些摇晃,站了没多长时间,汗珠开始滚落出来。女生们终于忍不住了,四五个女生上前搀着他出了班门,准备去医务室。一位女生突然意识到了:“现在还没到医务室的上班时间呢，就是把他拖去了也没用啊！”

“那怎么办？总不能就这样拖着吧！”

林一从后边跟了上来,咬咬牙,把马超沉重的身子背在自己身上。

“赶紧去学校门口叫车，这儿留一两个就行了。”林一在走廊里走了几步,回头朝班里望去,狠狠地瞪了这群站着撒尿的家伙，便疾步穿过走廊，朝校门口一路小跑。

附近的一家诊所,三楼的一间病房。

马超正躺在里面输着液。脑部只是轻微受损，并没有什么大碍。马超的母亲,李娜,林一,还有由于早上发烧没去上课的祁伟——他也是刚刚赶来，都一起在走廊里等着马超。

“老师,谢谢你们了,还有你手下的这些学生。你年纪轻轻就能教出这般金子一样的学生,真是了不得啊！”

这马超的母亲前两年刚和男人离婚,现在她和马超两个相依为命，平时打点杂工供着马超上学。她平时也知道儿子和些不三不四的人交往,可是深知孩子并没有什么坏心眼,更没有沾染什么不好的习气。今日见他这样惨楚楚地躺在病床上,联想到这几年一路走过来的艰辛,不禁潸然泪下,竟像个孩子般在过道里委屈地哭了起来。

林一看见她这般毫无缘由的酸楚,一时不知道该怎么去安慰她,耷拉着脑袋站在走廊间。李娜上

前去拍着她的肩膀，道：

“伯母，您别哭了，这样对身体不好。马超是您的好儿子，他在学校对老师尊重，对朋友真诚。他是我们最真诚的朋友。”马超的母亲听见耳边传来这般甜美的声音，抬起头打量着眼前的这位闺女。

“你真美，人美心更美。我儿子能和你交朋友算是他的福气啊。他真心拥有的东西不多，你们就是他最值得拥有的东西。”李娜破涕一笑，道：“伯母，我们不是东西，我们是人，您也是人，不是东西啊。”

这一番话终于产生了积极的效果，让这位母亲拭去了眼角的泪水，会心地笑了起来。林一看着这两位搁在平日他绝对连正眼都不瞧一眼的学生，内心里不禁产生一丝动容。看着他们这样焦急地等待着马超的康复，忽然发现自己成了一个多余的人。他叹了一口气，饱含深情地看了一眼祁伟、李娜，又把最后的一丝温和的目光送给了仍在昏迷着的马超。

“一定要好好的呀！”转身拿着刚才开的单子交了住院的费用。他这样级别的老师工资并不高，此刻却一出手就是几百块的费用，他竟毫不迟疑地将几张百元现钞递给了医生。他觉得自己今天变得有点不对了，下意识地掐了掐脸颊，“这是真的啊！”无奈地一笑，然后离开了医院。

离开医院十几分钟，他便由刚才的面善极自然地过渡到了现在的冷峻。早上的那一幕不断地在他脑子里回想，地上的血渍，每一张面孔，每一句言语，甚至每一个表情，他都没有忘记。站在公交车上攥紧了拳头，他为自己辛苦教的学生们感到失望，他没想到鲁迅笔下的人性冷漠居然会出现在自己的班里，出现在几十年已经过去了的今天。真是巨大的讽刺啊！他想着自己要是到了班里，一定要给他们点教训看看，即便他们有的家境阔绰，有的成绩优异，自己还是会去说教他们。他不能因为一些客观的原因而打掉他们做人的根基。

一到学校，他就把高尚叫到了办公室，准备问清事情的原委。他原以为高尚会因为此事而面带惭愧或者惶恐，可是他失望了，这些东西只存在于他的脑海中，现实往往是和梦境很遥远的。高尚仿佛什么事也没发生一样，连“报告”也没喊就进了办公室。

“老师，您找我啊？有什么事吗？我现在正上语文课呢，今天在讲《隆中对》，宁老师这课讲得太有意思了，居然能把语文课讲出历史课的味道，我真是对他的敬仰犹如滔滔江水而连绵不绝啊。”

林一一肚子的火，尤其看着他这样天真且无辜的表情，更觉得气不打一处来。“我让你来办公室，你难道不知道原因吗？还跟我装无辜，你的脸皮还真是够厚的！”

高尚仿佛早有准备，听见林一这样动怒，自己

仍是面不改色。“我知道,老师,您叫我来是为了马超那崽子，您肯定是看见他那血流不止的酸楚样，一听他那苦水,您居然真就相信了。老师,今天这顿打纯粹是他自己造成的,怪不得别人啊！”

林一要不是因为办公室还有别人,他真想一巴掌就扇过去了,即便他从来没有打过学生,即便力的作用是相互的,揍了他自己也会感到疼痛,可这些并不能成为不揍他的理由。

“倒苦水？倒苦水？你居然还能说出这三个字！你把他打得连一口唾沫也倒不出来,居然还有脸说出倒苦水这三个字？”林一狠狠地拍了一下桌子,像是屁股上装了弹簧一样从椅子上一跃而起。

“你给我滚！明天让你父亲到学校来！”

高尚仍是面若湖水般平静,“那……老师,我就先走了,您别太生气啊。”他走到办公室门口,即将要关上门出去的时候,迈出去的一只脚仿佛踩到狗屎一般,又收了回来。

“对了老师,我忘了告诉您了,上次我爸请你吃饭,他说你前程似锦哪！我爸轻易可不夸人的。”说完关上门出去了。

林一很长时间站在桌前，他脑子太过热了,这才想起来上次高尚父亲高锦荣请自己吃饭,说是要给儿子调换座位,最后临走的时候还给自己留了一张名片,说是以后有事可以常联系。林一记得那张名片自己还带在身上，就装在衣服口袋的钱夹内。他掏出钱夹,看见那张卡片的中心位置明码标记着他的身份：

某某市第十四中学名誉董事会主席。

他又清楚地记着在离别的时候,高锦荣不知是有意还是无意地留了一句话:“其实……我有很多名片,这只是其中一张而已。并且我认为,这张留给你是最能见证我诚意的……”

他忽然觉得自己刚才有点热血得过头了,对这件事处理得也有些冒失。第二节课下了,林一看见宁东带着自己班上的张雅来抱作业,便说：

“做完操告诉高尚，让他下了课到我这儿来一下,我有事跟他说！”

课下之后没几分钟高尚就过来了,仍旧是那副无辜且镇定的表情。林一依旧和早上的表情差不多,只不过语气稍微平缓了一些：

“这件事我希望到此为止，但是我希望你以后做事能够收敛一些,要不然我也没办法处理了。”

高尚浅浅一笑,道:“老师,我爸说这个周末要和您吃饭,他说有要事要和您见面后详谈,请您务必赏光。”林一刚想拒绝他,谁知高尚仿佛预料到林一会拒绝自己一般，趁他还没张口就一溜烟地跑了,只剩下脚步的余音还在走廊间回响。林一又掐了掐自己的脸,轻轻地扇了一巴掌,自言自语道：

“林一啊林一，你这是造的什么孽啊！”

剩下的时间林一并没有课，他给医院的护士打了电话，问了一下马超的病情，得知他已无恙，便收拾了东西准备回家。他想着今天一定要给高锦荣去个电话，一定要拒绝他！因为他有种不祥的预感，这顿饭肯定会吃出问题。

晚饭后，林一拿出钱夹取出那张名片，打电话的时候才发现，高锦荣的手机尾号还是个难得的炸弹号！这让他更加坚定了自己的想法，“这顿饭，我这草民百姓吃不起啊！”

由于上次和他已经见过面了，对他的声音比较熟悉，林一还是可以应付这次谈话的。不过想到和他通话的是一个在某种程度上可以主宰自己命运的家伙，林一的内心里还是有一丝忐忑。他尽量在和他通话的过程中保持自己的立场和原则，不卑不亢，可是谈话的时间越来越长，他也发现了坚持自己的原则是一件多么困难的事情，尤其是在这样的老江湖面前，他没说上几分钟就已经无法左右自己讲话的语气了，高锦荣的气场太强大了，虽然隔着电话，林一还是可以清楚地感觉到他语气的冰冷和官方。

又一次挫败！

电话进行到了尾端，他已经完全不能左右自己的想法，只是不停地“嗯”“哦”，甚至不能插上一句自己的看法。他觉得自己的角色和以前没有两样，完全地充当着听众的角色，下属的角色。他其实可以接受这样的结局，毕竟和自己讲话的是一个领导阶级的角色，自己能够和他通过电话交谈已经够荣幸了，话虽如此，林一的心里还是和烧焦的炭灰一样，静静地死在地上。

高锦荣没再请自己吃饭，他也觉得无所谓，反正要是请吃饭的话，自己是动不了几次筷子的。可是更要命的是，他又接了一个难缠的指令，高的原话是这样的：

“小林哪，你们班有个叫马超的整天不求上进，尽是和别人打架斗殴什么的，对这样的学生可得严惩哪！要不然你班主任的身段往哪放，学校的规章制度往哪放？我希望在未来的一周时间之内，这件事情可以做个了断。”

他说话的时候语气还是挺平缓的，可谁都听得出来，这样平缓的语气里夹杂着一丝不容置疑的权威。林一又陷入到两难的境地。

他觉得自己离道德是非的边缘已经越来越远了。这次电话他本来是想借机可以将高尚在学校的一些作为说给他听，让他可以管教一下自己的儿子。他觉得高锦荣刚才对马超的那段评语放在他儿子的身上可能更为贴切，甚至不用增删一句话、一个字。可是自己根本没有说话的权利。

这位学校的董事会名誉主席自己甚至从未谋过面,却可以通过他的声音和语气,在脑海里勾勒出他的嘴脸。林一的脑子里突然又浮现出早上在医院病房外的走廊间,那位中年妇女委屈的泪水,以及在那之前发生在班级角落的一切……他不能这样做!绝对不能!

有了这样的精神作为支撑,他越发觉得自己的决定是一个不大不小的值得略加渲染的,并且夹杂着个人英雄主义性质的行为了。也许自己人卑言微,也许自己并没有什么门路,可是作这样的决定却是毫不迟疑的!他是教师,是站在讲台之上“传道授业解惑”的那个人。他所工作的地点是学场,并不是官场。学校应该是净化空气的净土,不是商业上尔虞我诈的舞台。即便他想要求得一官半职,可这是每个人打出娘胎就有的本性,这是无可厚非的。可是现在,让他把黑的说成白的,把真的说成是假的,他的信念告诉他不能这样做!

刹那间,他已经有了应付此事的方法。他会在这几天之内不接高的电话,也许还需要给高尚说几句软话,让他代为转达一下。无论如何,马超不可能离开自己的班!他似乎已经忘记了:马超是处于班级平均分之下的……

第十三章

林不凡是过了几天才知道马超住院的消息的。

他从小身体就羸弱，上次见了血以后便自觉身体不适，一连缺了好几天的课。自打他再一次进入学校以后，回到自己熟悉的座位上，看见两旁空着的座位，一打听，才得知马超是和高尚结了怨，因此住院的。他恶狠狠地瞪着高尚，看见他跷着二郎腿，不时地打着口哨，林不凡的心里就充满了怨气。他特别希望高尚跷二郎腿的时候腿忽然抽筋了，或者是打口哨的时候忽然有一只苍蝇飞进了他的嘴里，这样他的心里才解气。

祁伟也一直守在医院。现在林不凡一个人守在

角落里无所事事，又看不进去书，愈发觉得百般无聊。无意间发现班上有好多人的座位都调换过了。他的身边突然多了很多陌生的面孔，有的还冲他笑笑，有的即使看见他也不作任何表情。林不凡花了好长时间才找到李娜的新座位——就在班级的右下角。自己朝她看了好几眼，打了好几声口哨，李娜却丝毫没有注意到自己。他很想离开座位去和李娜说上两句话，可是一种无形的阻力阻止了他这种想法，这种无形的阻力来自陈楠。自打他从后门进去到座位上，陈楠便佯装背书，实则偷偷地瞄向自己，并用手指指了指她旁边空着的座位，那个手势的意思是：这个位置专属于你，唯一配和我做同桌的人。

林不凡也暗暗地向她的座位看去，并报之以感激性质的微笑。他的目光在即将要收回的时候，正好和杨君的目光对视在了一起。他的眼睛面露凶煞，恨不得吃了自己，林不凡却一点也不怯场，大家都是两个肩膀扛着一个脑袋，谁怕谁啊！他也用自己恶狠狠的眼神回击了过去，这次真把他给惹毛了，杨君一时做不了别的举动，但是又似乎不忍就这样被他的气势所压倒，便做了一个“算你有种”的手势，作为这场眼神“战争”的结束语。林不凡内心里涌上了一股骄傲的神气，却又陷入到一种无可奈何的惋惜之情中，他似乎是取得了这一阶段的暂时性的胜利，可这却又代表自己少了一位朋友，而多了一个敌人。

他决定趁着中午有空余的时间，想去看一下病房里的马超。他时不时地看着马超空荡荡的座位，再看看周围熟悉却又陌生的脸庞，这才知道马超在自己的生活中扮演着怎样的角色。他顺便叫上了李娜，准备中午一起去看他，所谓的“叫”并不需要从教室的这头跑到那头，而仅仅是一个眼神，或者是一个手势的问题。他其实挺想叫上陈楠一起去医院的，他也不知道自己心里为何会涌上这样的念头，尽管答案在涌上心头的一刹那便已经被否定了。

他和李娜在去医院的路上一直在交流，并且从她口中得知，今天也许是自己最后一次坐在离垃圾桶和蚊虫那么近的位置上了。林一已经将班上的一些位置重新调换过了，他的位置……由于陈楠的面子，早已经注定了的。他的心里泛上一股凄凉，毕竟有些不舍。李娜希望在去医院之前能和他吃顿午饭，林不凡想都不想便答应了。

吃饭的地点便是在月考之前，胡凯请他吃饭的那家餐馆。餐厅老板似乎已经忘记他了，林不凡倒没有什么不满，反而挺感谢老板忘了自己。这代表着他和她在这儿吃饭是真正意义上的第一次，而且更多了一些私人的空间。

林不凡让李娜一个人坐在餐桌前，他也没有让服务员动手，自己一个人端盘子，摆碗筷。这些东西

就放在李娜面前，他却让她不要动手，自己一个人做了各种琐事，就差把吃食喂到她的嘴里了。

两个人这顿饭吃得都有些沉闷。林不凡并不是第一次和异性在外边吃饭，却是第一次感到身体内有种奇怪的东西在萦绕。羞涩、骄傲、不舍、懵懂，各种心情夹杂在一起，这样的经历还是从小到大头一遭。他尽量低着头，只顾着动筷子，却不敢抬头看她一眼。李娜显然比他更放得开，只是每次抬头看他想和他搭话的时候，面对着的只是一个脑袋。两人此时的注意力已经不全在菜上了。林不凡吃了一会儿，觉得额头上的汗珠都出来了，却不好意思去擦。吃着的菜是放在他眼前的那道豆角烧茄子，稍微远一点的菜他是看不到的。吃了一会儿李娜实在是忍受不了了，把筷子往碗上狠狠地一放，撇着嘴，坐在一旁出气。林不凡知道她为何会这般状况，却装作毫不知情，无辜地问道：

“怎么不吃了啊？凉了可就不好吃了。”说着把菜品往她身前挪了挪。

“我要是不来这么一下，今天吃饭可就看不见您老人家的正脸了哦！‘散伙饭’吃得一点情调也没有，真叫人无语。”

林不凡见她这样，道：“那瞧您这意思，我得给您专门找间金屋，里面摆放些蜡烛，叫些五星级酒店的顶级名厨替您准备些牛排、香槟之类的……这算作是有情调？”

李娜被他这样一逗，终于按捺不住地笑了。重新拿起碗筷吃这顿专属于两个人的“散伙饭”。

“金屋、牛排、香槟，你还想庆祝自己‘金屋藏娇’啊，就算你是刘彻，我也不是陈……”她自觉失言，便窘迫地不再说话，低着头不停地拨动着筷子。林不凡历史学得出类拔萃，自然不会不知道这其中的典故，也不再说些让她下不了台面的话，将碗里剩下的一点米饭扒进了嘴里。

两个人吃完饭，又消磨了一段时间。李娜还趁机到对面的商场里买了些礼品，没过多长时间，她便提着大包小包走了过来，看这架势真有点像是刚逛完街回来似的。

他俩又坐了一会儿，即便没再点菜，店员和经理对他们的服务水平也是丝毫没有下降，端茶送水，最后把甜点和瓜子也端了上来，两个人都已经没有了味觉，便准备起身离去。

李娜提着包起身后站了很长时间，却是看着门迟迟不愿挪动步子。林不凡边喝着最后一杯茶水边看着，对她的举止有些不解。

“赶紧走啊，看了马超就要去学校了，我们没多长时间了。”

李娜却好似没有听见他讲话一样，依旧呆呆地站在那里。林不凡一回头，顺着李娜眼神所示的方

向望去，他也呆住了。浑身仿佛被铁丝拴住了，想要挣扎却是动弹不得。

陈楠和她的父母也来这家餐厅吃饭，现在就站在门口。

林不凡不知道此时此景该说些什么。其实几个人之间并没什么联系，却被这一幅尴尬的场景搞得好像彼此之间有着千丝万缕的联系似的。林不凡看见这样的画面，脑子里奇怪地冒出《红楼梦》一书中“探宝钗黛玉半含酸”一节，黛玉的那句“得亏你有心，哪里就冷死我了呢”在他脑子里反复出现。林不凡也奇怪此时为何会出现这样的画面。几个人就这样一直站着，倒是陈楠父亲雄厚的嗓音打破了这一片刻的宁静。

“赶紧走啊！站在门口算什么事啊！跟看门狗似的。那两位……你同学啊？我看你一直在看他，怎么也不打个招呼啊？”说着推着陈楠就往里走。

服务员也被刚才的场景搞得神经有点错愕，不知道该做什么了，现在可以确定这一家是来吃饭的，不是站在门口当“关二爷”的，忙像往常一样招呼，还顺手把林不凡和李娜桌上的没动过的甜点和瓜子拿了过去，并报之以歉意的目光。

“阿姨好，叔叔好，我们是陈楠的同学，去医院看望同学，顺便来这儿吃顿饭。”林不凡拿起东西主动上前道。

“哦，是这样啊，我说你们互相看着的目光就像是熟人嘛！怎么看望同学？陈楠，你吃完饭和他们一道去吧。”说着向林不凡索要病房的地址。

林不凡看着陈楠，她压根就没看自己。林不凡猜想自己知道了刚才脑海里为何会出现《红楼梦》中的场景了，忙替她解围：

“陈楠就不用去了，我们俩去就可以了。人去多了反而不好。”林不凡说完朝李娜看去，想让她帮忙说两句，可李娜却不说一句话。林不凡有点绝望，转过头来看着陈父。

“嗯，这样啊，那我就不勉强了。你们孩子之间的事我参与进去总归是不太好的。你们要俩人去就俩人去吧。”

林不凡也不再耽误他们吃饭，更不想一直待在这样一个令人窒息的环境里。打个招呼便和李娜出门，直奔医院去了。

在去医院的路上，林不凡一直想找个话题和李娜聊着，顺道解释一下，却一直不知道该说怎样的话题。就这样一直想着，猛地一抬头，区医院的大楼已经出现在了他们眼前。

他们到了病房，就看见祁伟和马超俩人在病床上打闹，笑声从楼道外老远就可以听到。看见李娜和林不凡提着大包小包过来，马超也是毫不惊讶，祁伟也不上前帮忙拎包。对他们几个人来说，多余

的动作会显得矫情。

“我和祁伟正在打赌呢，赌你们是中午来看我还是下午来看我。我说是中午，他偏说是下午。哈哈。”说完对着祁伟道，“怎么样，请吃饭的人又是你啊，你服不服，要是服的话，这顿饭可以给你免了。”

祁伟鄙视地看了他一眼，道：“大哥服一次小弟就不行吗，服就服，饭我也请。反正这两天不都是我给你买的饭。唉！我也是病号啊，怎么就没个人给我买饭啊！”

林不凡放下手中的礼品，上前摸着他的额头，“呀！还真是发烧了！我还以为你这个病号是假冒伪劣产品呢！算了，我给你买！”说完就做出要走的样子，祁伟一把拉住他，“我还真能让你去买啊，大红人。”

几个人在病房里说笑，走廊间一直回响着他们的笑声。

第二天早晨，初三年级的二班教室。

林不凡第一次当着众人的面从前门里走了进去，所有人都觉得没有什么不妥，都做着自己的事情，倒是林不凡心里一直在怦怦乱跳。他绕过讲台准备走到自己的新座位。他走到自己的桌子前，发现座位太挤了，尽管自己已经算是消瘦了，却还是进不去。

“请你把桌子往后挪挪，让我进去可以吗？”林不凡诚恳地看着后边座位上的那位女的，看了几眼，脑子里突然回想起来，她就是上次自己发化学试卷时碰到的那位“拖地女”。他心里泛上一股寒气，后悔得在心里直跺脚，“我怎么会朝这个女的问这种明知没有答案的问题呢！”

事实证明了他的预言还是很准的，那女的果然没有任何反应，仍在补着昨晚没有做完的作业，周围的人则像看怪物似的看着他。最后还是陈楠站了起来，为他打开了一个勉强可以进去的通道。

他坐到凳子上没有几分钟，啪的一声栽倒在了地上。陈楠忙问：“你怎么了？”她本来想着要让林不凡先和她说话，可看着他坐到地上的惨状，还是不禁着急，害怕他出了什么问题。

林不凡坐到地上，望着手里举着的凳子，看见这条破旧不堪的木凳的腿长短不一，明白了自己为何会栽倒。他拿着凳子出去到教室后边，准备找一条新的凳子，他拿着那条木凳在教室里徘徊了几圈，仍是未见一条完整的凳子。他本来想着无论发生什么情况，自己都要坚持完上午，但是现在看这情况，别说坚持一上午了，就是坚持一个小时，那也是不大可能的了。除非他是少林寺的武僧，扎马步扎个一天半天，眉头都不带皱的那种。

他突然想到了自己这种做法是徒劳的，这是有

人明摆着跟他过不去。既然是明摆着的,就不会给他留下一丁点的机会。他正准备去办公室里找条新凳子,没想到陈楠突然放下手中的书,大声道:

“林不凡,你坐这个凳子!我坐你手上拿着的这条凳子!”

说完真就一把夺过这条破登,朝自己的座位走去,看来是动真格的了。没想到这一句话的作用远比林不凡拿着凳子满教室乱跑要来得有用多了。她话音刚落,杨君便不情愿地跑到隔壁的一班,拿回来那条凳子,扔在了林不凡的面前,拢着林不凡的耳朵说了句:

“有本事你每次都躲在她的后边!”

林不凡知道了杨君是始作俑者。他其实刚开始就猜测是他做的,只是心里边还在嘀咕:“他没有动机啊!他为什么要这样做?”事实告诉了他:对有一种人来讲,做有些事是不需要绞尽脑汁,非得想个作案动机的。

林不凡拖着凳子,坐在了新的位置,面对着新的环境,新的区域,新的面孔,大部分所能看见的东西都是新的。他已经预料到了:这将会是无比艰难的、漫长的一天。这就是做了有些事的代价,自己必须全部承受。尽管在前几天,林一已经将班上的座位调换了大半,可陈楠附近的位置却没做丝毫的变动。这至少说明了一点:林不凡现在处在这样的区域，是没有所谓的群众基础的。

这也是为什么在看似和往常一样的上午，林不凡被老师叫到回答问题的次数会这么多的缘故了。整天站在讲台上，面对着台下熟悉的面孔和脑袋，忽然有一天露出个和平时不一样的脑袋，那这个脑袋不中彩才怪呢！

林不凡觉得很不走运。他之所以会有如此的念想，倒不是因为他被老师叫到回答问题。他在以前也总会回答问题，有不少还是他举手，自己主动争取来的。可那些全是语、英、政、史之类的科目，他在这些科目上回答问题从来是气定神足，面不改色心不跳的。他是怀着被众人仰视的姿态回答完问题的，可是今天上午的课全是数理化。林不凡平时上这些课，都是放低了身段，耷拉着脑袋，恨不得钻到课桌底下，这样就可以被老师无视了。可是今天受制于地理因素（空间太小，没地方钻），人为因素（就在老师眼皮底下，而且还是张新面孔），他是没有念想了。

物理课上，老师在黑板上画了一个矩形，林不凡还以为让他上去再临摹一个矩形呢，心想这厮对自己还真是不薄，可他让林不凡上去画什么中心、重心、摩擦力、偏向力的箭头。林不凡还算运气不错，都蒙对了，除了其中的一个箭头方向蒙反了。化学课上可就没这么走运了，老师一连抛出三个问

题，他实在不知道该怎么回答。这要是抛出个选择题的话，自己至少还有蒙对的概率，可这些题目并没有选项。他只得老老实实地回答道：

“我不知道。”

这老师似乎还不想就这样放过他，又接着问道：“这些题目你为什么会不知道？”

又是一句老老实实的答复：“因为我会的你都没问。”

班上顿时笑作一团，整个二班的教室屋顶仿佛是要被掀翻似的！林不凡不敢看周围人的表情，便紧紧地盯着课桌上的那个“早”字，他把眼神一瞟，看见陈楠面无表情，她也许是班上仅有的几个依旧保持镇定的人。林不凡顾不得看老师和周围人的目光，其实他也不用看，他从那些笑声里就可以窥见他们那一排排鲜亮的大白牙，仿佛都在给牙膏经销商做广告。他只是忽然很想知道，此刻陈楠的心里在想什么，他也不知道自己现在为何会如此关注她的评价，他也从来没有这样急切地想要知道她此刻心里在想什么，她会怎样看待自己？

经过了漫长的笑声，班里终于恢复了难得的平静。

林不凡觉得这节课太过漫长了，可是他还不能坐下，那化学老师总结了一句：

“想不到你这种水平也能进入班级前十，我真觉得你现在应该买彩票去，那可比你参加中考要现实得多了！你坐下吧！”

林不凡就像个被判了几十年刑期的囚犯似的，终于等到了刑满释放的那一天。他便坐下来了，觉得自己的脖子突然变得很痛，可他不敢随便地左右摇晃，就坐在那里像个僵尸似的硬撑着。看着化学课本里的方程式，好像几条蝌蚪在眼前爬来爬去，他很想一个一个把它们放在烈日下晒烤！他有理由安慰自己，“你们不能怪我，真正的罪魁祸首是站在讲台上的那厮！”

林不凡开始等待下课和放学的时光，他终于听见了唯一可以让自己在此刻振作的声音：“不要管别人，自己尽力就行了。”

林不凡“嗯”了一声，顺便把脖子来回摇晃了一下。他把手掌捏成拳头状，好像在向她做保证似的。他看见陈楠桌上的化学课本上，所有的习题都做得整整齐齐，一道一道地按顺序排列着。

“现在我是假冒伪劣的，迟早我会成为国家免检的！”

他挨过了无比漫长的一个上午，中午在回家的路上，他停了下来，走进一家书店里挑了几本化学教辅资料和习题，都挑的是最厚的。快回到家的时候，他突发奇想，想要提前看一下这几本教辅资料和习题。他翻出其中一本，才发现里边缺少习题的

答案册子，于是他没有任何迟疑，又骑着车子回去换了一本。到了家里，林母看见儿子手里拿的几本教辅资料，不禁大加赞赏：

“今天太阳打西边出来了，你也知道去买题来做了，这可是你头一次给自己加量啊！”说着又一头钻进厨房，把放下的围裙又系在了身上，折腾了十几分钟，添了两菜一汤。

林不凡食欲缺乏，吃了一碗米饭草草应付，林母煲的鲜汤是一口没动。林母在一旁不停地嘀咕，像是在埋怨：“唉，今天做的又没吃完，又剩下了，又剩下了……”

林不凡听到了，也没再重新拿起筷子和勺子，一头扎进卧室里去了。

在接下来的时日里，一连十几天，林不凡没在四点之前入睡过。以前他总会做会儿作业再看一看时钟，可是现在，挂在墙壁上嘀嗒嘀嗒响着的那个东西已经完全没有了意义，就像是一堆废铜烂铁。林母见他熬得太苦，觉得有些自责，也有些不解。她曾经劝过林不凡：

“你已经到班级前十了，别太拼了。老妈对你的要求不高，考个一般的高中就行了，不一定非得上什么名校。清华出来的也有卖猪肉的。”

林不凡当时没有回应，心里边想：“人家可以把猪肉卖成几十家连锁店的规模,我不行啊。”

林母以为他是三分钟热度,折腾几次就会消停了,可是事实证明她的儿子这次是动真格的了！林母见他如此伤神,主动请缨,把林不凡的抄写单词的、抄古诗的、造句的作业全都包了下来,于是林不凡有了更充足的时间来专攻理化了。

他用了十几天的时间将几本习题册子几乎做了个遍。每一道题他都仔细研究,后来甚至发展到了可以将大半选择题的选项和内容背下来的程度。课堂上他依旧是被提问频率最高的那个人,可是现在居然可以差不多应付下来。这对他来讲,不能不算是一个不大不小的成就和奇迹了。他尽量和周围人友好相处,可是依旧没有几个人愿意理睬他。他在课堂上回答问题的时候,周围的人也会给他提示答案，可这并不能说明他们已经和自己打成一片了,因为林不凡知道他们提醒给自己的答案,明显是白痴才会相信的错误答案。那些家伙满心希望他出丑,可是每次林不凡都会令他们失望。十几天的时光已经让林不凡明白了:不能相信别人,只能相信自己。即便自己可以将那颗滚烫的心拿出来送给他们,最终还是会被他们无情地摔碎。

他有时候熬到天快要破晓的时候,也会有放弃的念头。他有时候会不自觉间觉得头变得又重又大,眼睛仿佛要失明似的,越来越看不清墙壁上贴

着的化学方程式。于是他想着:也许自己放纵一下也没有关系的,头便轻轻地贴向了桌面。他入睡得很快，做梦梦见自己课堂上又被老师奚落了一通，周围人都在笑,连陈楠也在笑!他被吓醒了,然后才知道自己只是做了个梦而已。可那个梦境却是那样真实可信,好像今天就会发生似的。

“不行,一定不能让它真实发生！”

他悄悄地跑到了客厅,泡了一杯没放方糖和伴侣的咖啡,然后一饮而尽。看见窗外有点白气,他索性拉开窗帘,看着天将要亮了,他便继续着自己的战斗。有连续几天他都熬了个通宵,这样苦苦熬着,林不凡上课的质量自然会大打折扣,他每当快要昏睡的时候，便让陈楠在他的大腿上狠狠地掐了一下。有几节语文和政治课他趴在桌子上睡着了,陈楠由于过于专心而忘记了掐他,于是造成的后果便是他被逮到了。好在这几位老师还都挺看重他,只是用了句:“以后注意点,就算学得好也不能这样放纵。”再后来,他索性在语文课上和政治课上佯装在听,偷偷地在大腿上放本化学册子在看。他急需要洗刷掉耻辱和身上的那点污垢,证明给他们看。有一次课下,宁东把他叫到了办公室,对他说道:

“我知道你在语文方面很有天赋，可是你也不能这样无视我的存在啊！你以为老师都是傻瓜吗?你以为我上课不知道你在干什么，你也不想想,有

谁会对着自己的裤裆傻笑，而且一笑就是一整节课！”林不凡低着头,没有任何反驳。宁东毕竟还算是看好他,大手一挥:

“走吧,以后注意点!”林不凡“嗯”了一声,然后欲转身离去。

“你先等一下！”化学老师指着他,示意林不凡先不要走,转过身来对林一说道,“小林啊,你的学生在课上这般放纵，看漫画书看了整整一节课,你就这样看着不管,让他荒废掉吗？”

林一本来不想多管闲事，可是他这样说了,不给他面子似乎也说不过去,于是对林不凡说:“这样吧,既然你上课这般无精打采,没有兴致,你就站到教室后边上完最后的几节课吧,这样可以让你的脑子清醒一点。”

林不凡道:“是。”他回答的声音很低,低得只有自己可以听见这个字的发音。临出门的时候,林不凡看了化学老师一眼,那上了年纪的面庞突然好像年轻了几岁,并带着一种十足的惬意,喝下了他茶杯中的茶水。

林不凡无言,“但愿我的皮肉之痛可以令你延年益寿,那也不枉我这般淡然了。”

林不凡回到了教室,拿起书径直向教室后边走去。所有人看见他的举动,是个白痴都可以猜到,刚才在办公室里发生了什么。有的面带窃喜,尤以杨

君为代表;有的只是叹息,这些人只有三四个,却都是他的至交。林不凡想起来这已经是第二次被罚站了,上次被罚站的时候远比现在要难挨,那是在室外,不单说刺骨的寒风,冰冷的用碎石堆积的窗槽,即便那些自己苦思冥想也得不到的习题答案,就已经够自己绝望了。

还有一点也不同,上次自己是接受着众人的鄙夷和嗤笑在窗外站了将近两个小时,可是现在,情况已经有些不同了,他可以挺起身板,昂首阔步地从前排走向后排,这远比从后排走向前排要容易多了。

几个小时并不容易坚持, 林不凡自小身体羸弱,平时的升旗仪式他都要咬着牙度过,更别说现在这样百无聊赖的几个小时了。除了身后的一堵墙壁,没有别的东西可以当作依靠了。林不凡实在坚持不住的时候,便靠在后边的墙壁上,不断地做着靠墙深蹲的动作,还不能做得太明显,得等讲台上的老师转过去的时候才可以做。他一直在心里暗暗地计算着离下课还有多长的时间,手里拿着的化学册子已经看得不耐烦了。林不凡站了四十分钟左右,体力终于快要到达极限了,他顿时觉得眼前讲台上的人影变得模糊许多,好像一个幽灵似的在那三尺地方来回挪动着步子,又过了一分钟,浑身开始瑟瑟发抖,开始左右摇晃。林不凡开始不能控制自己的身体,死死地咬着嘴唇,用最后的一点信念告诉自己:再坚持一下,坚持最后的三分钟,然后你就看见胜利的旗帜在眼前挥舞了。

信念也开始不受控制了,现在是不想倒下也不行了。在即将要倒下的时候,他唯一可以看见的是祁伟和马超那复杂的眼神，他无奈地朝他们一笑，心里默念着:

“对不起了,兄弟们,让你们见笑了。”然后便放纵了一回,开始解脱般地倒了下去。

在快要挨地的时候,“丁零零……丁零零……”那等待了快要一个世纪的乐音终于响起来了。祁伟和马超把林不凡扶到了他以前坐着的座位,那个座位上的新主人今天翘课没来。祁伟去小卖部买了瓶水，马超把自己本来要喝的牛奶往林不凡嘴里灌，不管他愿不愿意喝,李娜则从书包里取出些叫不上名字的药片,就着牛奶灌到了林不凡的嘴里。

林不凡开始有点好转，慢慢地睁开了眼睛,熟悉的课桌,熟悉的气味,熟悉的面孔,熟悉的声音。

“看来,真得感谢那个人了,要不是他的善举,恐怕我早已忘记了这儿的一切是什么感觉了。”

他的身体已经完全不受自己控制了,就像是一摊烂泥似的趴在了桌子上，他开始感觉到恶心、头昏脑涨,眼睛好像用针线缝在了一起,想要睁开一点都是难言的奢侈。教室里依旧喧嚣,下课后的十分钟从来就没有安静的道理。林不凡突然想起了下

节课就是化学,林不凡开始强迫自己站了起来。祁伟却一把把他推倒,这节课你先趴着,到时候我跟他说,你就不要勉强了。说着把林不凡散落在地下的几本书捡了起来,放在林不凡的面前。

这一个上午对林不凡来讲,可以说是过得昏天黑地,他就像一条死狗似的在课桌上一直趴着,就差不停地叫唤了。周围的一切仿佛与他都没关系,他在接下来的俩小时内,已经听不见了任何人的声音,只是在某一阶段可以模糊地听见,讲台上那厮的一句:

"真可以去奥斯卡走红地毯了!"

爱怎样就怎样吧,反正现在也可以当没听见似的。林不凡现在好歹不用担心再被叫起来回答问题,然后再次接受当众的朝贺了,只是这个代价未免惨重了些,竟然出卖了这么多的东西。

一直到临近中午,林不凡的情况还是没有好转,他站起来的前提,都得是两位男子撑着他,充当他的拐杖才行。毋庸置疑,这两个人选早就注定了的——祁伟和马超。剩下的一个李娜,林不凡也不可能让她干坐着,负责推车子和拿书包。目的地还是上次去过的那家诊所。当医生听说眼前这位身高马大的男孩子站着晕倒了,止不住地在心里笑了,不由得带着些许鄙夷的神色看着眼前的这位"英雄"。当然,化验单上没有事由这一说,所以林不凡被罚站的事大抵可以被忽略了。几个人一直陪着林不凡,看来这个中午,要想回家是没戏了。

林不凡开始打着点滴，并且很快就有了效果。他的神情已经变得正常了许多,至少可以看见眼前这几位清晰的轮廓了。他笑笑,说道:

“我是真希望这一切都没有发生过，或者你们都没有看到发生过的这一切。”

“你放心,就算我们看见了你的惨状,也会很快就把它忘记的,或者会装作没有看见。你高大全的形象还是会镌刻在我深深的脑海里。”李娜在一旁笑着说道。因为林不凡已经昏迷了将近四十分钟,李娜便让那两位提前回家了。

“你们俩回吧,我今天不想回家,就顺便待在这儿了。”这是她当时的原话。祁伟和马超心里清楚,她口中所谓的“顺便”一词的含义,便都知趣地走了,这间门诊部偌大的病房里,只剩下了林不凡和李娜两个人。

林不凡使劲睁开眼睛,看着眼前的这位,他的心里有着难以言传的幸福和满足，自己每次失意时,和她待一会便会平复了心情,这难道是上苍的恩赐吗?如果是,那上苍对自己可真是够不薄的。可惜的是,照目前这状况,林不凡觉得上苍太过阔绰了,竟然一下子就恩赐了俩！这可真是幸福的烦恼了。林不凡只是睡在那里,静静地看着,不说话,便

觉得一切都是那么安逸，那么美好。雪白的地板，雪白的墙壁，雪白的脸颊，她和此时的环境是那么的相得益彰。

“林不凡，有件事我一直没跟你说。”

“我知道，你是想跟我说……今天是个好天气吧！”林不凡笑着回应她。他以为这句玩笑可以博她一笑，放在平常或许可以，可今天是真没戏了。李娜依旧是一脸平静，脸颊依旧那样雪白。

“我想和你说，我喜欢你。”

“你再说一遍，我好像有点没大听清楚……”

“我想和你说的是，我李娜喜欢你林不凡！”李娜吼叫着，然后一声长长的叹息声。林不凡知道她对自己有这种特殊的感觉，虽然自己也是，可是在这样一个艳阳高照的午后，一个女子在这样空旷的房间内说出这样的话，多少还是令他有些诧异。

“我……那个我……”林不凡想着在这样的情景下，自己应该说一些电影里或者电视剧里面的狗血台词，可是话到嘴边又觉得上嘴唇碰到下嘴唇是那么困难的一件事，也许比自己在教室后边挺上两三个小时还要困难。他觉得那些台词不符合现在的场景，或者说是够不上现在的场景。林不凡的嘴角边一直挂着浅浅的微笑。双方沉默了几分钟。

“谢谢你喜欢我，我一定会珍惜的。我发誓！”这是林不凡在几分钟内可以想得到的最好的回答了。

“我也是，我也发誓。”

双方开始长时间的再一次保持沉默，现在这种场景多说无益，也许一句错误的话就会毁坏现在的梦境，李娜不希望这样，林不凡更不希望这样，他很珍惜刚才的梦幻般的场景，这种感觉也许他这一辈子只会有一次了，恰好发生在刚才。

最后，还是被书包里手机的铃音打断了这梦幻般的场景。林不凡让李娜拿起手机，看是不是林母或者林父打过来的电话。李娜照做了，拿起手机一看，是个座机电话。

手机上边的备注写着：楠。

第十四章

林不凡看见李娜的眼神突然变得恍惚，便问：“谁啊？”

李娜把手机扔在了床上，“自己看！”说完便离开了。林不凡拿起手机，发现电话还没有挂断，道：

“是你啊，怎么了？”

“没什么，就是……看见你今天早上晕倒了，害怕你出什么事情。你……还好吧？”

林不凡的神经忽然变得清醒了许多，毫不费力地靠在枕头上，道：

“我今天早上是不是特别的丢脸？”

“没有啊，我不知道当时发生了什么，本来想跑到你跟前看看你，谁知道你这个香饽饽，桌子被人围了个水泄不通，我是实在挤不进去，你不会怪我吧？”

“哪里，感激你还来不及呢，怎么会怪你呢。其实……你没挤进来，对你来说是件好事，对我来说也是件好事。要是让你看见我当时的惨状，我真不知道今后该如何面对你。”林不凡实话实说。

“呵呵，那就好。那你就在家好好歇息吧，如果身体不适就不要来了，不要勉强自己，我会替你请假的。”

“嗯，谢谢你。”

林不凡拿着手机，对着房间内的墙壁发呆，脑子已经飘到了不知名的地方。正在那里遐想，看见李娜走了进来。看不清她的表情是高兴，还是愤恨。只见她坐到床前，对林不凡说：

“给你出一道选择题，如果你选对了答案，我就在这里陪着你，如果你选错了……那我保证不说一句话，一个字，转身就走。”

林不凡道：“嗯，你问吧。”

“那个……如果我和她同时掉到了河里，你就站在岸边，你会先救谁？”

林不凡顷刻间有晕倒的趋势，他看见李娜正经八百的架势，还以为她有什么高深的哲学命题要和自己探讨呢，没料到会是这种狗血的问题。他立马

知道了她为何会问这样的问题，道：

“我肯定先得报警啊，我的水性不太好，掉到水里不是泥菩萨过江，自身难保吗？”

看来李娜对这样的答复非常不满意，道：

“假如你的水性很好，足以好到救起我们两个中的一个，你会先救谁，不要糊弄我，给我真实的答案。”

林不凡想了大概几十秒钟，假装正经地答道：“我会先救你，因为她的体重比你重太多，我怕她会连累我，所以嘛……”

李娜笑了，看来这个答案还是挺让她满意的。

“看在你答得还行的分上，我去给你买饭去，算是对你的犒赏！”说完拿着钱夹就走了。转眼间，房间里又剩下了林不凡一个人。他又开始陷入到了迷茫之中……

“是啊，如果真是那样，我会先救谁呢？”

下午，教室。

当学生们听见要开家长会的消息时，教室里的议论声此起彼伏。有的已经在心里盘算着，在哪个地方找个人代替一下自己的父母？还有的已经在脑子里编着家长来不了的原因。林一看着下边学生们不同的面目表情，大致已经猜准了他们的心里在想些什么，润了润嗓子，道：

“你们在那里不要瞎想了，我知道你们的心里在想些什么。我忘了告诉你们,我会一一和你们的父母通电话,通知他们来参加家长座谈会。这点话费我还是出得起的。”

学生们顿时哀号遍野,正在那里叫着娘,叫着爹。正叫着,只听见林一又说了一句:

“还有几位同学，你们给我的电话号码是假的吧,有的打过去是房地产公司的,有的是邮政局的,希望你们可以给我一个确切的电话。我就坐在这里,如果你们不主动上来的话,等我下去的时候,可就不止是要一个电话号码那么简单了。”

他这话的杀伤力是真大,话音刚落,就有七八个做贼心虚的排着队上前承认错误去了。林一的心里暗笑,“这帮傻小子啊,这样低级的伎俩居然就给诈出来了,我还盘算着后边该怎样应对呢,现在看来是不用了。”

时间就这样无情地过去了,家长会的时间就定在了两天以后。对有些学生而言,他们的家长去教室里就是为了接受众人的瞻仰和朝贺,顺便听着比自己小一辈的班主任在讲台上大放些厥词;对另外一些学生而言,他们唯唯诺诺地告诉家长们这个消息,家长们想的是去了以后该用怎样的口吻和语气和老师说话,该穿怎样的衣服,让自己的孩子在众人面前不丢脸,以及是不是该花些血本请老师吃顿

饭，即便可能吃掉的是自己将近半个月的工资，可是这对自己的孩子有利，这样的钱便是该花的。

林不凡把这个消息告诉林父和林母后，林母说："我去吧，你明天就工作去吧！"

林父有点不满意，"你不要乾纲独断行不，我还想去呢！"

林母则用诧异的眼光看着自己的夫君，好像是第一次认识他似的。

"哇，今天这太阳可是打西边出来了，你居然主动请缨去参加孩子的家长会。是你说错了还是我听错了？"

"谁说只许州官放火，不许百姓点灯啊。我这不是……替咱们孩子的将来考虑嘛！这孩子马上就要升高中了，我总得了解了解他的学习状况和在学校的发展情况吧。再说了，还得和他们的班主任沟通沟通感情呢。我已经好长时间没见那个年轻人了。"

"得了吧，你的心里想什么我还不知道。你是看他这次成绩考得好了，脸上有光了才去的吧？这要搁在以前，我求你求得嘴都干了，您老人家不还是如坐针毡嘛！"

"我说你这个人怎么……越来越不讲道理了……芝麻绿豆大点小事也得吵，真是……更年期持续的周期也太长了。"

"你的更年期才到了呢！"

林不凡看这两位有爆发内战的可能,急忙插话道:“停停停!至于不,不就是个家长会嘛,谁去不是去啊,到时候只要多个人头凑个数就行了,还用得着在这儿争个你死我活嘛!”他语气一转,对林母道:

“我说妈,这次就让我爸去吧,他也是大姑娘坐轿——头一回呢!”说着凑向林母的耳朵,悄悄地说:

“我们班上的凳子特别小,而且不像沙发,你一坐就得坐几个钟头……”

林母便不再争了,语气也开始平缓了许多,对林父说道:

“你这次去……最好能请他们老师吃顿饭,上次我见他们老师的时候,便看出来了他不是什么好鸟,绝对的势利眼,你要不拿些东西塞住他们的嘴,你儿子在他手里边绝对落不下个好!”

“嗯,你放心吧,我不会亏待咱儿子的。”

夫妻俩立刻从对战态势演变成了同盟态势,因为一切的问题和儿子相比,便不再是问题了。

就在林不凡家里的战争熄灭的时候,林一也在盘算着这次家长会的一些事宜。有些家长们是绝对不能不给面子的,还有的一些就可以直接忽略掉了,最好还能请上几个学校领导,帮帮场子也好。得向他们说明现在的情况,让他们都给孩子补课,说

不定自己还能够挣点外快。他就这样一直盘算，忽然接到一个电话，对面传来的是十分熟悉的语音和腔调。他听了一会儿，才意识到这个人是谁。

“小林啊，我上次说给你的事情怎样了？过两天我要给孩子到学校来开个家长会，家长会完了之后，想请你吃顿便饭，不知你可否愿意赏脸哪？”

他的话语还是那样的平静，但是平静的语调中，依然明显透露着不容置疑的口气。

“吃饭就不用了吧，上次那事……确实有点不太好办啊，那个学生有点……”林一话音未落，高锦荣便提高了说话的分贝：

“算了，这事，我过两天和你吃饭的时候一块面谈吧，电话里就不多说了。另外那个……家长会的时候就把我当作普通的家长就行了，不要搞什么特殊待遇，知道吗？”

林一刚想说“嗯”，还没等他开口，电话就已经挂断了。房间里只剩下了林一的叹息声，林一打算坚守到最后，不论如何，决不能违背自己道德的底线！

家长们对于自己孩子的前途，还是挺关心的。有的请了假，夫妻俩合伙来开家长会，一个坐着一个站着。面积不算大的校园内停满了大小不一、品牌不一的车子，学校没有专门的停车场，家长们便把操场、过道，甚至草坪都当成了公用的停车场。车子从宝马到奥拓都有，仿佛这不是校园，而是汽车展览馆。就连停车的位子都分了三六九等。最豪华的车子享用着草坪的服务，车的屁股放多少烟雾都不在话下，反正嘴里还在吸着源源不断的氧气；国外的次车享用着篮球场那片宽阔的土壤，即便没有氧气，却是不掉价，尊贵的身份还是在那儿摆着的；至于那些国内的车子，无论多新，多豪华，只能在那些过道旁停放着，这似乎都已经算是一种施舍了；至于那最次的几万块钱就可以买到的车子，就更不必说了，连校园的大门都进不来，就停靠在校园附近的居民区里。

林父如果把车子开过来的话，估计还是可以停在校园内的，即便只能占个过道，也已经对得起他的身份了，起码开完家长会从教室出来，可以少走两步路。可是林父平时为人还是挺低调的，就把车子放在了小区的车库里，和林不凡坐了公交车过来。俩人正在校园里边走着，眼瞅着马上就要上教学楼了，一辆车子直接擦着林父的胳膊，从旁边呼啸而去。林父心里很不乐意，本想大声骂个几句，忽然担心因为自己的冲动教坏了儿子，便省去了几个粗俗不堪的字眼，道：

“你长眼睛了吗？驾照都没拿上就敢开四个轮子的！怎么不先从两个轮子的开始啊！”

车内的主从透视镜里看见了林父的做派，干脆将车停在教学楼前边，然后从里边出来，将车门狠

狠地一摔，“轮到你叫嚷了吗！老子就这样开车你还别不乐意，要不……您把我这车子给砸了，泄一泄您的私愤？看你这一米八的大个儿，你有这胆量吗？”

林父看着他高大的体格，猜测自己可能打不过他，可是在这光天化日之下，被一个粗俗的汉子这样指着鼻子骂，他还从来没碰过这种情况。于是便四处搜寻，终于看见远处有几摞砖头，便走了过去。那壮汉看见林父的做派，直接从后备箱里拿出几根电焊的棍子，道：

“兄弟，别忙乎了，这儿不就有家伙嘛！我先把话说在前头，谁他妈要是不砸谁就是孙子。”

这话实在是把林父给逼疯了！可他还是担心把车砸了自己得负责维修，心里头是很气愤，可是还是在犹豫挣扎。看着儿子后退了几步，远远地望着自己，他心里在责怪这个没有眼力见儿的东西。

“混蛋，也不知道上前拦一拦，就这样眼睁睁地看着你老子把一个月的工资全交给这辆破车！”

正要被逼到绝境，看来不上去是不行了。“死也要死在冲锋的路上！”林父已经做了一个冲锋的姿势，结果车内出来一个身高一米八的小伙子，这小伙子林父是不熟的，林不凡却再熟悉不过了。

“林不凡，你和你爸一块来的？介绍下吧，这是我爸，他今天来给我开家长会。”

祁父刚开始有点惊愕，瞬间就明白了这是怎么一回事。立刻大手一挥，道：

“真是误打误撞啊，你就是林不凡的父亲？我在家里经常听我儿子念叨‘林不凡’这三个字，想不到你是他的父亲……刚才的举动你不会介意吧？”

林父正担心拼不过呢，没料到事情会朝这般有利的方向发展，即便剧情再狗血，林父现在也还是乐意去接受的。忙上前道：

“没事，正所谓不打不相识嘛！我也常听我儿子在家里念叨你儿子的名字……”

“这么说，叔叔知道我叫什么名字？”祁伟有点惊讶，想不到自己的名号竟然传得这般远了，真是有点受宠若惊呢。林父却在一旁暗自后悔，心想说什么不好，说这样的一句话。尴尬的气氛持续了一会儿，林不凡看透了其中的原委，忙说：

“当然知道你叫祁伟了。”说完拍着他的肩膀就去了远处，剩下的两位则去了教室。

到了教室，林父的心里开始有点后悔了，心想早知道让林母来算了。黑压压的教室里摆着足够多的凳椅，都是那种木制的，没有靠背的凳子。林父心里在琢磨，这是什么破学校，学杂费是三天两头交，却连个像样的桌椅都没有。

他估计，家长们交的钱足以买下一座家具城。

林父按照林不凡事先讲好的座位，走到了教室中间的地段。不去则已，去了是叫苦不迭。原来林父

这两年在单位上混得好了，身体早就发福了，就给这么点位置……他回头看了一眼后边的，大部分的家长都已经坐到了座位上。林父没有办法，只得挪到座位上勉强坐下。他现在恨不得立刻从教室里出去，然后随便叫个人冒充自己来给不凡开家长会。他以为来一趟会大出风头，没有预料到环境如此恶劣，还不如就让孩子他妈过来呢，还能顺便博个大度的美名。现在可好，就这么在座位上坐着，平时坐惯了沙发，今天坐在这么小的木制凳椅上，屁股早已被磨得叫苦不迭。这还不止，动也不能动，绑得跟杀猪似的。林父正在暗自后悔，忽见从门口进来一位看起来非常知性的中年妇女，而且她距离自己已经越来越近了，看上去就要坐到自己跟前了。事实证明了确实如此，她先是向林父报以了复杂的微笑，然后便坐在了他旁边的位置。林父忽然觉得空间够大了，座位也不挤了，整间教室也变得光鲜亮丽了。林父一边暗自高兴，一边又感觉到了后悔：真应该让自己的老婆来一趟，好好地找找和别人之间的差距。

这位知性的中年妇女坐在座位上，好像被定住了，像个雕塑般坐在那里一动不动，接受着后边几位家长的指指点点。接着，她拿出来了一本书，然后看了看手表，觉得时间还早，便静下心来开始了阅读。林父挺想找她说说话，一方面为了打发这难熬的时间,另一方面,他觉得浪费这样珍贵的资源,实在是一种罪过。可令他难堪的是,自从刚才那浅浅的微笑之后,他和她之间便再没了交集。她的眼里只有书,并没有旁人。林父羞愧地偷偷瞥了几眼,越发觉得她的气质实在高贵,在她周围的异性中,几乎没有和她相同气质的人了。不过,林父是一个自制力很强的人,断然不会做出对不起自己老婆的事情来的。林父忽然想到一个问题,这位同桌的母亲这般的清新脱俗,不知道她的女儿继承了她的几分气质?他已经早早得知林不凡的同桌是位女的,不过搁在以前,他对儿子的琐事是没有几分兴趣的。儿子在学校,估计也会觉得时间过得挺快的。

教室里的家长们等了很长时间了,他们大都没有受过这样的摧残,也越发觉得自己的儿女在学校读书实在不易,尤其是在这样的环境下。林父环视了一下周围,发现周围是各色人物都有,穿着西服打着领带的,穿着工作服的,甚至还有的穿着中山装,林父觉得这间教室里发生着越来越多的故事。他看着前边的家长们,个个神气十足,不是跷着二郎腿就是在照镜子,不是互相吹嘘就是说着一些自抬身价的话语。再看了看后边,着实和刚才的群体形成了极为强烈的反差。有的打扮得光鲜亮丽,而且看着也很不错,只是做贼似的看着地面,和周围的人并没有多少交流;有的穿着破烂,衣服也很老土,

头低得像是要和地面来一个亲密的接触似的。

林父的目光又转了回来，停留在了跟前的这位女士的身上。他的心里有些忐忑，很想和她随便聊几句，并没有什么不轨的心思，可就是开不了口，话到了嘴边又硬生生地咽了回去。看来林不凡平时看见女生会局促的天性都是他遗传的。林父一直安慰自己，心想自己见过的女的也不算少数，再说了，就是和她说几句话而已，又不是什么丢脸的事情，大不了被她拒绝罢了，还能咋的！

他正想和她说话，却发现这位女士放下了书，转过头来，"你就是林不凡的父亲吧？"

"是……你是……"

"我是陈楠的母亲。哦，就是你儿子的同桌的母亲……"

在这里人都显得矜持，内心里其实都在渴望着交流，渴望能够通过某种方式更好地打发时间，让墙上的时钟的指针，转得更快一点。

林父和她聊得很是投缘，但是彼此也都保持着分寸，不让界限变得太过模糊。不知不觉间，林一手里拿着一堆报表和一个公文包进来了，正在聊天的人都停止了，希望给这位年轻的班主任留下个好印象，让他能对自己的宝贝更上点心。

林一坐在讲台上，开始了开场白。他为此已经准备了良久，现在并不忘词。只是面对着讲台下面比自己年长很多的家长，还是有一点心虚。更何况，高尚的父亲高锦荣就坐在下边，坐在距离自己不远的地方。他今天穿着便装，似乎显得很是低调，身旁的人并不知道他的真实身份，以为他就是普通的职业人员，倒也没有引起骚动。

林一说完这段开场白，看着下边的家长们。有的扭动着身躯，还有几位在干着别的，大部分都在看着自己。他开始有一点不太习惯，他尽量不去看高锦荣，这样还可以让他的家长座谈会继续下去。

他首先给家长们每人发了一张本学期的成绩表，让他们分别过目。为了不伤及他们的自尊和脸面，他刻意花了一个小时的时间把每一个学生的信息都裁剪开来，这样家长们就只知道自己孩子的成绩，而不知道别的孩子的成绩了。其实他这种做法实在是不见得高明，因为他们孩子的成绩不仅可以写在纸条上，还可以写在座位上，只是他忘了这一茬了。

之后，他还给家长们讲述了一下学校的历史传统、办学理念以及学校的文化内涵和人文底蕴，念着的东西都是学校早已经向他们这些老师分发的。高锦荣笑着看着林一，对他的这个章程和举动表示认可，认为他向家长们说了一些实话，免费替学校宣传了一下。他读完以后，高锦荣还第一个鼓起了掌——不过也是最后一个，因为除了他再没有别人

鼓掌了,很显然,他们并不关心这些。

再接下来,林一强调了中考对于学生们以及家长们的重大意义,也向各位家长们汇报了本班级在学校中所独有的一些东西,以及在学校的初三年级中,占有着突出的地位。仅仅这几项内容,就已经说了一个多小时了。家长们着实难以忍受这样恶劣的客观环境,其中有一位实在忍不住了,向林一喊了一句:

"我说林老师,能不能拣重要的说啊!你要是慢慢说也行,能不能把我搁在教室后边敞亮的位置,给我把你办公室的椅子搬过来,让我坐一会儿,我就是听你说个三五个小时也是没问题的!"

班上顿时各种笑声,并且还有不少的随声附和,都对此番言论表示赞许。林一有点撑不住场面了,看了几眼高锦荣,他默许地点了下头。得到了上级的应允,林一的心开始渐渐平复了。

"既然这样,那就应广大家长的要求,中间的步骤全省略了,我直接进行最后一项。说一说咱们班的孩子,对他们进行一下点评。"

他总共说了不到二十个学生,大多都是关于他们好的方面,这样做的效果是树立一下典型模范,同时让坐在下边的个别家长们脸上长点光。他说的学生里边并没有林不凡,只是对一些家庭背景较为显赫的、成绩优秀的进行了一下点评。

时间过去了一个多小时，看着下边的家长实在忍耐到了极限，林一终于宣布了家长座谈会的结束，并对家长们的善举报以了掌声，表示了真诚的感谢。他站在门口，让他们先出去，却没想到家长们并不着急出去，纷纷围在林一的跟前。

“老师，我们孩子大概什么情况啊？按他眼下的情况是不是能上好高中啊？”

“老师，我们给孩子报的课外辅导班够多了吗？你觉得需不需要到你那里再去补补课呢？”

“老师，这个学校的学杂费和各种费用是按照国家标准收的吗？是不是学校有一些不合理的收费现象呢？你能不能帮我们给学校反映反映呢？”

林一局促地站在门跟前，不知道应该先回答谁的问题，而且其中有些问题明显不好回答，需要自己长时间的思考才能想出答案。他正在那里回答问题，看见高锦荣站在后边，向他指了指拿在手里的手机。林一突然明白过来。忙道：

“各位家长们，你们对孩子的关心以及对学校前途的关心，我个人是表示很理解的，也很支持你们，但是我今天实在精力有限，不可能回答你们所有的问题。你们可以在回家之后给我打电话，咱们到时候再聊，可以吗？抱歉了，谢谢各位！”

“老师，请你吃饭吧。车子就在外边，位子已经都订好了，只等你屈尊了。”一位家长说道。

于是又掀起了一番请客的热潮，林一着实有些无奈，道：

“很是抱歉哪，我们学校是有规定的，老师不能吃请的，那样就违反了学校的规定了。你们要是还想让你们的孩子多看我两年，就赶紧回家吧，不要在这里和我耗下去了。我谢谢各位了！谢谢了！”

于是家长们也不好意思再去耽误他了，都找自己的车子回家了。由于大部分都是开着车来的学校，现在学校的场景明显壮观了不少，很像一所驾校，或者像一届规模中等以上的车展似的。拥堵的情况更是史无前例，和市中心主干道下班时的状况有的一拼。直到四十分钟以后，最后一辆国产车才出了校门。

终于送完了这些家长，林一现在明显轻松了不少。他突然发现教学楼下还有一辆车子，而且里边坐着的人似曾相识。他站在车前，才发现里边坐着的是高锦荣。

“哎呀，你这……真是前途无量啊！我请你吃饭都得在这儿埋伏着，就地潜伏寻机而动，可算把你给等到了。上车吧！”

“我今天实在是……”

“怎么着？还得让我下车来表示一番恭敬吗？你也太不给面子了吧！”

他的脸色突然变得很不好，极为灰暗。林一知道自己再不能拒绝了，于是赶忙上了车。

“这就对了嘛！我还以为你真不给我面子呢。”他的脸色又恢复到了之前阳光灿烂的样子。

晚上，林一又一次拖着疲惫的身躯回到了家中。他维持了两个多小时的晚宴，仅仅是和高锦荣谈论了一件事：让他开除一个学生而已。他和高锦荣谈判了两个多小时，最后几乎都闹翻了，却仍然没有占据上风。毕竟谈判是需要筹码的，而林一是没有这样东西的。他靠在沙发上，想着自己当初豪情万丈、意气风发地上了师范，还想着不求教的弟子“桃李满天下”，最起码还能有一两个可塑之才，实现自己从小的梦想。如今却发展成这样，他现在开始相信“理想很丰满，现实很骨感”这句话了，简直就是他的写照。可是，他又想到了饭桌前高锦荣咄咄逼人的态势，以及运用各种名利诱惑的手段……他真想把眼睛闭着，再也不用睁开了。事情的发展似乎已经越来越偏离了他的人生轨迹。

第二天，他从银行取了一万块钱，打听到了马超的家庭地址。

一周以后，马超再没在教室里出现过。当然了，除了那几位，也没有多少人会关心他的去向……

第十五章

在接下来的一段时间里，似乎过得比往常快了不少。除过班上仅有的几位家庭背景稍好的，家长们都已经为自己的孩子们找好了门路。有的是花了血本的，有的则不需要，仅仅是一个手势，抑或是一个眼神，便足以将问题解决掉。他们大抵也都知道自己的孩子在学校是什么德行，可这些不仅没有令他们感到羞愧，而且成为了他们一门心思要将孩子送到贵族学校的理由。他们攥紧拳头，整天电话、饭局不离手，当完变色龙再当孙子，一人分饰几个角色，并且为此乐此不疲。孩子们在学校也已经知道了自己的处境，心想着即便现在浑浑噩噩，自己的美好前程却是已经注定了的，于是他们张狂不羁，上课迟到，无故缺课，更有甚者还有些学生故意挑起事端的。林一和班上的其他老师也知道这种人惹不起，只能将他们的行为视作空气。

近来班上谣言四起，都是围绕着前不久刚转走的席君的。谣言说这小子在一中无恶不作，已经成为了校园里的一道靓丽的风景线了。有人说他整天上课在教室一角，一人一张桌子，一把椅子。每日一中拿着省教育津贴的名师在上边讲课，他在教室的角落里吃着外卖，还弄了一台笔记本，电源便插在身后的开关上，不是看电影就是打游戏，耳机里传出来的声响时常扰得班上的同学对他恶语相加，都对他的做法嗤之以鼻。无奈席君似乎已经预料到了这些，将课本全放在桌上，自己深埋在“战壕”里，一人独得其乐。不久这事传到了学校领导的耳朵里，扬言要清除掉这堆臭肉，还说：“不能因为这小子而败坏了一中这块牌子。”

可话是这样说，席君仍旧行为高调，时常保持原状出现在一中的校园里。据说后来发展得更过了，这小子年纪不大，却开着辆二手的跑车在校园里乱逛，连学校的保安、门卫见了都得绕道。不过他似乎没忘记自己的这帮旧交，有一天，他在上课期间来到了自己以前待过的教室。学生们看他穿着花哨，还戴个墨镜，穿着一双极为惹眼的拖鞋。分别的

时间不算太长，朋友们看着从门口进来的家伙，却不知道他是谁。尚且不说那身行头，单是那发福的身躯，就足以令众人张大嘴巴。后来得知他是席君，都唏嘘不已。

席君请班上的几十位同学去全市最好的酒楼里放松了一通，在酒楼唯一的套房里摆了几桌。林不凡、陈楠之辈的也都在被邀请之列。众人见他在座位上吹嘘着自己如何如何反叛，如何如何个性，如何如何不羁，像是一个风流人物在诉说着自己过往的光辉历史，这帮旧交们都假装无比钦佩他的行为，不时用掌声来打断席君的高谈阔论。等到酒足饭饱之际，都抹一抹嘴，一溜烟地全跑了。席君一时接受不了这样无情的结局，他还沉醉在刚才的境地，忽见前方已没了听客，不禁大骂这些旧交们见利忘义，全都是些吃货，一点也不懂得聆听这些在课堂上学不到的东西。勿怪他们现实，在学校整天高压的环境下，他们已经没有多少兴致去一个所谓高雅的地方倾听一个所谓高雅的人讲一些所谓高雅的尘事，都回到家里继续挑灯夜战去了。

林不凡酒足饭饱了，对他的说教倒是感觉有些新奇，想接着听下去，却被陈楠一把拉走了。

“离中考剩不了多少天了，你还有心思听一个不相干的人在这里废话。你以为你爸是席思远啊！”

林不凡乖乖地走了，他现在的境遇已不像前些时日那般艰难了，即便还是无法完全融入到新的环境中，可是每天可以和陈楠在一起度过，他也不觉得时间过得有多么漫长了。他已经不像前些时日那样，每天都熬到凌晨四点多才睡。至少现在，可以保证自己有三四个小时的睡眠时间了，即便只有三四个小时，在林不凡看来也是很奢侈了。周围的人已经不再用异样的眼光看待自己了，这倒不是说明他们已经完全接纳了自己，而是所有的人都有了切实的目标，没空再去看待林不凡的为人了。

教室后边的黑板上写着“距离中考还有最后……”的标语，随着后边的数字逐渐向“0”接近的时候，教室里开始变得愈发沉闷。绝色的美女或者看了足可以让人流鼻血的帅哥从走廊里经过时，众人连头也不抬一下。作业布置得越来越多，大部分的人都已经不用督促，便可以超额完成作业了。每天固定的卷子，固定的选项，固定的答题模式，固定的流水作业……他们开始像机器人一样经受着牛马般的劳役。再过了一些时日，课间操停做，体育课停上，所有活动一律取消，他们的行为开始逐渐趋向于统一和同步。就连买早点的时候，都在走廊间靠着栏杆望着下边，在心里盘算着，“从三楼摔下去会不会摔死？这样跳下去是不是就可以节约更多的时间了？”

所谓的“前门”和“后门”现在也已经没有了先

前那样明显的特征了，都是一样的灰暗和普通。有些前排的同学买早点时也会直接从后门穿过去，径直奔向教学楼下边的小卖部；有些最后一排的同学也会在距离上课还有几十秒的时候，从前门冲进去，众人看见了也不惊奇，并未觉得这样的举动有什么不妥之处。这样说来，学生们之间的关系似乎已经不像先前那样充满了严格的等级差别了？似乎是的。有两位在毕业之际将要转学的同窗，向每个人分发着卡片和礼物，大部分人即便时间再紧张，也会把它当作一件神圣的使命来完成，写着一些自己内心里想说的话，有时候写着写着自己也会轻声地哭出来。对于感性的人来讲，掉眼泪不是一件丢人的事。几年的时间了，在将近一千天的岁月里，他们曾在一起度过。以后也许各有各的发展，也许身份会越来越悬殊，可那又有什么呢？以前的隔膜、鄙夷、差别，会随着卡片的出现，稍微淡化一些，绝不会再成为一个遥远的命题了。

林不凡的桌前也放着那张卡片，即便林不凡还不大了解那位送自己卡片的同窗，他的内心突然产生一丝愧疚，因为他和她几乎没说过几句话，她仍然发给了自己那种卡片，还有一些礼物。林不凡本来想写一篇汉赋或者藏头诗之类的，在稿纸上都已经准备好了原稿，可是在行将誊写的时候，他突然想仔细看看这位给予自己充分信任的女生。时节已过初冬,他受制于狭窄的空间,穿着的厚厚的羽绒服也显得很是累赘,但他还是艰难而又坚定地转过身去。她蜷缩在西南一角,座位在倒数第二排。质朴的穿着并不影响她的光鲜靓丽,端庄的面容大大地弥补了穿着的简陋,在他回眸的时候,没有料到一直低头的她却忽然抬起了头, 而且分明看见了自己,继而浅浅一笑。林不凡害羞地将身子转了过来,看见陈楠破天荒地利用宝贵的自习时间,也在向她倾诉着一些话语。林不凡可以肯定,她们俩之间是没有多少交集的。

林不凡看着桌前的稿纸, 情不自禁地冷笑一声,然后干脆撕掉那些自己早已准备多时的所谓的高雅诗赋,在卡片上写了一些平淡无奇的,却让林不凡感到无比舒心的文字。写完以后,自己也觉得挺满意的,在惬意之余又看了祁伟和李娜一眼。这样的场景令他感到是那么的陌生, 那么的难以置信。祁伟依旧在和他之前坐着的课桌那里,满脸的倦意和落寞,即便隔着很远的距离,林不凡还是依稀看见了自己的兄弟头上已有了些许的白发。他的桌前摆满了卷子,从未见过祁伟提过笔的林不凡对这种场景并不感到诧异。是个人都有上进心,都不希望被淹没在人流之中。林不凡知道,自己兄弟们的进取心只不过是在无数老师的嘲讽和谩骂中泯灭了,只不过是在无数次的罚站中遗失了,只不过

是在无数次穿梭于后门的时候被融化了。林不凡看见倚在墙角的祁伟，突然产生了一种恍如隔世的感觉。再扭头看看李娜，自己的心中所属，现在的她已经没有了之前的那种高贵和雍容，有的只是对放学的无限热盼和对寻求解脱的渴望。林不凡看着她熟睡的身影，鼻子不禁酸楚。由于自己将全部的精力几乎都给了书本，他在很长的一段时间内已经没有和李娜说过一句话，吃过一顿饭，互相交换过一个眼神。即便是她发的短信，林不凡也没有足够的心思回复给她。

他忽然想到自己来到这儿之后，拥有的东西已经不算少了，他真想过去叫醒祁伟，和他开个玩笑，讲个冷笑话。或者把自己课间买的滚烫的豆浆轻轻地放在李娜的桌前，让她闻见这包含着爱的热气。可即便他内心的渴望再冲动，再强烈，也丝毫不能使他迈开这一步，他被一种无形的阻力束缚住了。

他本想起身把写好的卡片送给那位女生，并向她表示一下感谢，可就在他要准备起身之际，手中的卡片却一把被陈楠夺了去，“还是我去吧，你就在这里做卷子吧。我可不能给你把精力花费在她身上的机会。要把这么一丁点的机会，掐死在萌芽之中！”她说着还做了一个手势，说完诡异地一笑，拿着两张卡片冲向了那位女生的跟前。随便寒暄了几句便又回到了座位上接着做题，丝毫不肯浪费多余的时间在看似多余的人身上。林不凡看着身前熟识的脸庞，却发现此时的她显得如此的陌生。林不凡想到了她刚才在卡片上写着的密密麻麻的文字，如今只是徒增笑料罢了。

“你为什么就不能真诚地对待那位女生呢？她可是跟你共处了两年多的同学哪！如果你只是为了应付眼前的这道同学情分的门槛，那你刚才写的那些话又有什么意义呢？你还不如利用写卡片的时间多做两道题呢！”林不凡有点不愤。

陈楠停止了手中的笔，然后转过身来，用一种林不凡从来没有见过的眼神望着他。那无比官方的眼神让林不凡打了个冷战，他从未见过眼前的这位女生会用这般无情的眼神盯着他，并且不能想象这就是自己梦中时常萦绕的那个天使般善良的眼睛。她的嘴角开始挤出一串冰冷的文字：

“如果你想考进一中，继续和我在一起的话，就不要说这般白痴的话……否则……”她看了看身后的那群家伙们，“你和他们这群咸鱼便没有任何区别！”

林不凡愕然，呆呆地看着眼前的脑袋，很想把她天才般的脑袋掰开，看看里边的零部件是否还在正常运转。

陈楠现在是班上的独一份了。她的天资从未如

此凸显，也从未让人觉得她有如此的出众，但是现实证明了她就是如此的出众。她并没有擅长的学科，也从未在任何学科里展示过自己的天赋，可是每一门科目都稳定得让人可怕和无奈，总分超过第二名的张雅三十多分。不过张雅似乎从未受到影响，依旧终日看着言情小说，或者补觉，她大概是班上为数不多的异类吧。陈楠高中三年的生活看起来就要在一中这样的“圣院”中度过了，已有校领导特意来和这位十四中学今年的“状元”签合同了。合约规定：只要她能稳居第一，进入一中后，学杂费全免，住宿费用全免，每学期嘉奖五千块。另外，特许她进入全校的“清华北大专业户”——珍珠班就读。自此，陈楠在学校里成了当之无愧的校霸。在学校，老师见了她跟见了领导似的；小卖部里，价格不超过十元的东西任她随便挑；食堂里，每次给她的早点都是荤素搭配，几里外就能闻见香味的那种。甚至连给她的豆浆，也是唯一特制的，掺水掺到最少的那种“无公害绿色食品”。与她相比，林不凡在几周前获得的全国能力语文竞赛一等奖的荣誉在学校未能造成轰动也是早已经注定了的。不过林不凡已经不需要这种东西来为自己提高身价了，他通过前一段的“魔鬼特训”，现如今已经可以保证自己位居前十的行列了。他本来的要求也不高，只是想让别人给自己公平的待遇而已。目标看似已经实现大半，可化学老师看待他的态度依旧没有任何的转变。他的化学成绩还是在及格线的边缘徘徊，和他付出的努力远不成正比。在经历魔鬼特训之后的那段时日以后，他在接下来的考试中一鸣惊人，在班上掀起了不少的风浪。他的语文英语成绩高居班上第一，惹得众人为之侧目。对成绩特别看重的那些学生总会在成绩表出来之前，列一个小表格，上边都是自己班上的翘楚，或者说，都是对自己构成威胁的人物。他们也是极不情愿，却又不得不把林不凡的名字加上去。可当政治和数学成绩出来后，林不凡的名次已经到了五名开外了；再到后来理化成绩出来的时候，更是到了十名左右。班上掀起的“林旋风”刮了一阵，很快就平息下去了。自此以后的每次考试，林不凡的名次大抵都是如此，那些学生也终于可以心安理得地将他的名字从上边划了去。

化学老师在课堂上会对他冷嘲热讽一番，这似乎已经成为了他人生中的第五大乐事了。不过随着时间的推移，林不凡的脸皮也开始磨得越发深厚。正可谓是：任你唾沫横飞，我自岿然不动。班上的同学也已经对这种事情丧失了兴趣，并不会对林不凡做些过分的举动。只剩下讲台上的那位还在坚守着自己最后的“道德底线”了。

林不凡和陈楠的关系伴随着学期的结束，也开始产生了微妙的变化，她开始变得极为焦躁和不

安，除了林不凡和自己长久以来的知己之外，她对其他人都已经有了或多或少的藐视。班上男生的邀请被她一律拒绝，女生送给她的礼物，她会假装收下，等旁人不注意的时候，把它放在塑料袋里，和吃剩下的早点一并扔掉。这些都是林不凡在无意间发现的。

她开始对班上的一切事务都变得漠不关心，好像发生的一切都和自己没有关系似的。语文课代表的职位被她毫不迟疑地转嫁给了他人。老师们都察觉到了她的变化，却没有一个人前去指正她的缺点。他们心里想的是，将来自己是否可以从这个孩子身上，分得一杯羹？捞到一点好处？

又过了一些时日，她开始对林不凡有了要求，要求他每天早晨为自己准备好早点，要求他上进，不能和不三不四的人交往密切，要求他不能浪费时间，一定要尽力考取一中，和自己一起。林不凡刚开始还有点反感，可是又一想，要不是因为她这些日子的督导，自己的生活恐怕早已是另外一番光景了，于是对她的反感也就作罢。碍于她的存在，他开始有意识地减少了和李娜、祁伟之间交流的次数。平日也不怎么到教室后边去，看见他们也只是一笑而过，并不做多余的举动。后来有一天早晨，他由于做值日，去学校去得很早，五点刚过便戴着手套，全身裹得严严实实地去了学校，结果发现桌子上放着一封信。这信封上并没有邮编和寄信人,只是用签字笔写了几个字:不凡收。

林不凡不用打开信封,便已经猜到了这是谁写的信了。别人都会称自己为林不凡,而且每次读到“林”的时候,总会提高声调。只有一个人会称呼自己为不凡,这是他们两人之间独有的默契。再者,她的笔迹,即便是喝醉之后写的,自己也会认得。

他并没有急于撕开信封,只是紧紧地捏着它,直到它开始有了温度也不愿意放手。后来见陈楠进来了,他便顺手将信封扔在了书包里,装作什么也没有发生的样子。打扫完教室,擦了黑板,倒了垃圾(这不是他的差事,可是每当他做值日的时候,他都要求自己要这样做)。经历了浑浑噩噩的一天,经历了看似学到很多,又仿佛什么都没有学到的一天,晚上临近七点,他这才开始回家。冬天里的街道格外的阴冷,天也是灰暗得令人绝望。林不凡一边拿着手电,一边缓慢地骑车前行。这样的时日搁在平时,多少会令他感到一丝恐惧,起先还有班上的同学和自己做伴,后来她们每天不到六点就回家了,就剩下林不凡一人熬过这无尽的漫漫黑道。他忽然想起了那封信,心里顿时一热,加快了速度,终于看见了小区那熟悉的叫卖声和眩晕的灯光。

他照例吃完饭,在固定的时间段内回到卧室,打开台灯,翻开书包,取出信封。

凡：

好长时间不见了。

我知道，咱俩每天都在见面，可是我的感觉就是咱俩有好长时间没有见面了。因为近来的感觉，我总觉得自己只是个身躯，只是一具空壳，每天在你的眼前来回不定地摇摆着。我总觉得你是在故意躲避我，有意疏远我，我很害怕。

你知道的，我是喜欢你的。我无法忍受在我的生活中，有太长的时间没有你的影子。我有时候会感到非常害怕，我害怕当我梦醒后，你会突然间离我而去，而且没有理由。我能和你在一起是一件太不容易的事了。

我很现实，我知道按照如今的状况，我以后很难和你上同一所高中，那意味着我以后见到你的机会会越来越少。我也是从现在开始觉得无比的后悔，没能好好读书。也许早一点明白这一点，我就能和你的距离更近一点。

每次看到你和她在一起，我的心里都会感到很不舒服。我知道，我没有权利去指责你。你也许会觉得我太小气。那么我可以告诉你，我会为你改变我的一切，只要是你想让我改变的东西。现在，我不能够骗你，也不能违背自己内心最本真的想法。如果我骗了你，或者骗了我自己，我会觉得自己太恶心太做作。我想既然我都忍受不了这样的自己，你就更难忍受这样的我了，至少我是这样觉得的。

我还想和你说，我是喜欢你的，但是我不会逼你做任何你不想做的事情。我会放手，让你替自己赢得一个更美好的明天。我也会努力，为了你，我愿意相信这个世界上还有一种被称为“奇迹”的东西。

你知道，我的文笔不像你那么出众，希望你看完这些无聊的文字，不会笑话我。

娜

林不凡看完信，会心地笑了，他已经好久没有这样笑过了，结果笑声惹来了林母。

“笑什么呢？儿子！”

“没有……没笑什么。”他把信放在信封里，从书柜里取出《红楼梦》，然后夹在里面。这是一个最安全的角落了。

他忽然觉得自己浑身充满了能量。他本来是想着烧掉这封信的，然后得意地看着它的灰烬洋洋洒洒地飘向垃圾桶里，可是又转眼一想，自己是何许人也，怎能做出这种三流影视剧里才会出现的冗长剧情！他开始继续重复着和平常一样的事情，在拿出课本之后，他瞥见了放在桌脚边上的手机，心里微微一颤，给她回了一条短信。内容很短：

小傻瓜，信已看完。不要想得太多，不论你身在

何地，身居何处，我都会誓死追随你。

发完之后他浑身直哆嗦，当然，并不是因为冷，而是他感觉到自己竟然能说出这般肉麻的话。即便如此，他还是没有阻止自己编辑短信的行为。

因为这是从他内心里传出来的，真诚的声音。

第十六章

距离中考的时日越来越近了，林一的心也开始随着黑板上的标语紧绷起来。他不仅为这群孩子们担心，同时也为自己担心。近来学校内的流言都是对自己不利的，有传言说宁东已经被校董事会提名为初三年级的新任年级组长，以后将会只教初三，而自己还得重新再来一次。看着办公室里的同行们整天都向他庆贺，自己的风头已经被无情地掩盖了，林一的心里很是不爽。上次替高锦荣父子驱逐了马超，本以为自己可以得到他的帮助，倒是在学校内见过他几次，可是他只是对自己打个照面，然后绝口不提那事，就头也不回地走掉了。林一心里

暗骂这厮,“真是个过河拆桥,人面兽心的人。”

林一为人并不高调,可令他奇怪的是,无论他怎么巴结别人,也无论他怎样对别人说着一些违心的话,就是没有人愿意多看他一眼。办公室的那几位就不用提了,林一每天在心里求他们不要开口损自己,可这似乎都已经变成一个很奢侈的愿望了。后来他索性换了一副面孔,再不对他们好言好语。他们如果只说教学上的事情,林一倒是会插上几句,要是说别的事情,哪怕涉及自己,他也会当作什么也没听见似的,埋头只做自己的事情。上次同行们要去给宁东庆贺,挑了一度假村,说是宁东请客,林一也没去。后来陈建军看不下去了,嫌这小伙子太不会做人,当着办公室里众人的面把林一大声呵斥了一顿,硬是让他哑口无言,众人看了都暗暗地笑。林一碍于辈分和情面,也没怎么反驳,但是这一通骂算是彻底斩断了他们之间的关系。即便是那种淡得不能再淡的所谓的“同事”关系,想要再极力维护下去,看起来都是不大可能的事了。

林一开始像一具冰冷的尸体,静静地出现在办公室里一个特定的位置。办公室则突然变得像个水晶棺材,里面有几个还是喘气的人,却依旧阴森得令人绝望。生活在这样的环境里,每个人的存在价值也仅剩下工作,和奴隶般的劳役。然后等着那个特定的日子,被告知工资卡上多了几千块钱,算是能会心一笑。其余的时间,所有人都觉得这间屋子压抑得快要令人窒息了。好不容易想起个大家都会说几句的话题，也是在淡淡的回复中作为结束语，然后只剩下内心的无限挣扎和痛楚,重复着那些快要令自己感到恶心的事情。所有的人只盼望着赶紧下班回家,看看家中那几张熟悉的面孔,才会让自己觉得,原来中国有十几亿人口,而不是区区几个脑袋。

即便是在这样阴森的环境中,几个人的暗战也远远未到结束的时候,都在心里憋着一团火。目前看来,在这方面,林一和宁东暂时处于领先阶段,或者也可以叫作“第一集团”。这两人中间又以宁东为首,看起来他就快像是天边的启明星那样,令人难以触碰了。话虽如此,这并不代表其他人没了机会。这俩人都是在明处较劲，其余人则都在暗处潜伏着,而且每个人的小动作看起来都足可以令自己改变命运。有的充分利用班上的学生资源,看看他们家中有没有门路畅通的。作为相应的报酬,在模拟考试相应科目的卷子上，手中的笔也会松一点,多给个几十分也是毫不吝啬的。去年的最后一次模拟,有位考生成绩达到将近六百分的样子,贵为“群芳之冠”。后来中考结束以后,足足比那次模拟考试的成绩低了一百分,这也是很容易理解的了。当然了,这是被动的做法,还有些不愿意坐以待毙的,三

天两头往校领导办公室跑，还有些甚至往家里跑的，提的礼品都是价值不菲，快要抵上自己整月的工资了。这样做也的确会有点效果。这样群龙争霸的局面虽然不是那么壮观，至少可以保持一点悬念，都各自暗藏杀机。也许当孩子们有一天得知站在讲台上的恩师们，整天想的是如何名利兼收，而不是自己门生的利弊得失，内心该会怎样的波涛汹涌。

这天，林一按照往常一样坐在办公桌前处理一些琐事，发现平时很少露面的一些校董事会成员和领导们从办公室里进来了，几个人的屁股好像被针扎了一般，都从凳子上跳了起来。宁东立马招呼领导们，让他们坐下，并且准备替每人泡杯茶。待到打开茶盒的时候，才发现里面空空如也，顿时血色凝固，久久拿着盒子，放下不是，拿起来也不是，显得十分局促。一位领导看见此举，冷嘲道：

“你们初三年级的老师真是全校师生的楷模呀！‘廉洁奉公’四个字放你们身上，真是再合适不过了。瞧瞧，整天这么大的工作量，连一包茶叶也不舍得买。”

说着不觉冷笑一声，坐在后边的几位校董事会的成员也跟着笑了起来，连笑的节奏和频率都是出奇地一致。

宁东有些不悦，却还是下贱地将微笑挂在脸

上,道:

"请领导们在这儿坐一会儿,我这就出去买,不能亏了各位啊!我去买……我去……"快要走到门口了,林一突然道:

"不用买了,我柜子里有上好的信阳毛尖,味儿绝对够正,盒子都没打开过呢,今天让领导们尝尝鲜。"说着便把杯子摆整齐,给每人泡了杯茶。一领导喝了一口茶,惬意的表情定格在了脸上,道:

"这盒茶叶的第一次就这样被我们无情地拿走了。小林子,我们真是愧对你的茶叶啊!"说着又灌了起来。

林一见过的世面也不少,见过的场面也不算少,可听着这样不要脸的人说着这样不要脸的话,心里还是在震惊。人不要脸到这种地步,是相当不容易的。看着这些大人物们穿着西装,打着领带,正襟危坐在办公室的中央地段,二郎腿跷得老高了,旁边还有比他年龄大过一圈的,都在前排站着。林一真想一拳就挥过去了。

办公室里,其他几位都显得有些尴尬,有点被这些领导们的强大气场所压制,站在一旁不敢说话。宁东见刚才的情形让林一抢占了先手,心里不愤,却做不得任何举动,便站在门后,静静地不出声。倒是贺永刚显得不卑不亢,道:

"你们有什么事吗?大白天跑这儿来,不会就是为了喝茶吧？”

坐着的领导阶层们明显接受不了这种语气的质问,心里非常不满。有一位年轻的指着贺永刚的鼻子吼道：

“你算个什么东西！敢和学校的领导们这样说话！尊卑有序,长幼有序的道理你是真不懂,你还是跟我在这儿装蒜呢！”

他语音未落，坐在后边的高锦荣听到这话,把茶杯甩在桌上,茶水溅得老高。二话不说,一个耳光就扇了过来。

“你小子才进董事会几天，就敢嘚瑟到这个地步！你知道你在和谁说话吗？你以为站在你面前的是一普通的老师啊，他年纪都和你父亲差不多大了,拿的还是省上的教育津贴,你有什么资格敢和贺老这般言语！”

这位男子听见高这样说了,看着眼前这位已有些许白发和皱纹的教师，脸上也有点挂不住了,上前一直陪着不是。贺永刚对眼前的这种货色,说瞧不上都算是高看了他，坐在椅子上喝着他的热茶。男子本想回到原位上,无意间看见高锦荣恶狠狠地瞪着自己,有点不好意思坐下,便呆呆地站在一旁。

高锦荣于是撕下刚才那副面孔,自然地换了一副和善的新面孔。他一边喝着茶,一边用商量的口吻和眼前的这几位说道：

“各位老师，是这么一回事。咱们的王老呢……由于长年的积劳成疾，上周不幸猝死了。全校师生都感到异常的难过……”他不自觉地装作抽泣的神情，语气也变得沙哑了许多。接着道：

“但是呢……我们不能就这样让他悄无声息地走了，这对他来说太不公平。咱们这些教书匠都挺不容易的，一辈子站在讲台上吃粉笔灰，不敢说教的学生是桃李满天下，也可算是无愧于一个‘人’字吧。自己把一辈子最美好的年华都奉献给了这份职业，这块讲台，死后还能如此安静，别无所求，这可真算是古往今来的奇闻了。不……准确地说……这算是世所罕见的丑闻哪！”

办公室里的老师被他这么一说，联想到王老平时的为人，以及自己这辈子的遭遇，都不自觉地有点隐隐作痛。王老虽身兼要职，为人却很平和，他有好几次升迁的机会，最后都被他淡然地拒绝了，而无怨无悔地担任着这么一个两头不讨好的职务。办公室里经高这么一说，突然静得可怕，除了一阵一阵的叹息声和一阵一阵品茶的声音，已经听不见别的声音来充斥在这具“水晶棺材”里了，所有人都希望有人能够开口讲话，否则这令人压抑至极的气氛会让人觉得生不如死。可是刚才的气场似乎被高锦荣一人完全掌控了。他并不讲话，别人自然也是不知道该说些什么。刚才被痛斥一通的男子看见高锦

荣的茶水没了，没忘了替他将茶杯倒满，却依旧没有换回高锦荣的一个浅浅的微笑。

高锦荣看见自己刚才讲的话似乎还有点分量，于是假装咳嗽，接着道：

“王老的高风亮节和一心为公值得全校师生铭记，可是要铭记，不能只是记在心里，这样是没有多少说服力的。所以呢……经过校董事会的慎重研究，通过了这样一份决议。今天我们校董事会的大部分成员作为代表，一个接一个办公室跑，就足以看出我们的热忱。我们呢，决定为王老搞一次纪念典礼，让全校师生都参加，还得让学校组织一次征文比赛，主题就是歌颂像王老这样的人民教师。既然是典礼嘛……就要搞得稍微隆重一些。我们决定请本市的一家最权威的电视台来进校采访，报道一番王老的感人事迹。当然了……也报道一下我校对老师的关注和大力的扶持。可是你们都知道的……学校的经费有限，操持一场纪念典礼可以，要是想把它办得声势浩大些，那就得大费周章喽。”

高锦荣向四周望了一眼，看见众人的眉头都不禁紧锁了，他在心里暗笑一声，这样的表情都在他的事先预料之中，他假装没有看见他们的表情，只是平静地说道：

“所以嘛……大家和王老做着的是同一份差事，头顶上都是同样的旗帜。需要大家每人帮把手了。钱不多，每人几百块就够了，剩下的都由学校出。学校呢，就算是去砸锅卖铁，也要让王老走得风光一些。大家说是不是？”

他没期待得到响亮的回复，可零零散散的掌声他也是可以接受的，这好歹也可以证明自己刚才浪费了这么多的唾液是值得的。可是现在是一点动静也没有，这次该轮到他的眉头紧锁了。那男子看见高锦荣的神情显得有几分尴尬，赶紧帮忙打圆场。

“那个……各位老师，高导说的这番话呢，句句是肺腑之言哪，听得人是情真意切呀！大家就同意吧，反正每个人都要出。再说了，金钱有价是人情无价啊。”

他说完朝四周瞥了几眼，陈建军没搭理他，仍旧站在一旁，不时地跺跺脚；贺永刚干脆无情地赏赐给他一个浑圆的背部，衣服上的图案倒是显得别有一番情调；他又看了宁东一眼，也是读不出一点反馈的信息，他便落寞地站在一旁。

“这件事我们能坐下来和你们在一块商量，就说明学校还是蛮有诚意的。你们也知道的，学校其实也可以和你们不商量的。可列位如今这样的举动，倒真是有点令我们失望。这次是交也得交，不交也得交！”高锦荣开始提高了嗓门，“这次活动是和你们这个空缺的年级主任有着莫大的关联的。表现得好了，别说是年级主任了，就是王老走后，空缺着

的政教处主任一职，说不定有可能垂青于你们中间的某一些人的。”

他话语的分量其实全部集中在最后一句了，他是有意这么做的，他猜想着肯定会有人动心的。结果，事实证明了他所料不错，宁东和林一看着他，想从他的眼神中读出一些有价值的信息。高锦荣看着林一，希望他能够起个模范带头作用，代表他们应允下来。可是林一明显令他失望了，他看了没几秒钟，头就低沉了下去。他又转过身去看了一眼门跟前的宁东，倒是有了些期许。

“您放心吧，这点钱我们交了，肯定会支持领导们的工作的！”

高锦荣对宁东报以欣慰的目光，道：

“宁老师的觉悟很高嘛！不愧为我校年轻老师团队中的杰出代表。那既然这样的话，就说明了我们今天亲自来一趟还是值得的嘛！那就不耽误列位上班的时间了，我们先走了。王老要是在天有灵，看见你们这帮同事的善举，肯定也会感到欣慰的。相信他也可以安心闭眼了。”

看着这群“残酷资本家”的背影，林一没有经过大脑的思考，直接吐了一句：

“有本事你耽误我们一天的时间哪！可惜了我上好的茶叶了！”说着把他们用过的纸杯都扔进了垃圾桶，一并扔了出去。

宁东有点得意，站了良久，终于可以伸个懒腰了。一抬头，脸瞬间就绿了，像是被人扒光了裤子似的，站在众人面前接受着检阅。

“您这主任可真是绝了，恐怕你替他擦屁股，人家也不会领你的情吧！”

宁东自知理亏，刚想上去安抚一下这帮同事，毕竟整天抬头不见低头见的，可刚一上前，众人便停止了观摩，纷纷干自己的事情了。在做事情之前，没忘了各自从钱夹内掏出五张百元大钞，都纷纷递给宁东。

“你既然想做老好人，那你就好事做到底，送佛送到西吧。”

宁东一瞬间失去了阶级基础。他现在不知道离那个朝思暮想的职位是更近了一些，还是已经渐行渐远。他有点烦躁，将钱往包里一放，就坐在桌前盯着电脑屏幕发呆，脑袋里想的却是另外一些烦心事。

校董事会办公室里，高锦荣躺在椅子上。

“哎呀，就这样便搞定了，我还以为这是个苦差事，咱们就是都去了也是白搭。这帮家伙都是老滑头，并不是那么容易对付的。”

“嘿嘿，要说今天这事，你可得算作头功。要不是你挨的那一巴掌，我后面的话还真不好意思往出

讲呢。”高锦荣笑着说。

“瞧您说的，这一巴掌也算是为咱学校的长远发展做了一些贡献吧,希望您不要忘记这一巴掌在学校发展的滚滚红尘中所扮演的重要作用啊。”

“哈哈,那是一定的。这次学校可以借王老的死讯,免费宣传一通了。”

办公室里,林一倒完垃圾回到办公室,听见陈建军对自己说道:

“林老师,赶紧趁这机会把钱交了,不然的话,咱可就要耽误其他某些同志的大好前程喽。”

林一的脑子转得飞快,他立刻知道这句话的含义了,也大致可以猜到,刚才这间办公室里发生了怎样令人振奋的事情。于是他照做了,把钱轻轻地放在宁东的桌上。虽然经济上受到了一些损失,但是林一现在的心情真不是特别难过,看着宁东那无比懊悔的神情,他的心里是真高兴。

“我终于不再是孤立无援了，现在也有几个协约国和我是同一战线了。”他已经有些时间没有和办公室里的同事说过一句话了，他就从这句话开始,猜想以后可以恢复到以前的情形了。

征文比赛举办得并不成功，由于是自愿参加，水平自然是参差不齐。像林不凡这样文字中透着灵性的学生自然是看不上参加的，纯粹是浪费笔墨。最终得以获奖的作文,没几个人能看得下去,评委们还是不情愿地给颁发了个一等奖，在学校的广播站里整天朗读。那些得知广播站里读着的作文竟然出自自己的笔下，都捂起了耳朵，害怕别人嘲笑。对于这种“掩耳盗铃”的做法，也不能过分地否定，起码说明了他们还是挺有自知之明的。

不过，高锦荣的话看起来也不全是吹的，校方倒是真请来了该市的一家声誉最好的电视台，专门为王老的死讯作一个专题报道。这家电视台多以报道社会上的民生现状为主，在该市的百姓中间拥有极高的口碑，被誉为老百姓的“喉舌”。记者们也是该市在这一行业中的翘楚。报道从头到尾维持了三四个小时，十四中学的重要领导几乎全部出席，个个面露荣光，神采奕奕，仿佛都中了彩票似的。一个个皮鞋擦得锃亮，西装穿得格外笔挺。当初典礼的举办初衷很大一部分原因是为了纪念王老在工作岗位上的赫赫战功，如今对于王老的事迹却是只字不提，只是在主席台的边上请了王老的遗孀装装样子，让底下的看客们也搞不懂这唱的哪一出。说是看客，其实整个礼堂喘气的也不过寥寥数人而已，其余的座位全是空着的，即便没有多少看客，主席台上的领导们照样是口吐白沫，唾液横飞，丝毫不为之所动。脸上泛起的红晕极为明显，仿佛是在人民大会堂作报告似的。

这样一堂盛世下的纪念典礼之所以搞得如此

奢侈,如此别具一格,很大程度上得感谢这群善良的教师。这场典礼最重要的赞助商不是别人,正是这群为学校所付出了多年的老师们。当然了,剩下的空缺再向教育厅请求拨点款项,各位领导们凑凑零钱,仅有的一点难处也就不存在了。现在正是新的中考周期,因此借着王老的猝死事件搞这样的一场宣传典礼,在董事会和学校的领导们眼中是一件分量极重的事情。别的学校,诸如那些一、二、八中的名校,早已将自家的金字招牌打向了整个省份,各方面不及这些名校的学校要想维持来年的生源,尽可能找几个天赋和学识都极好的范例,好好加以栽培,将来好歹可以为自己的母校提高点声誉,这大抵是他们唯一的念想和指望了,这样也可以让他们向教育厅申请拨款的时候,腰杆挺得更直一点,数钞票的时间可以更长久一点。

学校的广播站天天在喇叭里宣传,报道这次典礼的时间地点,以及意义。学生们中间倒是真有动了真情的,而且还不在少数。这个王老平时为人和善,讲课的方式也是自成一派,在学生们中间也有点人气。大家听说这老头居然猝死了,有几位明显不能信服,说这事里肯定有问题,便拉出一副架势要和周围的同学大肆讨论一番。可毕竟不是每个人都有着“八卦”的心思,那几位一看无人应声,便也不再折腾了。有几位还想着参加典礼的,都是王老平日的得意弟子，可听说这次活动举办的时间是在周末，也都纷纷没了打算。对他们来说，在现在的阶段里，浪费周末这样的大好时光去参加一个纪念典礼，显然是不能说服自己的，更不要说是说服家长了。他们周末业余的时间就像一直在上涨的股票那样稀少。林母也是不大赞同儿子去学校参加什么纪念典礼的，林母的原话大致如下：

"你和他八竿子打不着，去凑这种热闹是为哪般？还不如在周末用功更为实际。说不定你周末看的一道题，真就出现在中考的卷子上呢，那样的话，你的重点高中不就和你爸的铁道办公室主任一样十拿九稳了吗？"

林父也在一旁道："是啊，就算你不想念书，咱周末去郊区玩玩也行啊，放松放松不比这强！"

即便他们再三劝说，也没能阻止林不凡要去参加纪念典礼的决心。他和这位王老的关系，一般人很难理解。

那还是在他最窒息的那段时光里，王老成了最为认可他的一位老师。是他，让林不凡觉得自己在这儿存在还是有些意义的。而且更为重要的是，他对自己才华的赏识，并不以名利、金钱、职位这样的东西来作为幌子，那是真正的老年俞伯牙碰见青年钟子期的神交。林不凡很难忘记那些日子，那些他可以自由自在地出入于主任办公室，而不必拘泥于

喊“报告”的日子；那些可以和他坦诚地为了一个历史话题而争论不休，而不会让人觉得自己是个跳梁小丑的日子；那些他每次去王老办公室，看见王老那殷切的眼神，有时还会出人意料地从桌子里拿出几袋熟食，刹那间，这间办公室里传出争论的声音，夹杂着浓厚的香味……

而如今，这些画面大概只能出现在林不凡的脑海中了。林不凡一直有个梦想，这个梦想从出现后在心底就没有消失过。这个梦想就是：希望自己有一天能和他最为挚爱的老师，像柏拉图和亚里士多德那样平等地进行交谈，而不是一般学生进了办公室，就像明清时期的君主和大臣似的，一位用唾沫浇灌着另一位的内心。可是他从未想过自己的这个梦想竟然有一天真的会实现。而如今这个梦想实现了，可它是那样的短暂，就像是节假日的烟火一样，最美的瞬间也只有那么区区几秒钟而已。

林不凡坐在后排，看着前排空着的座位，以及前排的那些跳梁小丑，真想找个地方痛哭一场！表面上平静如水，可是心里却在呐喊。林不凡看见小丑们的后边悬挂着王老的黑白照片，却发现此时这张巨幅照片纯属多余。林不凡看见记者们的话筒和相机的闪光灯从来就没有停止过，他的内心如刀绞一般。他确切地想过，即便那些照片无数次从屏幕里或者电脑里出现，最终也会被他们无情地删除掉。林不凡了解，按照目前的这种状况，他已经知道了这次纪念典礼的目的和实质，这不过是那些人搞的把戏而已。手段并不见得有多么高明。

他明白：今天的重点不是那张巨幅的黑白照片，也不是在领导们边上坐着的那几位亲属，他们都只不过是幌子而已。林不凡还看见讲台上的领导们每次讲完话，讲台下为数不多的几双手鼓掌鼓得手都快浮肿了，掌声的响亮程度和人数的多少形成了强烈的反比。林不凡开始后悔出现在这里，他觉得在这间礼堂里，多余的不只是那张沧桑感十足的照片，也不是那位面善的王老的遗孀，还有自己这身微不足道的躯体。

他开始在心里嘲笑自己："你是这样无趣的人，生活在这样无趣的地方，可是即便自己看到的东西再无趣，你也得坚持着紧绷着你的那根弦，那是你生活中仅有的一点有价值的东西，即便不再那么高贵，也不会，或者说不可能丢失掉。"他开始觉得自己所在的这间屋子很是浑浊，甚至臭气逼人，就像是四十多度的高温下，几个月未打扫的公共厕所散发的味道那样。他觉得自己算是创造了一个不大不小的奇迹，竟能在这样的公厕里坚持这么长的时间。他开始觉得自己的壮举像是爬过了四个半橄榄球场宽的下水道那般，值得所有人去顶礼膜拜，或者去细细品味。

林不凡觉得自己的壮举已经快要做到极致了，继续在这里待下去会让人觉得作呕。他猛地站了起来，大步流星地冲过走廊。当光明就在眼前，几乎要触手可得的时候，他听见一句话，这句话逼迫他得继续待在这间公厕里。

“那位同学，在典礼结束前不能随便离开礼堂，不管你是有什么急事，你也要看看挂在墙上的这张照片。你要是走了的话，就太对不起照片上的这位老人了！”

林不凡突然觉得自己的身体很不舒服，好像有很多的杂物要从口中喷泻而出，但是在快要喷涌出来的时候，他又强迫自己咽了回去。这间公厕已经够熏人了，绝不能再增加它的负担。

他回过头看了一眼那张照片，觉得照片里面的人好像又活过来了。他的双眼瞪得像鸡蛋一样，看着眼前的这群家伙，然后又仿佛突然变了一个眼神，变得对这种行为极为赞许的样子，好像自己已经足够满足，再没有什么东西可以失去了。林不凡的眼神就这样和照片里的眼神互相对视着，好像世间所有人都突然不存在了，就剩下他们两人，漫步在雅典学院的高墙之内。都赤着脚，穿着破烂不堪的衣服，头发一直飘落着，快要到了腰间。他们一边走一边交谈着，但他们的谈话时不时地会被身边的学生们打断……

就在那一刻，林不凡终于领悟到了，什么叫作境界。

就在林不凡的境界即将要升华的时候，又听见工作人员来了一句：

“那位同学！赶紧回到自己的座位上，别站在那里。你以为你是豪华车展里那靓丽的车模呀，是不是还想在那里秀一下呀！”

林不凡的梦境就这样被无情地打碎了，他此刻最希望的事情是：让王老把这帮混蛋统统带走！

他的希望自然无用，只得乖乖地坐在椅子上，看那些跳梁小丑继续在台上疯狂地卖弄着风骚，扭动着肢体。他开始闭着眼睛，戴上耳机，每隔几分钟就看一下手表。他突然想到，自己为何要受到他们的压制？就算是被校方给开除了，凭自己如今的身价，随便找个地儿参加中考是丝毫不成问题的。实在没地儿去，还可以回老家去。

他于是计划着逃脱。就在那位领导叙述着十四中学过往的那点陈词滥调时，他“嗖”的一下穿过礼堂，窜了出去，任凭身后无数的声嘶力竭的叫喊声，也没能阻止他迎接光明的勇气和决心。

他用了不到三分钟从礼堂里跑了出来，然后深呼一口气：“终于脱离苦海了。”

他贪婪地呼吸着不算特别新鲜的空气，显得如此满足。

他又想到了自己刚入学的时候，曾经寄过一封信，那封信就像是贾宝玉写的《芙蓉女儿诔》一样，寄托了他自己的人生情感。他突然产生了强烈的冲动，想要打开那个意见箱，看看自己的“大作”如今身居何处。他知道，信箱的钥匙是在门卫的手里。他便跟门卫央求了半天，还谎称自己的钱掉在了信箱里（事后回想起这个借口，林不凡觉得自己全部的智商都埋葬在这句话里边了）。门卫看起来也是不大有耐心的人，受不了林不凡磨叽，从裤兜里掏出一大串钥匙，扔在桌上。林不凡表示感谢，拿起钥匙直奔教学楼的意见箱。尽管是周末，学校已经补完了课，现在没有几个人了，他还是下意识地瞅了瞅四周的情况，就跟小偷似的。他用钥匙打开了那把锁，虽然费了些力气，可就在这一刹那，他却变得异常焦虑，异常紧张，仿佛里边放的不是信件，而是一颗定时炸弹。

他踌躇了半天，还是不敢打开那扇门。他深深地了解，这扇门打开了，另外一扇门也许就该关闭了。

他在走廊间走来走去，还是没有做好要不要打开的决定，这样的决定异常艰难，他对这块地方还是有感情的。可万一打开这扇门以后，有可能就意味着他对这块地方彻底地失望了。可能他一出校门便会撕烂校服，扔掉校徽。

正在犹豫，门卫大喊了一声：

“钥匙用完了没有，要是用完了就赶紧送回来！别耽误事！”

他平复了一下心情，打开了那扇门。

他看见了：意见箱里，自己的那封信完好地摆放在那里，信封表面都被灰尘覆盖了，就像是一件很久没人鉴赏的艺术品。

其实，这也是唯一的一件艺术品。

第十七章

林不凡几乎是飞奔着冲出学校的。他已经跑过了巷子,发现了手中紧握着的钥匙,又跑回去还了钥匙,免不得挨了一顿骂,他也没心思计较,头也不抬就出来了。他懒得再去回望这所学校了,因为害怕自己的眼睛在掠过学校以后,会突然变得失明。他就一直在街上漫无目的地晃荡,也不着急回家。他正走着,觉得肩膀被人拍了一下。他站住了,不知道头是应该往左转还是应该往右转, 这是因为他感觉到自己的两个肩头都被拍了一下。然后,他又听到了好久都没有听见过的,那熟悉的略带沙哑的声音:“你小子是踩到狗屎了吧,怎么几天不见就这般生疏了！”

他安逸地回过头，这个声音太熟悉了，熟悉得好像自己闭着眼睛就可以套上自己的毛衣一样。

“应该是你们和我生疏了才对吧！我可是从来都没有忘记过你们哪！”

他突然停止了笑，看着祁伟旁边站着的那个家伙，他真想大哭一声。仿佛他看见的不是马超，而是一个刚从托管所出来的被人揍得稀巴烂的小混混！

今天天气依旧有点干冷，他便戴着一顶破毡帽，算作是挡挡风寒；脸冻得青紫，好像是被人揍过的一样。鼻子下有着浑浊的东西，大概是污垢吧；腮边还有一条疤痕，好像是公共厕所前的一句骂人的标语！戴着一双遮不住手指的手套，不知是这小子没钱还是为了显示自己的非主流。穿着的还是那身校服，磨得已经看不出颜色了，只有胸前的鲜红的校徽大抵可以证明它曾经的辉煌。脚上的鞋比他平时穿的大了几号，不知是谁穿过的一双破皮鞋，拖在他的脚下显得别有一番情调……

林不凡还没说出一个字，只是呆呆地站在那里望着他。为了不让他觉得尴尬，也为了显示他们之间地位的平等，他强忍着在眼眶中打转了几圈的眼泪，开始笑了起来，心里却满是酸楚的味道。

“你瞧，咱俩现在可算是两种不一样的人了，你像是哪家的少爷公子哥儿，我则像是从非洲难民营

过来的。”

林不凡本来想着说个冷笑话暖暖场子，尽量不提到敏感的话题，没料到马超倒是先自嘲了起来。他想了半天的冷笑话也没有了意义，被他这样的一席话说得反而更加低沉了，更不知道该说些什么。马超看见不凡的表情，倒是显得很乐观。

“我得专门为我的穿着解释一番了。这样的穿着不代表我的随性，而是我故意这么做的。兄弟，你也不想想，要是我穿得光鲜靓丽的话，再加上我个人魅力这么强悍，模样又这般英俊，岂不是完全把你给比下去了嘛。这让你以后在社会还怎么混。”

林不凡被他逗笑了，搓了搓脸，顺其自然地拭去眼角的几滴眼泪，道：

“你忘了吗？我的人缘向来是不差的，尤其是……异性缘……”

马超拍了拍头顶上的毡帽，道：

“我倒是把这茬给忘了！”

几个人开始在公交站牌下聊天。从马超口中，林不凡得知他在化工厂里打杂，因为年纪太小，他哀求了很多次，才说服了厂里的工头让他在这里帮忙。

“你知道的，我爸死后也给我们家留了几个钱，可是我和我妈毕竟不能坐吃山空呀。那就是座金山也总有一天会被吃空的。这样呢，我就出来找了份活，能帮衬一点是一点吧。我妈又给我求了所学校，想让我接着念书，可是你了解我的，我天生就不适合在学校待着，我是不适合念书的。你呢……也不用替我感到可怜，这是我自己选择的，我也很享受这种生活。”

马超知道这样的话无法完全说服林不凡，便接着搂着他的肩膀，道：

“你和祁伟倒是运气不错，我今天刚发薪水。走，咱找家最好的馆子，喝几杯去？”他像梁山好汉似的问道。

“你知道的，我不会喝酒。我要是喝一口，别说是白的，就是啤的，我回家就是不张口我妈也闻得出来。那样的话……我可就进不了家门了。”

马超爱抚地扇了他一巴掌，道：“你还是像从前那样没劲哪！我还不知道你的秉性吗，放心！到时候不会难为你的，你喝茶我们喝酒，这样总行了吧！”

几个人不再耽搁，叫了辆车，去了附近的一家酒楼。

到了餐馆，几个人在一楼找了个临窗的座位，马超看见林不凡依旧是郁郁寡欢，便从兜里掏出一个不知道从哪捡来的钱包，背着他们掸了掸钱包上的灰尘，从里面掏出一摞百元大钞，向林不凡炫耀。

“看见了吗，哥们，这都是我这个月挣的，不少呢！今天这顿饭你们随便点，可劲儿造，就按当年慈禧老佛爷的规格点也没事，我呀……负担得起。”

“是啊,到时候要不够的话,把你这身膘搁这儿抵债,他们应该会乐意的”,祁伟笑着道。他见林不凡还是不苟言笑,有点不大乐意了,“怎么还这副德行哪!我们俩是欠你钱了还是怎么着了?不是我说你,兄弟谋了个好前程,我们应该替他感到高兴才是啊,你这是算怎么着啊!这样子可是太不吉利了啊!”说着把菜单往林不凡面前一推,“点他的,兄弟!”

看着兄弟们和以前一样的德行,林不凡也明显轻松了许多。

“那我可真点了啊,你可不要心疼。”

“你就把心放在肚子里好了,随便照着画,我保证一个眉头都不带皱的。”马超说道,“菜单最后一页就别看了,要是给我面子的话。”

“好了,那我就不用客气了哦,真点了啊……鲍鱼……”林不凡看见马超明显紧张了,抿嘴一笑,接着道,“鲍鱼下边的糖醋鲤鱼。”

“我说你小子还这德行呢!真是让我们教坏了啊!你今儿要是点鲍鱼的话,他们非得把咱当鲍鱼一样剁了!”

几个人点好菜,马超道:“李娜去哪儿了?好长时间不见她了,怪想她的,要不叫她过来一块吃饭?”

祁伟搭着林不凡的肩膀,“兄弟,这小子是横刀夺爱啊!怎样?要不,让他自罚三杯,算是替你解解气。”

林不凡没好气地收回他的胳膊，瞪着他道：“说什么呢，人家现在补课呢！你叫她出来她也不会出来的。再说了，就算是她想出来，她的父母也不会愿意的。”

祁伟不怀好意地用胳膊肘蹭了他一下，“是不是……所有关于她的东西你都了如指掌啊？你不会在她家里安装了窃听器吧？”

“说什么呢你！喝你的水！”

“哦……离开学校太久了，这智商也跟着下降了。这意思是……我提了一个不该谈论的话题？”

祁伟笑着应声：“你是才了解状况啊！看来你这智商是真的下降了不少。哦，说错了，你的智商就从来没高过。”

“那好，既然这样，我说话算数，自罚三杯，怎样？”

他没有开玩笑，真的拿出了三个酒杯，看来是要履行诺言了。

就在他准备倒酒的时候，林不凡挽住了他的胳膊，一把夺过酒瓶，道：

“不要喝白的了，太伤胃。咱都还小，喝这个太伤身体了。你要真有心惩罚自己的话，喝果啤就行了，谁也不会说你什么的。”说着向服务员要了瓶果啤。

“也行,那我就不勉强自己了。”他也不用酒杯,拿起瓶子直接往嘴里灌。喝到一半的时候,问林不凡:“够三杯了吧?”

林不凡笑着说:“你就是想喝死也没人拦你。”

马超也不再喝了。随着一道道菜的上桌,几个人都把饮料和酒瓶往边上一摆,吃了起来。

这是该市最好的餐饮店之一,口碑名声都不是盖的,每次排队订座的人都很多。幸亏这三位来得早,要是来得再晚个半小时,别说红烧鲤鱼了,恐怕连个鱼刺也吃不上了。那门外边一堆一堆的准顾客便是最好的佐证。身边的人进了又出,出了又进,服务员们每天工作最繁忙的时间段估计就是现在了。

他们几个在这儿正吃着,听见后边的声音变得很是嘈杂,听起来声势浩大。林不凡回头一看,是班上的十几位同学,有一位手里还拿着蛋糕,看起来是来这儿给谁过生日的。自己躲是躲不掉的,因为班上的这些同学明显已经看见了他们三个。马超显得有点窘迫,在不合适的地点遇见不合适的熟人,这可算是最悲苦的事情了。林不凡转过身来接着吃饭,觉得肩膀被人拍了一下,这次他不需要决定是向左转还是向右转了。他回头,发觉是高尚。他以为高尚要挑事,心想今儿个真要是动手的话,还不一定鹿死谁手呢!想着自己身边有“张飞”“关羽”二人保驾,我“刘备”还需要亲自上阵对付你们这群角色？他不自觉间挺直了身板，问道：

“请问，有何贵干？”

“别这么紧张嘛！今儿个是咱们班张紫萱的生日，真没想到会在这里碰上你。大家既然遇见了就是缘分，既然缘分凑到一块了，那就不能不珍惜，要是糟蹋了这缘分，那可就是罪过了。”说完一把将林不凡提了起来，看样子就要往二楼走。看着祁伟挪动了身躯，高尚诡异地笑道：

“我说请他过去，可没说请你过去，你可不要自作多情啊！”他陡然提高了嗓门，像是要让所有的人听见，“你可真是有兴致，居然找个叫花子来陪你一起共进晚餐，这种境界我可达不到。”说着拖着林不凡朝班上的同学走去。

林不凡使劲挣扎着，却发现高尚的手劲儿挺大，自己根本就不是他的对手。他看着班上的十几位同学，大部分都是已经将一只脚踏进了名牌高中的门槛里的家伙。他挣扎的动静越来越小了，因为这好像是他朝思暮想了几个月的时刻。他原以为在中考结束之前，自己都没有机会和他们平起平坐了，可是就在今天，就在现在，他居然实现了这个梦想。成绩无法带来平等，从前门进去这样的行为艺术也无法带来平等，可是被他们邀请参加生日宴会，难道这还不能证明他们是平等的吗？

他的眼睛注视着刺目的灯光以及人流的潮涌，

又变得湿润了起来，好像就要止不住地流泪了。他觉得自己上辈子可能是个女的，这辈子投错了胎，才有了这么多的眼泪。这已经是这个周末里，他第三次想要流泪了。

在上楼梯的时候，他忽然回头看了看祁伟和马超，他们一动不动地呆坐着，好像全身被电住了一般。林不凡看不清他们的表情，也看不清他们的神态，自然更想不到他们此刻心里在想些什么了。他很想过去和他们告别一下，可脚步仿佛不受控制似的，就是停不下来。他也不大愿意停下来，他害怕自己的脚步一旦停下来，就无法继续迈开了。他只能缓慢地跟着他们往前走，看着马超和祁伟离自己的视线越来越远，也越来越模糊，林不凡的心顿时变得无比的复杂。可是当他看见陈楠、张雅也在楼上时，他的心思已经逐渐远离了马超和祁伟，逐渐被簇拥的人群给冲散了。

参加宴会的人数不少，可是房间太小，装不下所有的人，于是有些人便站在了后边。当然这里边并不包括林不凡，他和陈楠、张雅坐在一起。宴会着实热闹，林不凡却提不起多少兴趣来。他想搭讪，可那些人似乎都没有看见自己，只得和旁边的陈楠说着一些打发时间的碎语。在凳子上干熬了一个多小时，林不凡多少显得有些倦意，他今天基本上大部分时间都待在外边，即使是周末，可在凳子上坐了整整一个下午，这和教室里遭受到的摧残本质上没有大的差别。陈楠看起来对这种宴会也没有多少兴趣，和张雅坐在那里。她本来就不苟言笑，在这儿无聊地打发着时间，她受到的摧残不比林不凡的少，林不凡遭受到的毕竟只是肉体上的。

生日宴会的主人就是张紫萱了，这是班上一名并不出众的女生。她模样一般，成绩更是一般，可这样的女生似乎更容易得到男生的喜欢，尤其是边上的高尚，近来和她走得很近，恨不得在她上厕所的时候，也在门外充当个“护花使者”。看起来他倒是挺有自知之明的，知道陈楠、张雅之类的都不大会看得上自己，便早早地将注意力转向了其他的女生。看起来他的把戏对付别人不行，对付像张紫萱这样娇滴滴的女生，还是足够应付了。这女的实在是不矜持，恨不得满世界炫耀自己的魅力。她让高尚往左，高尚绝对不会往右；她让高尚上天，高尚绝不会下地狱。看着班上这么多的“天子门生”都浪费时间来替自己捧场，心里还是挺得意的。其实这份得意不是她应该得到的，这次生日宴会，前前后后基本上都是高尚在忙活，和他私交甚好的杨君也帮了不少的忙。要不是他们一起说破了嘴皮子，别说十几个人了，恐怕连个人影都难以觅得。

蛋糕浪费得差不多了，菜也吃得不少了，桌子上杯盘狼藉。有几位拿出了自己提前准备好的生日

礼物，趁机向她大献殷勤，别人见此，也纷纷拿出了自己的礼物。陈楠也拿出了自己准备好的一份小礼品递了过去，高尚见她这般客气，显得很是受宠若惊，忙道：

“你就不用给了，你今天能来我已经很满足了，还哪敢接受你的礼物啊？”

站在一旁的紫萱听到了，显得很不乐意，用手指着他的鼻梁，道：

“今天是谁的生日啊！好像不是你的吧？这么自作多情干什么，脑子真是有病！”

她就这样当着众人的面指着他的鼻子，高尚的脸上明显挂不住了，他哪里受过这样的气啊，本来想驳回去，可是他没想到，接下来陈楠的一句话让他有了晕倒的感觉了。

“没关系，拿着吧，反正也不是我准备的，是我替林不凡准备的。”

高尚像是正在练功，突然走火入魔似的，他的脸一会儿紫一会儿绿的，但是他只能把所有的愤恨都深藏在心底，毕竟在这样的场合下暴露自己的本性，也的确不太合适。

林不凡倒是真有点出乎意料，他本来看见别人都在赠送着生日礼物，暗恨自己手上空空如也，还不知道该怎样处理这样的窘境呢，没想到陈楠会突然替他解围。也是因为陈楠的解围，现在这间屋子里的主人好像已经从张紫萱换成林不凡了。十几个人齐刷刷地看着他，搞得林不凡也有点尴尬，他不知道该怎样打破这种尴尬的气氛。不过有一点他很明确，他已经不能在这里接着待下去了，因为张紫萱和高尚的眼神恶狠狠地瞪着他，这可绝不是表示感谢的意思。林不凡正盘算着找个借口远离这种鬼地方，这时，陈楠的声音又划过上空，替他打破了良久的宁静：

“要不然你们接着玩吧，我、张雅还有林不凡都有事，就先走了。反正多我们三个不算多，少我们三个也不算少。”

她说着起了身，挽起林不凡的胳膊就往外走，张雅也跟在后边。只剩下房间里的人复杂的眼光。

难得脱离这种鬼地方，陈楠看起来也显得轻松了不少，几个人下了楼梯，准备再寻个会所去滑旱冰，林不凡虽然不会这种花活，可陈楠刚才替自己解了围，也不好驳她的面子。他到了酒楼的一层，无意间发现马超和祁伟还在那里。他想过去跟他们告个别，可是转过头看了看跟前的这两位，又放弃了打算，低着头出了酒楼。

站在大街上，林不凡看了下手表，时间刚过七点，眼前是夜市的景色，这家酒楼由于地处该区的中心地段，人流密集，人们口中呼出的气聚集到上空都可化成朵朵白云。估计是沾了这家酒楼的光

了，附近卖冰糖葫芦的，卖红薯的，生意红火的程度看着就让人眼馋。林不凡本来想着给她们俩弄点吃食，可女生们现在看见吃的就跟看见数学题一样，恨不得上前去拼命。林不凡拽着陈楠和张雅，直奔会所而去。

晚上九点，林不凡拖着疲惫的身躯终于回到了家中。知道儿子今天放纵了一天，林父林母也没说什么，俩人从沙发上起来要给儿子张罗饭。林不凡示意他们不用了，猛灌了一杯水就进了卧室。他本来想着陪她们的，可对滑旱冰这种事情实在是不感冒，就先溜了回来，习惯性地掏出手机，最先看见的是几个未接来电和一条信息。他查看了号码，发现是李娜打过来的，又看了一条短信，是祁伟发过来的，内容不算长：

“没事吧，到家给我发短信，要是打架的话，打电话给我。”

林不凡回复过去：“我没事，放心！”接着又拨通了李娜的号码，手机响了半天也没人接，他便挂断了电话。结果刚挂完电话，李娜便打过来了。

“不凡吗？我刚从客厅进来，今天给你打了一通电话，你怎么不接啊！”

“我……出去补课去了，手机在家里搁着充电呢……”

“哦，我没事，就是到周末了，本来想着叫你出去玩呢，没想到你还在忙着学习呢。行，我也该学了，不能被你落得太远啊。拜！”

林不凡不情愿地挂断了电话，本来想着再打过去，可忽然不知道该说些什么了，又断了念想。他猜自己也许只是想听着她的声音而已。

正在遐想之际，短信息回复了过来，依旧是不算长的几行字：

“没事就好，高尚这小子要是敢对你厉害，我保证不会放过他！”

林不凡将手机扔在了床上，自己靠在椅子上显得十分安逸。“有君如此，夫复何求哪……”他一边满足地说着一些不太符合逻辑的话，一边又想着自己太对不起他了。他在自己生活中的位置似乎越来越无足轻重，可是自己在他的心底，却依旧占有着如此显赫的地位。

“不管将来如何，刘关张一定不会背弃彼此！”林不凡鼓起拳头自言自语道。

在这样的时节里，初三年级的学生对于周而复始的生活已经很容易接受了，每周过得好像例行公事一般，一切都照旧，只有教室后边的黑板上的数字在逐渐递减，这也是他们唯一可以期待的事情了。班上有些喜欢搞恶作剧的，还曾经偷偷地将黑板上的数字乱改了一通，学生们初次看见了还会有

些错觉，等过了几分钟，他们的脑子便开始清醒，开始勇敢地面对这残酷的现实了。

学生来到学校的时间依旧很早，不过抄作业的现象却已经逐渐消失了，也许在这样离中考没有多少时日的光阴里，这样的行为已经没有了意义。现在的作业是做给自己看的，已经不是做给老师看的了。当课代表们把作业抱到办公室里，几周之内，作业本静静地待在那里，只有作业本上面的些许灰尘在悄悄地诉说着它仅存的价值。毕竟是要分别了，班上的气氛也越来越沉闷，几乎听不见什么声音了，只有一些铁杆球迷还在乐此不疲地谈论着欧洲的五大联赛，以及即将要到来的NBA季后赛。林一有时候会吼上几嗓子，让他们在下课之余出去转转，呼吸一下新鲜的空气。但是在这个时候，他的威望已经不像前些年那样明显了，学生们依旧低着头，在只有豆腐块大小的课桌上重复着单调枯燥的动作。有的想着以后的出路，想着和别人已经是一个天上一个地下了，也是在这个时候才会后悔平时没有好好听几节课，念几本书，也会在心里默默地流泪，觉得有点对不起老师，更对不起父母。也会对即将到来的而又不得不面对的现实做出一点无言的抗争。也有的家伙依旧会在课桌上画着自己暗恋着的她的名字，名字画了一遍又一遍，还是没有勇气去诉说情感，去向她表达自己内心的感受。他们还会在心里想着，只要在心里替她保留一个位置就可以了，甚至会天真地觉得这样的做法还是很高尚的。因此，看着自己的暗恋对象和别的男生在一起谈笑风生，喜笑颜开，自己心里像是有把刀子捅进似的，却还是用“没关系，反正算是我让给他的”这样的言语来聊以自慰。

林不凡自打进到了教室，刚开始并未觉得周围的一切有什么异样，和以前并没有什么区别。可是随着时钟的嘀嗒嘀嗒的声音划过，他觉得有些说不出的奇怪。看着周围的面孔突然对自己变得如此和善，殷勤了许多，他感到极为不适应。在不算短的时间内，林不凡已经习惯了他们的冷眉横眼，嬉笑谩骂，可是现在，他们的态度转变得如此之大，他觉得这里边肯定有猫腻，也许只是他们偶尔吃错药了吧。可是一连几天，他们都这样的慈眉善目，买早点的会替自己带一份，有什么吃食也会往林不凡的桌上放一大堆。久而久之，竟然连陈楠也会说出“我可真是沾了你的光了，我可从来没想过有一天能沾上你的光”这样的话，他开始静下心来接受了这个足以令他感慨一番的可喜的事实。他想，也许是自己的努力和执着造就了今天这样的结果。无论怎样，人在做天在看，这样的结果本来就应该属于自己的，只不过来得稍微晚了一些。这样想着，他也就更加心安理得地接受了别人给予自己的，有别于以前

的目光。林不凡很是感激他们,如果说成绩和生日宴会都无法证明自己的成功,那么现在,他可以自豪地在内心说出他的想法:“我终于和别人一样啦!”

他开始逐渐影响周围的人了。他学识广泛,虽然成绩不算出类拔萃,但是对于人文地理,以及其他国家的历史文化,他都有着自己独特的见解。王老已经离开了人世,他原以为伴随着他的离去,自己的学识再也无法和别人诉说了,他相信即便说了,也没有多少人会愿意倾听。但是现在,事实证明他的想法是错误的。沉寂已久的气氛终于被林不凡用他的个人魅力打破了,教室里也逐渐恢复了以往的生机。林一对此也表示赞许,只是他没有想到,这一切的变化居然是由林不凡所引起的。又过了一段时间,竟然连陈楠也开始倾听着他讲一些“废话”了。他终于实现了在转学之初想要达成的梦想,尽管这一路走来,自己付出了太多,可是现在看来,这些都是值得的了。

他的座位开始被挤得水泄不通,想要再伸进去一个脑袋都是不大容易的事了。林不凡很享受这种众星捧月的感觉,这是他一直就希望拥有的感觉。他并不贪心,只是想着能和别人一样平等就可以了。即便如此,这样的情况还是远远超出了他当初的期望,“这可真算作是额外的馈赠了。”

当他和别人谈论时事的时候,偶尔也会用余光看一眼祁伟和李娜，这大概是他为数不多的用心珍惜的人了。每次在课间谈得正欢的时候，看见祁伟落寞的眼神，林不凡都想终止谈话，去陪他坐一会儿。可是在拥挤的人群里，看着他们期待自己的眼神，他又很难放弃这种美好的感觉，这种感觉在祁伟和李娜那里，是不会感觉到的。他的心孤寂了太久，现在终于又热了起来，林不凡得让他的心接着热下去，而绝没有让它冷去、断送掉它的道理。他太需要这样的喧闹了，以前这种东西是奢侈品，自己触碰不到，现在终于可以触碰到了，他又想一直拥有它，即便睡觉的时候也要抱着它，一分一秒也不愿意割舍。

有的时候在课间，当他依旧卖弄自己的知识时，李娜会从旁边跑过来问自己一些问题，他便打算终止演讲，替她解答问题。可是当他准备好草稿纸，却被陈楠一把夺了去，“这道题我会，我替你帮她解答，你接着跟他们谈论斯大林格勒保卫战吧！”然后认真地算了起来。林不凡看着李娜，在这样人流嘈杂的环境下，他有些话想说也说不出，只能无言地看着她。

“你看陈楠啊，看林不凡干什么，他脸上又没写解答过程！像你这样的人物居然也会跑过来问题，真是难得！”他们鄙夷的眼神仍旧在继续，“不过嘛！即便你今年再努力，也不可能和我们一样的。你还

是现在准备回家,准备明年再重新来过吧!”

身边的人挖苦了一通,又催促着林不凡接着讲二战,可是林不凡的思绪早已从俄国飘到了自己深爱的人身上了。这种眼神和讽刺他体会过,而且肯定不止一次,也许是遭受过的次数太多,他都已经习以为常了。甚至每天如果听不见别人的奚落和嘲讽,他晚上睡觉的时候还会做噩梦,这大概算作是“体制化”吧。当然,这并不代表林不凡自甘堕落,而是一种自全之道罢了。可是他可以接受别人谩骂自己, 但是看见身边自己深爱的人遭受到这样的冷眼,尽管没有之前对自己来得那样犀利,他的内心反而感受到比以前更加难言的痛楚。看着气氛又压抑了,身边的人开始催促林不凡接着讲战事,他开始讲得不像以前那样犀利了, 甚至还会吞吞吐吐,好像忘记了自己接下来应该讲什么似的。看见他没了状态,周围的人也觉得有点索然无味了,便将目光暂时离开他,埋头各做各的事情了。

林不凡看见李娜憋屈地站在一旁,听着陈楠的讲解。她的天资并不像她的容貌那样出众,看得出来显然是一头雾水。林不凡看了那道题,想起来自己曾经好像做过一道类似的题,现在脑子里还有一些残留的印象,他刚想亲自上阵替她讲解,却听见陈楠突然放下笔,停止了演算。

“我讲的这已经是第三遍了, 我猜你应该会了吧。要是再不会的话，我可就真的没有办法了，这马上就要上课了……”

李娜无奈地拿着课本和草稿纸回到了座位上。

化学课下，林不凡见讲台上的老师一走，拿着笔径直走到李娜的桌前。只讲了一遍，李娜便全懂了，然后林不凡回到了座位上。

陈楠放下手中的课本，对林不凡说道：

“给你出一道选择题。我和李娜假使同时被丢到了荒岛上，你只能救一个人，你会救谁？”

“我不会游泳，要是真那样的话，肯定先得自保吧，然后再想办法救你俩。”

“要是你会游泳呢？只能救一个人的话？”她再次强调着。

林不凡要崩溃了，男人存在的价值难道仅仅是为了做这样的选择题吗？看着陈楠着急了，而且很明显要发作了，林不凡的心开始乱跳。

“要是我选错了……会有什么后果吗？”

陈楠的表情不再焦虑，变得坦然了很多。

“没有，你说吧。”

“那我就选……你吧。”林不凡回答道。

第十八章

林不凡以为陈楠问这样的问题纯属娱乐，因此也就半开玩笑地回复了一句，没想到女生对这种问题的答案特别重视，哪有用它来开玩笑的道理！陈楠看起来也以为林不凡的回答是认真的，终于在冷漠的眼神之外，嘴角透出一丝笑。她对林不凡说道：

“你这可就算是应允了，我希望你能够说话算数，不要言而无信。否则……你在我的心目中就完全没有形象了。”

看着她正经的口吻，林不凡开始意识到自己错误地把握了事情的发展进程。他正想开口，可是陈楠对他的了解远甚于旁人，看他的嘴角只是微微一动，她便已经知道他接下来要作怎样的解释，她是不会给他这样的辨别机会的。

“既然你已经答应了，我希望你和她的交往能够在规则和道德允许的范围之内，不要做出过于亲密的动作。要不然……我的心里会很不舒服。”

林不凡无言。刚才心里想好的话现在俨然已经失去了意义。他坐在那里看着陈楠，用一种乞求的眼神凝视着她，希望能够给自己一些额外的追寻真爱的权利。即使真爱寻觅不得，能够维持普通的朋友关系，对他来说已经很满足了。可是陈楠压根就不理睬自己。他在别人面前或许可以挺直了腰板说话，可是在陈楠面前，没办法，他只能用委婉的口吻和她交谈。陈楠的身上有一种独特的气质，这种气质是其他女生所不能比拟的，当然这种气质肯定不能算作是气场。也许在某种程度上，她就像是悬崖峭壁间的一朵雪莲，那样的洁白高贵，那样的咄咄逼人，以至于让大自然的其他生物心甘情愿地拜倒在她的魅力之下。林不凡在陈楠的面前，总是显得很是卑微；当然，或许不只是他，班上的其他男生在她的面前都会感觉到卑微。与他们相比，林不凡已经算是很幸运了，至少他可以每天随时随地地向她展现自己的卑微，这足以成为一件让其他男生嫉妒至极的事情。可是……林不凡很想发自肺腑地说一句：“个中滋味，又有谁能够体会呢？”

他坐在那里，静静地看着陈楠的一举一动。陈楠当然知道他在看什么，也知道他的心里在想些什么，却依旧不为所动，做着自己的套卷。林不凡眼角轻微一瞥，一个熟悉的身影映入眼帘：李娜又拿着习题过来了，而且是神采奕奕地过来了，不像林不凡当时从后排走到前排时那样的胆怯。

"你可要记着你刚才说过的话哦，不要让我失望。"

林不凡看见李娜朝自己走了过来，而且分明越来越近了。"又有道题不会了，这道题……"

"这道题我不会！"他感觉自己说话的语气有点太过强硬了，看着李娜委屈的眼神，他的心头涌出后悔之意，心里像是在滴血似的。他又极不自然地加上了一句："不好意思。"

俩人原本亲密无间的关系因为添加的这几个字，倒显得别有一番尴尬，言语中透露着生分。林不凡刚说出这几个字，便自知用错了词，却又不知道该怎样解释，索性低下了头。他觉得自己不算是个男人了！

"那……你会吗？我想了一节课，这题实在是……"

李娜居然又问了陈楠，这倒是让陈楠十分震惊。她满以为李娜是借着请教问题的说辞来靠近林不凡的，在她的眼中，满是对他的爱意。没想到她真的是为了请教问题，这倒是反衬出自己的小心眼和可悲的内心世界了。她望着李娜，看着眼前的这位“情敌”，说不出一句话，这是她第一次承认自己败给了对方。

于是，她第一次真诚地给她讲解了习题，这令她自己都感到不可思议。林不凡看着眼前的两位女生，仿佛就像是两个选项，在等着林不凡选择出一个正确的。这样的选择题对林不凡来讲，肯定不算是多选题，而且也没有对错之分。林不凡甚至已经预见到了，这一天迟早都会到来的。

讲完了题，李娜向陈楠真诚地表示了感谢，然后又向林不凡抛了一个含情脉脉的眼神，就回到了自己的座位去了。班上的焦点现在也是奇迹般地聚集在了林不凡附近的区域。他们都没有想到，李娜这种人物居然有一天会跑过来问题！而且更令他们感到诧异的是，给她讲题的人居然是陈楠！而且肯定不是应付差事的。在他们的印象里，这位仙女已经变得恃才傲物，仿佛不食人间烟火一般。他们都怀疑自己是神经错乱，眼睛里进沙子了！

李娜走后，陈楠一直无奈地摇着头，她很少在公共的场合做出一些过于明显的动作。她很想让林不凡说点什么，可这家伙居然开始低着头，做题去了！她不大好意思放下自己的身段，只得象征性地咳嗽两声，以便引起林不凡的注意。林不凡不是聋

子，自然听到了她的暗号，平时对她唯唯诺诺的林不凡现在没有任何反应，不过，这样的举动显然把陈楠给惹急了！

“跟你说话呢！现在倒是挺能装的啊，居然假装起好学生来了。那个……你刚才……说的话还算数不？”

她的语气由前半句的责问不觉间转向到了后半句的探问。林不凡知道她在问什么，不过他现在也学会装傻了，“算数？我刚才说什么了，就突然算数了？”

他转过头，假装无辜地看着陈楠，陈楠看着他无辜的眼神，忽然有种想要揍他的冲动，可是她还是强忍住了。

“我是说，你以后要少和她交往，最好不要让我看见你和她在教室里交往，要不然我的心里会很不舒服。听着，作为一个男生，你要学会的第一件事就是——专一！”

林不凡接着低头做他的事情了，“你这算是……命令我还是求我？”

陈楠呆住了。她想起以前的这个男生对自己是百依百顺，别说是他，就是班上的其他任何一个人，对自己，从来没有用今天这样的语气说过话。可是，就在这一刻，她忽然觉得自己是在乞求林不凡，她从来没有求过任何一个男生，可是今天，连她自己也不得不承认，她败给自己了。不知为何，看着林不凡和别的女生多说一句话，她的心里就会很不舒服，上课心不在焉，而且会觉得时间过得异常缓慢。

她叹了口气，声音低沉得大概只有她自己才能听见："就算是我求你了吧。"

林不凡第一次在和陈楠的交锋中占据了上风，可令他感到不解的是：此刻的他，完全没有一个胜利者应该有的感觉。看着她委屈的眼神，眼圈已经快要湿润了。

他停下了手中的笔，道："我很想答应你，我也知道，我应该答应你，可是……这对我来说并不太容易。你要知道，和某些人共处，共享乐很容易，共患难很难。可是我跟她在一起患过难了，我不想背弃她。因为我害怕背弃她了，我想迟早有一天……我也会背弃你的。"

两个人的交谈被上课铃声的打断，陷入了沉默。他们俩低着头做着卷子，但是很明显，两个人的心思并没有放在卷子上。林不凡偶尔会回头看看李娜，看着李娜用功的神情，林不凡仿佛看见了从前的自己，他的思绪已经飘到了几个月前的种种画面当中。陈楠看着他的一举一动，用胳膊肘提醒他，将他从梦境中拉回了现实。

中午回家时倒是碰见了胡凯，他们已经好长时间没在一起好好说过话了。林不凡用自行车捎他回

家，胡凯对林不凡如今的发展倒是很满意。

“你准备好考哪所高中了吗？我想要报考八中，离我们家挺近的。虽然八中的名声不像某些学校那样响亮，但是它的底蕴还是很深厚的。怎么样，要不然咱们一起考八中吧！”

林不凡道：“我还没想好呢，不过应该有可能去八中的。毕竟去八中的话，说不定会得到一些好处呢！”

胡凯立即表示赞许，道：“是啊，正所谓‘宁做鸡头，不做凤尾’，凭咱俩的实力，到了八中不还是明星人物嘛。要是到了一中、二中，那肯定就是‘泯然众人矣’了。”

林不凡听着胡凯的美好畅想，不禁有一点感慨，心想要是在几个月之前，哪还敢在这些名校中挑三拣四的。可是如今几个月过去了，他竟可以由“买方市场”变成“卖方市场”了。想到那些炼狱般的日子，林不凡不禁有些唏嘘。

“对了，我还有一个秘密没跟你说呢。”胡凯诡异地笑着说。

林不凡倒是很诧异，心想这小子和自己交往也没多少时日，怎么会有秘密？他突然产生一种很不好的感觉，很想拿块胶布把他的嘴粘住。他只得试探性地问道：

“秘密？什么秘密？”

胡凯露出一丝得意的神情，说：“我突然想起来了，你应该请我吃饭呢！你还记得吗？第一次月考的时候，我帮老师改化学卷子，还碰巧遇到你的试卷。你的化学卷子……”他故意留了一个充满悬念的结尾，好让林不凡可以去仔细回忆。其实他大可不必这样，这件事对林不凡来讲，大概是他最为敏感的事了，根本不用他如此大费周章。

“那个分数……你帮我改的？”林不凡问道。

“是啊！不是我还能是谁呢！我看见你的化学卷子答错了那么多，还以为你在考场上出什么事了呢，竟能发挥得如此失常。后来得知你的化学成绩……才知道这不是失常。”

胡凯只顾得自己侃侃而谈，根本没有看见林不凡的表情，也没有揣摩林不凡的心思。当他坐在车的后座上，看见林不凡的侧脸都要变绿了，这才明白自己说的话是如此不合时宜。他也觉得有些惭愧，忙帮林不凡打圆场。

“不过你化学烂成这样，居然还能进入二班的前十，也真算是个天才了！走，请我吃饭走！”

于是，林不凡掉转了车头，朝着新市区骑去。他的脸还没有缓过劲来，当然这和自己的敏感事件被捅破了没有多大的关联。即便如此，他还是很恨这个叫胡凯的家伙。如果当初自己不被他鄙夷，如果当初在天台上没有和他说出那番话，那么即便他如

今继续和垃圾桶做伴，即使自己现在还是个差生，恐怕也不会有那么多的烦恼了，说不定也不用做这么多的选择题了。

他们俩依旧去的平日里常去的那家餐厅，同样的位置，同样的菜，只是老板和服务生换了一茬，菜也做得没有以前那么可口了。即便如此，胡凯却还是吃得极为自在。林不凡真羡慕他，他自己就没有那么好的胃口了，林不凡不停地拨弄着筷子和餐具，是一点也吃不下去。

眼看胡凯吃得差不多了，撑得在椅子上直揉肚子。林不凡看着桌上的东西剩了一大堆，觉得扔了挺可惜的。他忽然想到了祁伟，那家伙的家就在附近，何不叫他出来说说话，吃顿饭？

林不凡掏出手机，准备拨通他的电话。胡凯见此，忙问："你在干吗？都要走了，还给谁打电话呢？"

林不凡淡淡地说："给我兄弟。"

"兄弟？是先前的那帮狐朋狗友……还是后边新结交的？"

"你刚才说什么？狐朋狗友？"林不凡突然停止了拨弄手机，双目灼灼地盯着胡凯，胡凯被他看得有点不好意思，慢慢地低下了头。林不凡突然变得谦和了，"是啊。狐朋狗友，可不是嘛。"

他既像是在和胡凯说话，又像是在自言自语。他将手机塞进了兜里，望着一桌子的剩菜发着呆。

“是啊，狐朋狗友，可不是嘛。你听说过一句话吗？叫……‘近朱者赤，近墨者黑’。你要是一直和他们待在一起，迟早也会沦落成那种货色的。相信我，这样做对你真的没有多少好处！”胡凯道。

林不凡擦了擦嘴，心里想：“是啊，‘近朱者赤，近墨者黑’。旁人看我，还不知道是什么德行呢！我现在好不容易混到了这一步，说话的人也换了一拨，绝不能再倒退到以前的地步，那样的话，我就真的是不思进取，自甘堕落了！”

胡凯看见林不凡开始迟疑，忙道：“所以呢……我给你一个建议，以后最好不要再和后三排的交往。那样的话，会降低你的身份。”

“后三排？身份？我当初不就坐在后三排吗，还是最后一排，你怎么就看上和我交往了呢？”

“我要不是当时看你这根苗子不错，哪会和你交往啊！你以为每个人都像我一般善良？你太高估这个世界了吧。”

林不凡再也忍不住了，拍了一张五十块钱的钞票，对胡凯说道：

“不好意思，今天中午我有事，你……自己回家吧！”说完出了门，取了车子，疾驶而去。

坐在桌前的胡凯看着桌上的纸钞，又看了眼林不凡远去的背影，冷笑着说：

“老板！结账！”

林不凡始终没有放慢车速，迎面掠过的寒风吹得他的脸生疼，好像用刀子在脸上划过一般，他顾不得理会。风吹得他眼睛也不大能睁开了，他便靠着眼睛里的余光看着路面，靠着平时的感觉继续疾驶着。他像是一个乞丐，有一天买彩票中了巨奖，成为了众人都钦羡不已的暴发户。可令他感到苦涩和无奈的是，他全然没有一点暴发户应该有的幸福的感觉。

他正在那里骑着，小区的楼房的轮廓已经大抵可以看见，他听见手机响个不停。他不耐烦地摘下手套，掏出手机，接通了电话。

“谁呀！”

“是我……你回家了吗？要是没有回家的话，咱俩去吃饭吧兄弟？我请客！”电话那头的祁伟道。

手机这头的林不凡此刻不知道该说些什么了，眼泪夹杂着雪花，就落到了羽绒服上。

“对不起，兄弟……对不起……”他突然挂断了手机。祁伟不清楚刚才发生了什么状况，仍旧一头雾水。但是他没再拨过去，他们彼此之间，太了解对方了……

林不凡依靠在自行车的把头上，低声哭了起来，世界突然变得很静……

第十九章

看起来，以前的“群雄逐鹿”已经要逐渐演变成现在的“双龙会”了。

这样的发展情况既可以说是意料之外，也可以说是意料之中。那些前段时间还在为了“年级主任”一职到处演说到处奔波的人，现在都已经傻了眼了。他们前一天还保持着乐观的态度，觉得自己还有个念想，即便浪费了自己半年的薪水，或者浪费了自己将要买房的部分首付，他们也不会心疼一下，毕竟“舍不得孩子套不着狼”。可是，当他们参加了初三年级的师生学末总结大会以后，恨不得把自己送给别人的名贵茶叶再拿回来，当然这种事是有

伤自尊的。可是，他们还是觉得很愤慨，于是便用那句“去他娘的！玩老子啊！”作为结束语。说出这话的时候至少证明了一点：他们承认自己被玩了。

不在这群“吐槽族”里的大概只有林一、宁东，以及极少数的那些看透红尘，对当官已经失去兴趣的人了。舆论普遍认为，林一在这场没有硝烟的战争中已经占据了制高点了。学末的师生总结大会上，校董事会专门提到了这几个名字，并声称他们就是本年度年级主任的候选代表。当董事会代表念到“林一”的名字时，“一”字拖得特别长，至少在两秒以上。不少深谙官场规则的人都认为：这是一个很明显的暗示，而且都认为这种暗示是很有科学依据的。于是，他们便决心要将以前失去的东西，在林一的身上给补回来。林一的饭局还是呈逐渐增多的趋势发展的，有些可以推辞，有的就不得不屈尊前往了，后来，他想要推掉一个饭局都是不大可能的了。那些平日见面无数，都没打过几次招呼的同事现在分明变得特别热情，都亲自到林一所在的办公室前去请他，惹得办公室的旁人特别羡慕，心想这些墙头草也倒得太快了吧！想他们在这所学校都多少年了，也没见过有人请他们吃顿饭。真要是请的话，就是吃豆腐青菜也行呀。

宁东看着眼前发生的一切，心里更是窝火得不行，当然，他是不大对那些“豆腐青菜”感兴趣的。但是，看这种情况迅速蔓延，对自己的前途是极为不利的。失去了人和，即便占据了天时和地利，也是没有多大用处的，他又不能像这些人一样去大把地请客吃饭，他为这个职位耗费掉的钱财已经够他心疼几个月了。更何况，在餐桌前，人和人的交情就像餐桌上摆放的那些东西一样的物质，鸡鸭鱼肉能够堵住他们嘴的保质期，最多不会超过三天的。宁东看着林一的故作谦辞，心里极为不屑，但是不屑解决不了任何实际问题，他还是得另寻出路。

他的想法是：到时候，年级主任的评选为了实现最大的民主化、公平化，采取的是不记名投票的方式，因此，要想实现自己最初的目标，方法无疑很简单，只要搞定这些投票的人就行了。只是，搞定他们对自己来说，说容易也容易，说难也难。这些大人物岂是靠自己这点本事就可以搞定的？

他思考了良久，仍然没有想出比较好的对策，能够让自己在这次无声的战争中占据最高点，取得最后的胜利。不过，林一倒是看起来一点也不着急。宁东没注意到大多数人都发现了的“秘密”，只是每天看着林一的淡定，心里更加不安，心想这小子肯定在搞什么暗箱操作呢。

林一并没有揣度到宁东的想法，事实上，他现在也没有多少心思去关注他了。他现在采取的策略基本上就是“以我为主”，“敌不动我不动”。更何况

按照目前事情发展的进程判断，这大概是最好的办法了。就算最后的“主任”当不成，他也绝不会自绝于人世。办公室里目前的焦点基本上就是这“双龙”了，他们俩即便放个屁，办公室的其他人也要上前去闻一闻，揣测一下这里边到底有什么“圣意”，或者是搜集一些对自己前途有利的情报。

两个人的明争暗斗就这样进行着，由于学末的全校范围内的“年终总结大会”在逐步临近，“年级主任”的评选马上就要被提上议程，他们现在都夹紧了尾巴做人，都害怕自己无意间露出的破绽会成为对方的利器，直接插入自己的心脏。他们对班上的事物也重新开始关注了起来，即便随着中考的日期临近，已经没有多少活动让他们去关注了。课间操停做了，体育课也不用上了，各种实验课、社团也都已经对初三的学生们关闭了，但他们还是无法放心，或者说割舍不下。

距离中考不足一个月了，班上的情况也是可以大致预判了。像陈楠、张雅这些顶尖的学生，顶级名校的大门已经为她们敞开了，她们现在需要做的事情，也只是例行公事般地打发掉这几十天的时光，然后从考场进去，再从考场出来，一切便可尘埃落定了。接下来的十位左右的学生，大概是可以混个名校上了，即便一中是没有多大希望了，但是像二中、八中这些学校，口碑倒也不算太差。剩下的二十位学生们，这段时间要是能继续努把力，好歹也会有学校接纳他们的。至于再剩下的……大概是没有多少希望了，只能等到明年重新来过了。看着那些明知自己考不上高中的孩子们，现在学得比谁都刻苦，林一的心里还是止不住地滴血，“唉，早知今日，何必当初啊。”

不过，他心里一边惋惜，一边倒是在庆幸，庆幸这帮家伙们到现在还没有放弃。照这样的情况发展下去的话，他们班的均分估计还可以再往上提提，这和业绩考核还是挂钩的。看着宁东班上的那群垫底的家伙现在还在放纵，林一的心情还是不错的，如果不出所料，自己的优势已经是很明显了。

只是，他似乎乐观得早了一点，至少现在看来如此。

教育厅向学校通报了一条新规，今年的中考将有别于以往的中考模式，将新增实验和体育的分数，将其按照一定比例划入整体的成绩之列。据说这种措施的制定是为了预防学生们过分地注重分数，而忽视了对其他方面的培养。消息一传出，上至学校领导，下至老师学生，无不哗然四起，骂声有之，吐槽有之，但是这些新规还是无法阻止校方挽回声誉，立刻采取补救措施的决心。正所谓“上有政策，下有对策”，学校即刻通知，全校的初三年级，所

有班级的实验课重新开放,体育课亦是如此,课上不干别的,专门对和中考有关的项目进行特训。体育课上,花费全部的时间练习立定跳远,男生的一千米和女生的八百米,以及肺活量之类的。这帮学生平日的体育课也没怎么好好上过,现在却又突然加大了运动量,身体自然不大能吃得消。学生中间怨声四起,但是他们处于学校内的最低级群体,抱怨也许是他们唯一能做的事情了。该抱怨就抱怨,抱怨完了以后还得接着流汗。操场上新铺的草坪已经被磨得看不见一片完整的绿色了,再加上恶劣的天气,体育课的质量自然不言而喻。第一次学校统测之后,学生中间竟有大部分都不及格!这无疑是一个极为危险的信号,如果事态照这样发展下去的话,学生的成绩会普遍呈大幅度下滑的趋势,学校的声誉自然也会因此受到最大的牵连。

“这样下去不是办法,非得下剂猛药才行!”于是学校新颁布了一条规定:所有的初三年级的学生到校时间提前四十分钟,参加“强身健体学末动员大会”,这项活动旨在强健学生体魄,让学生们健健康康进来,完完整整出去。这项活动的实质就是跑步,跑步,再跑步。男生限时十五分钟,女生限时二十分钟。跑步的路程经学校的西门,然后依次穿过宁锦中路,经过建材城,再绕过民生花园,最后穿过长城路,然后回到学校的正门。路程初步估计大概五千米左右。校方还明确规定,倘若有人三次或三次以上没有限时跑完,将会受到一些惩处。

于是,从这以后,十四中学的学生们每天天还不亮就黑压压的一片,拖着沉重的步伐去践行这项所谓的“强身健体学末动员大会”。还未跑完一半的路程,已有大半的学生们成片成片地倒下去了。当然,他们倒真不至于躺在公路旁边,而是成群结队地坐在公路旁边,大口大口地喘着气。远远望去,像是去讨要薪水的农民工在公司前边聚众闹事的情形。在老师们赶羊般催促着学生们快跑的情况下,学生们才极不情愿地站起来重新再跑。看着他们慢悠悠的样子,肯定会超出预计时间,林一便在一旁骑着车子,用喇叭大喊一声:“赶紧加速,已经用掉十几分钟的时间啦!”

学生们这才顾不得劳累,加速向终点冲去。最终的结果是:男生有两位未能达标,女生则全部达标。

那两人受到什么处分,至今尚无人知晓,不过这活动开展了几天,倒是真出现了不少问题。首先是请假人数逐渐增多;更重要的是,有着相当一部分的学生嫌路程太远,直接从郊区的一大片麦田里穿过,将田里的庄稼踩得就像是林一写的字一般——横七竖八,使得郊区的老农民们极为愤慨,最后闹到了学校,非得让学校给个说法。

对于这些问题,解决的方法也是有的。关于学生请假人数逐渐增多的问题,只需要用一种策略就可以解决,那就是将学生请假人数的多少和班主任的绩效挂钩,剩下的一大堆杂事,只要全扔给班主任就行了。问题解决好了是学校的功劳,解决不好是老师们的责任,学校也不会吃多大的亏。可是第二条就不大容易办到了,到学校的农民们已经明确告知了学校:今后如再有此类的情况发生,就把十四中学告上法庭!

校方是不大相信十几个农民就可以告倒一所学校的,不过,万一因此惹急了他们,没堵住他们的嘴,对学校的声誉也多少会带来一些负面的影响,尤其现在正处在一个敏感阶段,教育厅、家长们的眼睛都死死地盯着学校,因此,现在绝不能出现一丁点问题。

学校最终应付这件事的办法是:将损失的谷物按照市场价进行赔偿,并且还额外付给他们一笔费用,来堵住他们的嘴。但是这笔钱只能解决一小部分的事情,如果以后还有学生踩踏麦田的话,那又该怎么办呢?校方痛恨这帮小家伙,学校辛苦培养出来的孩子如今竟然这般不懂事,给学校惹了这么大的麻烦。其实他们大可不必恼怒,这帮孩子们的所作所为都是学校亲手培养出来的。因为学校只是教给了他们"两点之间线段最短"的真理,并没有教给他们道德。或许他们应该感到庆幸,因为自己亲手教出来的孩子们,终于学会了将课本上的知识运用到生活中。

校方在痛定思痛以后，很快就想出了对策,让学生们再无可能踩踏麦田的对策。校方因此又设计了一条线路,路程大概也是五千米左右。

这样的对策很快就显示出了它好的一面,请假的学生几乎没有了,踩踏麦田的现象自然也不再有了,也没有人再来闹事。学生们经过一周时间的适应，现在大多数已经对这段路程不会感到畏惧了。据校方以及学校体育教研部的老师们的探讨,如果能按照这样的方式接着练下去,学生们体育成绩达标的愿望似乎是可以实现了的。不过,还有另外一条至关重要的内容,本学年的中考对学生们的口语以及各种实验能力均有着相当程度的要求。十四中学的英语水平在同类学校中还是相当不错的(这样的结论来源于几所学校统考的成绩单)，但是这绝不代表他们的口语也相当了得。每次上英语课的时候，总会看见只有讲台上的老师在那里“独自战斗”,讲台下的学生们都充当着看客和听客的角色,而且充当着这样的角色，他们自我感觉也是十分好,胜任得非常出色。去年学校举办了一次全校英语口语能力竞赛,最后获得一等奖的同学,口语说得令老师和领导们都感觉无奈，令他们啼笑皆非。

老师们到别的学校听课,觉得那些学生们的口语说得比汉语还好,一个个都是演讲家的派头;再看看自家的,着实令人无语……

“既然走到今天这一步了,绝不能因为几句口语而影响到学校的升学率!”这是校方在会议上最为强调的言辞,它表达了他们想要改善学生们口语的顽强决心!

口号喊得很是响亮,但是只有在具体实施的时候才能体会到它的苍白和空洞。学校搞了一些英语口语培训班,暂时只针对初三年级即将要参加考试的学生,但是每个班参加的人数实在是寥寥无几,用一只手就可以数得清。校方对这种结果表示了强烈的不满,普遍认为初三年级的老师们太不尽职尽责,没有尽到老师和班主任的本分,并对他们提出了批评。校方还说了:

“现在的批评只限于会议室,领导和老师之间,要是几天之后这种情况依旧没有改观的话,批评声就会出现在学校公示栏的红榜上了。”

于是,重复了很多次的程序依旧进行着,并且结果的显现也是值得肯定的。老师们在最后一次班会上,又一次强调了事态的严重性,纷纷告知各位学生,这一活动是强制性的,是和中考的成绩挂钩的。于是,培训班里的座位第一次出现了不够的状况,而且室内的温度明显偏低,学校经济实力有限,各种供暖的设施自然是没有了。这对大部分学生的睡眠质量构成了严重的威胁。

这样的培训班开设了一周有余，但是效果着实不明显。校方“微服私访”的几位领导逮到了几位不走运的学生，学生们睁开蒙眬的睡眼，一脸无辜地望着领导。

“老师，不能全怪我们啊，我们也不想睡啊！可讲台上的老师口语说得太差，并不见得高明，我们要是每天都认真地听他在上面讲课，那我们就全都得误入歧途啊……”

校领导转身问别的学生，他们都纷纷响应这种说法。校领导自然不会相信他们的众口一词，坐在最后一排的位置上听老师讲着口语。还没听完半个小时，他几乎也要睡着了。他挪动了一下自己的身体，起身背着手，无奈地叹了口气，就弯着腰出去了。

现在要调换老师也是不太现实的，因为讲台上的这位在十四中学的英语教学领域已经是“国宝级”的权威人物了，要是调换他，无疑会触及很多人的利益，也会使舆论迅速蔓延开来。

培训班的计划实施了两周，便正式遭到了废除。学生们对这种结果还不是很满意，这也勿怪他们，离中考已经剩下不多的时日了，现在又荒废了两周的时间去参加了这么一个毫无意义的培训班。不过即便他们再刻苦，校方的疑虑仍旧没有消失，

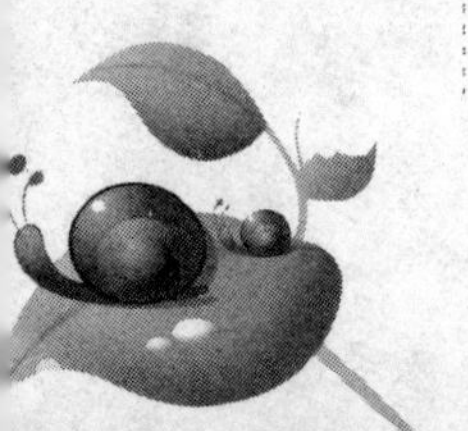

短时间内也不可能消失。看着学生们对口语的冷淡和漠视，校方觉得他们的前途已经不再像以前预计的那样一路坦荡了。

最终，十四中学在本年度的中考进行过后得出了数据，学生们的口语平均分基本上接近了满分。舆论在老师和学生中间一直流传着，但是并没有得到令人信服的结论，比较权威的说法是：校方利用了一些规则的漏洞，最终达成了这样令人满意的效果。但是校方对此表示强烈不满，要求禁止散布相关的谣传，并对这一结论予以坚决否认。这是后话。

林不凡和另外的上百名学生一样，一方面在期待着中考的临近，那样就可以解脱了；当然，他也在惧怕中考的到来，因为他清楚地知道，伴随着中考的临近和结束，自己肯定会丢失一些东西。至少目前，他是这样认为的。

一日，林不凡在卧室里温习，林父把他叫到了书房，问他是愿意在这里参加中考，还是希望回到老家去参加中考。林父明确告诉了他，如果在这里考试，林不凡考上二中或者八中是没有多大问题的，但是要想进入一中，基本上没有多大的希望。而且在这里参加中考，不仅得不到多少好处，可能还得让林父到处奔波，四处使钞票；如果他愿意回到老家去参加中考，物质方面的好处自不必说，还可能因为一些优惠的政策，让他有机会到一中学习。

林不凡眼下还难以抉择。回去的冲动并不那么强烈，他离开了那里太久，早已经忘记了那里是什么样子。他更是不贪图这些物质方面的东西，因为他眼下不缺这些东西。至于去一中学习的诱惑，对别人来说，可能会令他们感到血脉贲张，让他们无法拒绝，但是林不凡却对此毫不动心。理由很简单：他在某些地方会是红人，到了别的地方便会成了无人知晓的角落，一丝阳光也不会照到那里的角落。他被别人嘲讽、戏谑的日子已经经历了太多，现在不想再经历一次，那对他来说太残酷了。那种滋味他不愿意去回味，只要一想起那种日子，他死的心都有！

“我想，我这应该算是‘宁做鸡头不做凤尾’吧。”

“意思是……你想在这里考试？”林父似乎已经预料到儿子会有这种回答，但心底里仍有些不甘心和不可理解。

“没错，我就想在这里参加考试。我是从这里开始的，也想要在这里结束。”

林父看着儿子无比坚毅的目光，叹了口气，道：

“你还是再想想吧，想好了再告诉我。老家方面并不着急要结果，你可以再想个几天，到时候你要还是这种想法，老爸……不会再勉强你的。”

林不凡本来想说：“不用等了，这就是我最终的答复。”可是当他看见林父说完这句话，便示意让自

己先出去，自己闭着眼先休息去了，看起来是累了。

眼下，林不凡是自私的，他只顾着自己的想法，还不知道父亲在外边替自己奔波，遭受到的嗤笑和嘲讽，看过别人的脸色，远不比自己少。没办法，只有像牲口一样地活下去，才会在城市里有自己的一席之地。

林不凡不再想这个问题了，他也不大用得着想。他无法割舍这里的朋友，挚爱，以及自己千辛万苦才赢得的荣光。他耗费了很多时间和努力，才赢得了这一切，过程的艰辛，愈发让他觉得这种结果的可贵和不易，并且应该对此细细品味，好好珍惜。他躺在床上，体会着周末难得的放松。多少天了，他的神经已经像弹簧一样紧绷着，如今只是放松一下，内心里却已经充满了愧疚和不安。

他拿着手机，翻阅以前和李娜、祁伟、马超发过的信息，嘴角露出了会心的微笑。每一句话，甚至每一个标点符号，他都看了一遍又一遍，脑子里回想着的全是这一年来发生的点点滴滴。他感到庆幸，庆幸自己来到了这里。如果不是在这里的话，他可能无法体会到，被别人理解和尊重的感觉会是如此的美妙。他又想起自己为了这样一个简单的结果，得到了什么，失去了什么。想着想着，眼眶里早已滑出的泪水和仅存的微笑缓缓地交融在了一起……

第二十章

教室后边黑板上的标语还在，只是随着时间的推移，上面的痕迹已经越来越模糊了。即使如此，那个数字却和刚开始的时候一样的显眼，让每个进到班里的同学，都不可避免地感受到一种紧张的气氛和一股无形的压力。有些同学在走廊间还在放肆地笑着，进了班里，看到黑板上的数字，便自觉停止了闲聊，觉得自己刚才说过的废话，在这组数字的映衬下，显得很是荒诞。教室也终于不再是可有可无的场所了，持续了好一阵子的晨跑现在已经取消了。校方还贴出一张公告：所有的初三学生从即日起，可以选择在家学习。这是他们应得的权利，这样

的权利在初一初二的学弟学妹们看来，实在是一件足够令人羡慕的事情了。可是，其中的滋味……恐怕只有经历过的人才能体会得到吧。

告示贴出好多天了，教室里和以前相比仍旧没有多大的差别，唯一的变化大概算是每个班的最后几排出现了一些零零散散的空座。这是可以理解的现象，他们的前途是已经被注定了的，因此，他们走的时候不带一丝的犹豫。他们在这样的位置上坐了几年的时间了，已经坐够了，桌子上开始有少许的尘土出现，诉说着过往的光阴的故事。桌框里还残留着几张空白的同学录，即便收到了很多的同学录，他们也没有填写一张。在他们看来，即便自己用心去写，甚至用自己的血滴成每一行字，也不会换回一个值得回忆的美好的结局。有些东西，太久了没有珍惜，等到失去的时候，也没有必要装作挽留的样子。

林不凡照旧来到自己的座位前，他只顾低着头戴着耳机听着音乐，全然不知在这间教室里发生了什么。他一坐下，很多人便簇拥在他跟前，和他聊天。他对此感到可笑，都马上要进考场了，还需要知道那么多的课外知识吗？心里只是这样想着，他还是感到很知足的。在即将分别的时候，还能看见他们的目光，自己拥有的东西已经足够多了。他和跟前的几个人讲着话，正说着，忽然觉得教室后边传来了打闹的声音。林不凡的心头一冷,突然有了不好的感觉。他回头看了一眼,看见李娜和祁伟都不在座位上。

“他们应该来的啊,要是不来的话肯定会告诉我的,我没有不知道的道理啊。”

林不凡看了一眼一旁的陈楠,依旧是两耳不闻窗外事的样子,做着那无聊的卷子。

“后边怎么了？他们在干吗呢？”

“我不知道,以前班上一直在丢东西,听说咱们班的男生查出来了,现在他们逮到了这个贼,正在后边做他们应该做的事情。”

“小偷？是谁？”

陈楠放下了手中的笔,看着他,笑着说:

“你的兄弟,除了他……你认为还应该有谁？”

“谁跟你说他是小偷？这怎么可能！”林不凡不相信她所说的话,第一次在班里公然咆哮着,周围的人看着他的举动,都像看怪物似的。

“你吼我干吗呀！自己交错了朋友,跟我有什么关系！”陈楠也是第一次这么失态。

林不凡克制了一下自己,轻轻说:“我求你告诉我,这事是谁说的？”

“是杨君和高尚他们,他们说亲眼目睹他在偷东西。”

“他们的话你怎么能相信？”

“不是我相不相信，是班上同学相不相信的问题。现在他已经引起公愤了,正在后边挨揍呢。”

林不凡再也不允许自己无动于衷了,他不能眼睁睁地看着祁伟挨揍。他从凳子上跳了起来,将耳机扔在桌上,叫陈楠给他让条道。

“我希望你不要出去,不要助纣为虐。”陈楠做着卷子,冷冷地说道。

“你让不让,你要是再不让开,我就从桌子上跳出去了！”林不凡有点抓狂。听着祁伟的惨叫,他的耐心已经要到达极限了！

“我想告诉你,如果你救了他一个人,你就会失去这里所有的人。”她说话的语气已经变得很是平和，而且知趣地站了起来，为林不凡让开一条道，“请吧,你不是要出去吗？”

林不凡看着眼前的这条窄道,想要出去,却发现突然挪不动步子了。然后他眼睁睁地看着陈楠坐下,“这就对了,为了那样的人渣,不值得。”

“是啊,他是什么人,咱们是什么人,可不能不分清身份啊！”周围的同学开始替林不凡高唱赞歌,仿佛他作了一个无比英明的决定,拯救了地球似的。

“别管他了,咱们接着聊战事吧！”身旁的人开始围着他,林不凡坐在那里,书包还没有从身上拿下来。他听见李娜在教室后面大叫：

“林不凡,快来呀……快来呀……”

听着李娜撕心裂肺的叫声，林不凡哭了。手捏作拳头状，毛孔张开，身上的汗毛全都竖起来了。

林不凡就这样熬过了他人生中最为漫长的十几分钟，然后听见后边的动静越来越小，一直到……没有了声音。

他不敢回头看，任凭自己的眼泪肆意地流淌，已经顾不得丢不丢人。班上的男生好像攻占了碉堡似的，每个人都十分满足地坐在座位上，和邻桌谈论着自己的丰功伟绩。

林不凡没有回头，却看到了祁伟满头是血，鼻梁上，嘴角边全是血。他看着祁伟艰难地从地上爬了起来，然后像被人捅了几刀子的牲口一般，回到了座位上。脸色异常难看，全然没有表情，也许有表情，只是被鲜红的血液挡住了。

"林不凡！"他听见了有人在叫他。他转过头，巴掌掴在了他的脸上，是李娜。

"我错看了你，林不凡，你还好意思流泪？你知不知道，你流的是泪，他流的是血！你流的是无色透明的，他流的是红色黏稠的！"说完愤愤而去。

林不凡脑子一片空白，呆呆地坐在那里，半个小时后才敢回头。祁伟和李娜都已经不在了。

他完全顾不得了，只是放声大哭，哭得一塌糊涂。身边没有人安慰他，周围的世界寂静得可怕。林不凡号啕了很长时间，感觉到了陈楠的气息。她抚

摸着林不凡的后背，轻声地说：

“不要哭了，不要哭了，没什么可哭的。”

她身上有着母性的力量，足可以消除男人身上的每一寸伤口——这是在平时。现在，她的言语消散在林不凡的哭声中，感觉不到一丝分量。林不凡哭够了，汗毛也重新依偎在了皮肤表面，这一次，他从背上放下书包，拿出卷子。

他不敢打电话给祁伟，他不知道祁伟还有没有力气接电话，或者听见电话，是否还能分辨出他的声音？他不敢奢求。他给李娜发了一条信息，询问他的状况。短信发出去了，林不凡像个信徒似的等着短信的到来，却始终没有回音。

“大概不会再有回复了吧？”他像是在问别人，又像是在问自己。

教室里只是缺了两个人的身影而已，但是林不凡却觉得整间教室都没了人影。所有的人都做着自己的事情，林不凡也不需要再卖弄自己那点仅存的课外知识了，因为已经没有人围绕在他的身边，和他为了某一个话题争论了。他的卷子放在课桌上，笔也放在上边。整整一天，他都没有在卷子上留下一丁点痕迹。

他的存在完全没有了意义，像是一具尸体在凳子上坐着。他脑子里不再想任何事，只要一想就会头痛。别人也不再和自己说话，除了陈楠，实际上在班里也没再出过什么声音。林不凡开始觉得现在的境遇已经不是自己所能预料的了,他也是从现在起才开始发现,这间教室对他而言,少了这两个人以后,再没有任何意义了。即使现在有她的存在,他或许应该感到幸运,自己现在还拥有着足以令所有人都羡慕的陈楠,可是在她的身上已经没有了值得他骄傲的理由,也全然没有了幸福的感觉。林不凡忽然想到自己是如此的可笑,当初追寻了那么久的所谓的初恋,如今会是这般的廉价。看似美好的结局也不是自己想要的了,那么他究竟在追寻什么东西呢?这个答案他目前还无从知晓。

当晚回到家,吃完饭回到卧室,习惯性地捡起手机,一条新信息!他在心里默念着:“希望是她,一定是她……”

他哆嗦地打开短信,内容不算短:“他还好,他让你不要再挂念他。另外,你也不要再挂念我,再见。”

林不凡脑子发晕,刚才吃的东西似乎要吐出来了。他抿了一口水,并不甘心如此,忙着回短信:

“再给我一个机会,再给一个,一个就好……原谅我……”

很短的时间内,短信就过来了:

“你今天对他这样,迟早也会对我这样的。他的今天就是我的明天。祝你一切安好,不要再发短信

了，也不要再给我打电话了，我不会接的。林不凡，我希望在和你分手之前，还能让我看见一点你以前的优点。所以，请你自重。”

林不凡看着短信，一下子靠在椅子上！

“完了……完了……”他止不住地重复着这两个字，并没有流泪。他的眼泪早已经流尽了，现在流的泪水已经再没有人看了。这样的路是他自己走的，怪不得别人，并没有人推着他往前走。

他止不住地笑，笑自己现在终于清静了，也清醒了。终于明白自己得到了什么，失去了什么。他的笑容渐渐变得荒诞，也越来越放肆，终于惊动了林母。

“儿子，你怎么了？开门哪！”

他从椅子上站了起来，把手机扔在了床上。打开了门，朝着书房径直走去，林父就在里边。

“爸，给老家的学校说一下吧。就说……我愿意回去。”

“为什么？”林父一脸的诧异。

“因为，我想从哪里开始，就从哪里结束……真正意义上的结束。”林不凡道，“我失去了太多，但是我现在清醒了。我要回去，把我失去的东西补回来——尽量补回来一部分，我还想要重新开始。”说完就回到了自己的房间里。

“明天，将是我在这里的最后一天。”他在心里对自己说。

第二天早晨。

林不凡像往常一样洗漱、穿衣、出门取车，然后去学校。想着自己终于要离开这个地方了，他内心里反而充满了平静，就好像一个被囚禁多年的罪犯，终于等来了刑满释放的那一天。

他不需要做任何手续，悄悄地来，默默地离去就可以了。他低调了这么长的时间，终究不适合高调。他已经没有什么可失去的了，即便他本来就没有拥有多少东西。到了学校，穿过走廊，他特意从后门走了进去，看着黑板上的标语写着：

“距离中考还有十天。”

林不凡知道，其实已经没有十天了，这是前两天的数字，因为已经没有多少人再关注它了，也就没人再改动那个数字了。

林不凡穿过教室的过道，坐到了自己的座位上。当初跨越这几步如此的艰难，现在跨过来竟是如此的轻松，他反倒有一点不大自在了。他看着陈楠，依旧是那样的容貌，那样的举止，还有那依旧挂在嘴边的浅浅的微笑。没有人再和自己说话了，他也不介意，现在突然变得不知是懒了还是厌了，连多说一句话、一个字都是这样艰难。

“今天下午，你等所有人都走了以后再走。我有

东西要给你。”林不凡对陈楠说道。

“什么东西，不如你现在就给我吧，晚上我不能回家太晚。”

“还是到时候再给你吧，现在还不是时候。”

陈楠见此，也不再多言，接着看公式册子去了。林不凡做了几张理化的卷子，好长时间没认真做过试卷了，现在再提起笔来，显得有一点生疏。不过，这正是林不凡想要的效果，因为这样，他还能感觉时间过得慢一点。他现在感知着这里的一切，并不需要带走它们，只是希望可以在脑海中残留一些有别于以往的东西。

时钟无情地指向了六点，所有人都走了，夜幕开始降临，外面变得渐渐昏黑。昡晕的灯光照耀下的教室，只剩下他们两人了。

“你想要给我什么东西？”

林不凡从裤兜里掏出一张纸条，用胶带缠了一圈。

“回家后再打开。”

看着陈楠不解的样子，林不凡笑着对她说：“快回家吧，我知道你每天晚上都要补课，祝你……中考胜利。”

陈楠看着他，显得极为茫然，半开玩笑地说了句：“你有病啊！”

“以前有,但是现在……已经好了。”

就这样分别了，林不凡已经做好了分别的准备,却没想到这一刻来临的时候,自己的心理防线远远没有想象中的那样坚固。他极速穿过教室,站在走廊上,看着陈楠远去的背影,脖子伸得老长,好让她的视线能在自己的眼中存留得更久一些。

他回到教室，在以前的座位上坐了十几分钟。关掉门窗和灯,收拾了一下准备离开这里。

他给陈楠的纸条上写着:“明天我就要走了,也许我们以后再没有见面的机会了。忘掉我吧,我不值得你这样。谢谢你在我最困难的日子里给了我这么多美好的东西。”

林不凡在柔弱的灯光下，低着头缓慢地前行着。快要出巷子时,被人从侧脸偷袭了一拳,连人带车倒在路边。

林不凡抹去嘴角上的血,“谁!”

“还能有谁!”回答得很是干脆,林不凡听着声音便知道了,是高尚和杨君。

“我们这帮兄弟早就看你不顺眼了，你还以为我们真就看得上听你的评书?你还以为你真有资格和我们打成一片?你还以为你真有资格和我们称兄道弟？你把这些想得太简单了吧！”

“意思？那些都是假象？”

“你以为呢！以前,你还有马超和祁伟替你保

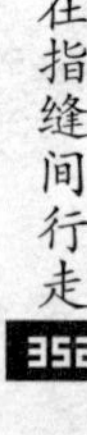

驾护航，现在你回头，看还有一个人吗？你觉得今天……”

“我已经预感到了，但是我没想到这会是真的。你该干什么就干什么吧，我现在已经无所谓了。”林不凡站在那里，就和上次一样——也不一样。

“好啊！你天天和班花在一块儿缠着，好日子也过够了，我想……你也该为此付出代价了吧！兄弟们，上！”

林不凡第一次体会到剧痛，看来英雄也不是好当的。他的腿、腹部、头感觉热得要爆炸了。即便如此，他还是一声没叫。对他来说，他们打得越重，踢得越惨，自己的心里越好受。

他正在地上翻滚着，分不清这些人是在踢自己还是在踢祁伟。突然，他感觉到这帮家伙全都住手了。

林不凡睁开眼睛，血不停地流，开始和着眼泪……

祁伟又一次出现在他的面前——也是最后一次。

“哟！你们这对兄弟还真是有心灵感应啊！连什么时候挨揍也会赶到一块。你的旧伤好了吗？”

“不用猫哭耗子了吧。你们要打就打，非得让我晚节不保。你找个别的理由也行啊，偷东西算什么理由！”

“理由不重要，结果重要。”高尚说道，但口气已经不像先前那样狂傲不羁,“你觉得你们今天……能出去吗？我指的是完整地出去。”

“我猜……应该不能。但是我想你们中间肯定有个人也不会完整地出去。你没看到你的兄弟已经开始后撤了吗?你偷袭我可以,但现在……哼!别想得太简单了,这对你可没好处。”

看起来祁伟要干一场了,就在这时,高尚一伙却走开了。“我倒是看得上你……可惜,我们不可能成为朋友。”这是他离开之前的最后一句话。

祁伟见他们走远了,走到林不凡的跟前将他搀起,“你……自己回家吧,我不像你想的那样高尚。”

“我也是……”林不凡的声音十分低沉,好像只有自己才能听见似的。

祁伟帮他扶住车把,转身就走了,脸在路灯的照射下,显得十分苍白。他走了几步,林不凡终于忍不住了,大喊了一声：

“对不起！”

“林不凡,把我的号码从你手机里删除了吧。有些东西……忘记了会比较好,即便可能会有点难。”

祁伟一瘸一拐地走了。他逐渐远去的背影,渐渐地消失在了林不凡的视线中。

林不凡推开车子跪在了地上，望着路面上的血滴。

“啊！”他漫无目的地吼了一嗓子，突然感觉到筋疲力尽了，索性跪在地上放纵地哭了起来。

“生活啊！为什么要跟我开这样的玩笑！”

终　篇

一个月后。

林不凡回到老家参加了中考，由于自己的名声在老家早已经确立起来，他的一举一动在老家都显得格外的惹眼。老同学倒是碰上好几个，林不凡也知道他们的名字，但是彼此之间都已经没有了之前的融洽，说完一个话题，需要更长的时间，才能想起来下一个话题应该聊些什么。由于有将近一年的时间没有说家乡话，林不凡的家乡话已经没有以前那么利落了，闲聊之中会时不时地蹦出几个新词。从嘴里吐出去以后才发觉不合适，双方都只能用冷笑来暖场了。

城乡间的教育差距确实存在的，至少从林不凡身上便可窥见一些端倪。在十四中学的“名校区”大抵处于班上十名左右的位置，到了这里便可轻松问鼎前三甲。榜单早已揭晓，他位居全校第三，得以搭乘优惠政策的快车，进入该市的一中就读。榜眼和状元也知道他刚从城里回来，问他：“一中好吗？我们去可以拿奖学金吗？”

林不凡差点笑出声来，终于还是忍住了。回想了一番去一中参加语文竞赛的场景，嘴角微动：

“好不好我说了不算，至于奖学金嘛……你们肯定没有问题，反正我这种人是不敢想的。”

众人哑言，都已经知晓了结果。

每年的六七月份，在林不凡的老家里，学生的成绩大概是老百姓们收完麦子后，最为乐意的谈资了，都在攀比着自己村里有多少好后生考入了名牌高中，名牌大学。谁也不愿意落后，仿佛哪个村要是没有几个后生考上好学校的，这村里的人们智商都和别人不在一个档次上了，说出去都嫌丢人。只要村里有几个考上好学校的，不管人认不认识，都得想办法往自己身上乱扯一通，让自己也跟着沾点光，即便这个后生和自己八竿子都打不着的关系。因此，林不凡在半月之内，多了几个“姨夫”“姥爷”的现象，也就大致可以理解了。

林不凡没有在村里多待。村里的学生，要不就是外出为自己挣学费的，要不就是去山梁上帮家人割小麦的。学费的事不用林不凡操心，他也用不着操心；去帮亲戚干点农活的，家里人都说林不凡的手是握笔的手，是教书先生的手，不能干这种事，他便只得整天在村里闲逛了。村里也没有多少娱乐设施，有家小卖部门前搁了两台球桌，但是桌布都被磨得看不出原形了，只剩下光秃秃的木板。再说了，这种时间他是找不到玩伴的，在村里，像他这样的后生，多半被禁止触碰这种东西，这是被视作洪水猛兽的东西。在学校，它和网吧一样是“高危场所”；在家里，家长们要是看见他们碰这种东西，说不定会打断他们的腿。因此，这种地方出别的方面的人才或许有点可能，出一个像丁俊晖那样的台球神童是断无可能的。

林不凡待了几天实在无聊，即便亲戚朋友劝他在这里多留一些时日，说再过个几天，蜜蜂采完蜜，他就可以吃到最正宗的蜂蜜了；还说再过个几天，可以和小舅姨妈去集市上买菜之类的。林不凡对这些东西没有多少兴趣，便在清晨上了客车，去那座自己不再陌生的城市了。

距离自己生活了一年多的城市越来越近，甚至快要看见那些标志性的建筑和景物了，林不凡的心开始扑腾扑腾地狂跳。

“我又回来了，我怎么就又回来了呢？”

林不凡嘲笑自己，你终究是一个凡人，不是德高望重的圣僧，想忘掉什么就可以忘掉，想看透什么也可以很快就看透。林不凡坐在那里，望着窗外的高速车道，以及更远处的鸣翠湖，内心久久不能够平静。他随手翻出手机，林父说要给他换部新的，算作是奖励，被林不凡拒绝了。他看着那部手机，里边的短信还留存着，以前的号码他也没有删除。他没想着继续做些什么，只是想继续保留那些记忆。

他放下手机，闭眼小憩了一会儿，试图在短时间内忘掉那些残留在记忆中的人和事。他坐在那里，任凭风掠过他的脸颊。一刹那间，他竟然觉得这柔弱的风中竟夹杂着李娜的熟悉的气味。他陷入了深深的懊悔之中。他没有想到，一个举动可以得到很多，同样的，也会让他失掉更多的东西。伴随着时间的推移，他已经可以逐渐地正视自己了。你沦落成现在这样，通讯录里几十个号码，却没有一个人愿意听你诉说，不能怪别人，只能怪你自己。如果不是你过于强调自己所谓的自尊与个性，不是因为你妄想和他们打成一片，不是你妄想成为世界的中心，不是你贪求了太多本不属于你的东西，你怎么会沦落至此？你做人的根基已经没有了，还想回到和以前一样，岂不是痴人说梦吗？

可是，懊悔仅仅是懊悔，仅仅是一种宣泄的过程罢了,并不能算是一种行为艺术。这个世界不会因为你懊悔,就将心爱的人送回到你的跟前,或者自己懊悔个半天,电话里突然传来祁伟、马超,或是别人的声音。

他坐在那里仍旧懊悔着，车内的人看见他,多半用惊奇和瞧不起的眼神凝视着他。在他们看来,在这种时节,你这年轻力壮的小伙子不留在家里帮家人干着农活,却跑出去四处闲逛,更夸张的是还在这里流着一毛钱都不值的眼泪,这还没到给祖先上坟的时候呢。他们是绝对不能理解的,自然也不会上前去安慰他了。

车就这样安稳地到了城市，林不凡回到家中。父母倒是都在，而且也没有人再逼迫自己要干什么。看似很闲,他反而对这种生活感到极为不适。他习惯了忙碌,现在在家里很是浮躁,总觉得会有不好的事情发生。父母忙于工作,而且并没有暑假,家中很长的一段时间内只有他一个人。他想找个人出去说说话,拿起手机,然后放下;再拿起手机,然后再放下。一长串的号码,可是没有一个人想要让他有拨过去电话的冲动。也许以前,林不凡和他们之间还有过一些交集,可是现在,当他知道自己只是班上的玩物,只是一个不知名的跳梁小丑,说不定等他拨过去电话以后,对面会传来这样的声音:“林不凡？林不凡是谁啊？不认识。”

这已经算是很好的回答了。林不凡或许还应该对此感到满足。

他在家里窝了太久，完全丧失了活下去的欲望。在短短的一个月内，他经历了高度绝望，高度紧张，高度放松的过程，现在心里仿佛被掏空了一样。他找各种办法想让时间过得快一点，可是距离开学还有将近两个月的时间。他不允许自己再待在家里，必须要出去了。

他拿起外套和钥匙，像是逃离了囚笼一般离开了房间。在大街上漫无目的地晃荡，仍旧没有摆脱心里的阴影。看着街上熙熙攘攘的人群来来往往，有说有笑，他既感到羡慕，又感到彷徨。有好多的学生穿着校服，骑着车子，三五成群地霸占了道路，满足的表情始终挂在脸上，一秒钟也不愿意放下。林不凡看着渐渐远去的背影，其中的一位女生那标致的长发，似曾相识的轮廓，还有那若有若无的刘海，都让他恍然间有重新和李娜偶遇的感觉。他甚至已经不能阻止自己的步伐，一定要追上去了。正要前去一探究竟，旁边菜市场传来的声响打断了他，把他无情地拉回了现实中。

“卖栗子喽！刚出锅的饱满的栗子哦！快来买哦！”

他朝着集市望去，对那个胖胖的“老板”感到很是愤恨，责怪他剥夺了自己幻想的权利。他希望那个老板整整一天也不要卖出去一斤栗子！可是他这仅有的愿望也是很难以实现了。他的声调实在太富有感染力了，经过他高亢的嗓音的渲染，现在生意突然间变得兴隆，密集的人群围了上去，林不凡甚至已经很难看到那个胖子了。不过这倒也好，俗话说“眼不见为净”嘛，林不凡只能用这样的说辞来安慰自己挫败的人生，最后只能无奈地离开了这里。

看着街道上的各所学校的校服，和自己同龄的家伙们穿着它穿梭于各个主干道，他突然产生了去学校看一眼的念头。现在应该还没有关门，因为按照往常的惯例，现在应该是新一届的初三学生补课的时间。他下定决心，跳上一辆公交车就去了学校。

离学校越来越近，渐渐地已经可以看见那棵高耸的杨柳了，那是他每次从教室向外望去，唯一的一抹绿色。他对这棵树太熟悉了，不会认错的。他跳下了公交车，几乎是一路小跑去了学校。迎面碰到几位老师，可是他们没有给林不凡带过课，因此连个照面也不用打的。林不凡穿过巷子，拐了个弯，就看见了那不能再熟悉的教学楼。大门上的标语依旧还是那副德行，估计是学校的相关人员水平太低了，竟找不到比这更好的句子了。熟悉的气味，熟悉的板砖，还有那熟悉的施工的声音，依旧是从那个方向传过来的，还是在整修着学校的围墙。里面有位声音洪亮的女教师在讲解着二元一次方程组，这

大概算是教学楼唯一的可以让路人听见的声音了。

林不凡本来想到教学楼上看看，却看见了旁边的公示栏上贴着几张告示单，离他最近的一张是十四中学今年考上高中的学生名单，密密麻麻，占据了几乎全部的空间。红色的纸上，用毛笔字写的名字已经被蹭得不成样子了，不过站在跟前，还是大概可以看见每个考上同学的名字。林不凡首先感到震惊，今年的升学率，包括重点高中的升学率，较往年相比，都有着很大程度的下滑，这并不是因为他们的口语以及体育、实验方面的欠缺，事实上，他们这方面的成绩还是相当不错的，这点林不凡从电视的新闻上早已得知。可是，几百名考生进入一中的寥寥无几，即便是进入二中和八中的学生，也没有超过三十人。林不凡在公示栏上绕了好几圈，也没有看见李娜和祁伟的名字，他猜现在的教学楼里可能就有他们的身影存在，他却迈不过那个门槛。彼此之间几乎可以忽略不计的距离，却仿佛是牛郎星和织女星的距离。一班和二班的成绩也是差不太多，因为这两个班都没几个考上名校的，甚至考上高中的也没有几个。林不凡更感到吃惊的是：陈楠并没有考上一中，仅仅是去了附中而已。她的成绩比平常低了太多，想要去一中实在是太难了。林不凡不敢相信自己的眼睛。这也意味着：她刚开始得到的那些来自一中的许诺和好处，现在已经和她没有多少关系了。林不凡不知道陈楠这几天是怎么度过的，他还想起了前几天自己手机上的一个未接来电，正是陈楠打来的，可是他并没有接。现在看来，这足以成为一个罪孽深重的决定了。

林不凡的心里充满了绝望。

与这几个名字相比，别的人他多少不太关心了，大概记得的是：张雅去了一中，高尚去了附中。当然了，这是他们正常的水平。

林不凡挪到另外一块公示栏前，发现告示已经被人撕扯得不成样子。他通过字与字之间的缝隙以及自己的揣测，大概可以判定这张红纸上写着的内容：

初三年级的一班班主任：宁东；二班班主任：林一，由于缺乏职业操守，不能将全身心都投入到教学当中。现经过学校董事会的一致讨论，决定：予以这两位老师开除出学校的决定，并取消其在学校的档案以及注册信息。

初三年级的年级主任将从新一届的初三老师中择优推选，望各位老师多加努力。

……

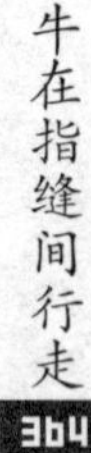

林不凡对这条公告不作任何评价。他是有些诧异，但是学校内部的纷争他是不甚了解的。他的心里只有一个念想：希望王老能突然活过来，继续再干个几年。

他本想去教学楼上转转,却已经没有了心思登上楼梯。他转身看了那唯一还在上课的班级,可以确定里边并没有李娜和祁伟。

他只能对他们说:祝你们好运了。

两个月后，林不凡穿过一中的教学楼走廊,前往自己的教室,一路上脚步轻快。他满怀着希望,准备在这里大干一场,这对他来说,可以算是真正的新的开始了!

他推开门,站在门跟前,一眼就看见了讲台附近的桌子前,陈楠和高尚坐在第一排谈笑风生……

数目相对,此刻无言。